여자 둘이
잘살고 있습니다!

HANA'S HOME

SUNWOO'S HOME

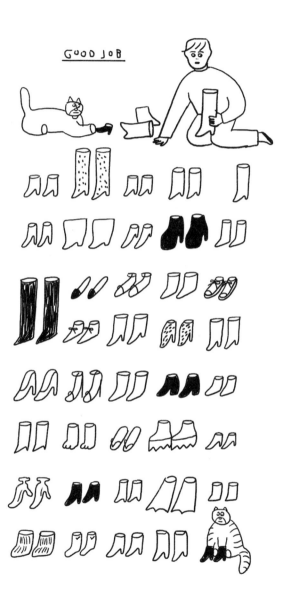

OUR HOME

CAST

HAKU

HANA

TIGGER

GORO

SUNWOO

YOUNG BAE

여자 둘이

살고
있습니다

여자 둘이
살고
있습니다

김하나 × 황선우

혼자도 결혼도 아닌
조립식 가족의 탄생

이야기장수

차
례

분자 가족의 탄생 007
혼자력 만렙을 찍어본 사람 011
이 사람이면 어떨까 017
타인이라는 외국 021
나를 사로잡은 망원호프 026
두 종류의 사람 031
그 아파트를 잡아라 037
태양의 여인 043
결혼까지 생각했어 050
쫄보에게 빌붙은 자 054
능숙한 빚쟁이가 되어라 058
나를 키운 건 팔 할이 대출금 062
인테리어 총책이 되다 067

내가 결혼 안 해봐서 아는데 075
자취는 언제 독신이 되는가 081
아무것도 못 버리는 사람 088
둥지 같던 너의 집 095
집요정 도비의 탄생 101
두 일생이 합쳐지다 109
싸움의 기술 113
테팔 대첩과 생일상 118

🐾 고양이들 소개 125

발가락이 닮았다 142
대가족이 되었다 150
엄마에게서 물려받은 것 156

밥 잘 얻어먹는 법 163

크리스마스 선물 교환 167

새해 첫날 171

행복은, 빠다야! 177

500원짜리 컨설팅 182

우리는 다른 세상에 산다 187

돈으로 가정의 평화를 사다 191

안사람과 바깥양반 195

술꾼 도시 여자들 200

우리의 노후 계획: 하와이 딜리버리 206

망원 스포츠 클럽 212

남자가 없어서 아쉬웠던 적 223

나의 주 보호자 231

우리는 사위들 237

상당히 가까운 거리 241

혼자 보낸 일주일 246

파괴지왕 251

같이 살길 잘했다 257

망원동 생활과 자전거 265

우리가 헤어진다면 272

가족과 더 큰 가족 276

지금 곁에 있는 사람이 내 가족입니다 283

그후 5년, 우리에게 무슨 일이 있었나 287

고로를 떠나보내다 294

서울사이버음악대가 결성되다 305

여자 둘이 토크하고 있습니다 313

분자 가족의 탄생

HANA '혼자 사는 게 잘 맞는다'는 말은 10년쯤 그 생활을 지속해본 후에 해야 할 말이라고 생각한다. 나의 경우, 처음엔 혼자 사는 게 너무너무 좋았다. 가끔씩 친구와 함께 산 적도 있었지만 넓지 않은 공간을 나눠 쓰는 건 어지간히 성격과 생활 습관이 잘 맞지 않는 이상 서로 받는 스트레스가 컸다. 온전한 나만의 공간에서 발매트 하나부터 빨래를 널고 책을 꽂는 방식까지 내 맘대로 하는 게 나의 성격에 맞았다(고 생각했다). 그런데 그런 생활이 십수 년을 넘어가자 또다른 스트레스가 쌓여갔던 모양이다. 언젠가 부산의 부모님 댁에 가서 자던 날 아침이었다. 일찍부터 부모님이 당신들의 식사를 준비하며 뭔가를 보글보글 끓이고 달그락달그락 그릇 놓는 소리에 나는 자연스레 잠에서 깼다. 밥과 찌개 냄새가 났다. 그 소리와 냄새 속에 누워 있자니 한없이 따뜻한 느낌이 들었는데, 어째선지 조금 눈물이 날 것 같았다. 그것이 그리 따뜻하게 느껴졌던 것은 곧 내가 혼자 몸을 일으키는 고요한 아침의 온도는 그렇지 않다는 뜻이기도 했다. 그날 아침 이후로 나는 혼자 살기 위해 내가 들여야 하는 에너지에 대해 의식하게 되었다. 특히 밤이면 잡생각과 일종의 불안 같은 것에 나도 모르게 에너지를 많이 쓰고 있었다. 그 고단함이 혼자 사는 삶의 가뿐함과 즐거움을 넘어서게 된 시점이 그즈음 아니었을까 싶다.

결혼은 답이 아닌 것 같았다. 단지 혼자의 고단함을 피하자고 결혼 제도와 시월드와 가부장제 속으로 뛰어드는 건 고단함의 토네이도로 돌진하는 바보짓이었다. 나를 충분히 바보로 만들 만큼 매력적인 남자가 갑자기 나타난다면 모를까. 하지만 그것도 내가 원하는 게 아니었다. 나는 자연스럽게 다른 삶의 방식을 모색하기 시작했다. 친구들에게 같이 사는 건 어떨지 떠보기도 하고, 셰어하우스를 알아보기도 했다. 그러다 나와 사정이 아주 비슷한 친구를 만나 같이 살게 되었다. 같은 부산 출신에, 오랫동안 혼자 살았고, 이젠 혼자가 아니면서 결혼도 아닌 삶의 방식을 생각하기 시작했으며, 나처럼 고양이가 두 마리 있었다. 우리는 은행의 도움을 얻어 넓은 집을 샀다. 둘이 따로 집을 구할 때보다 훨씬 유리했다. 각각이 구할 수 있는 열몇 평 집에 주방, 화장실, 현관이 빼곡하게 들어가 있는 것보다, 그것들을 갖춘 30평 집을 둘이서 나눠 쓰니 넓고 쾌적해서 좋았다. 고양이 넷도 전에 없이 넓은 공간을 뛰어다니게 되었다. 게다가 결정적으로, 이 집엔 욕조가 있다. 혼자 살기 좋은 조그만 집에 불만은 크게 없었지만 단 한 가지만은 참 아쉬웠다. 욕조가 없다는 것.

이제 동거인과 같이 산 지 2년이 넘었다. 만족도는 최상급이다. 동거인은 각종 요리와 어지르기, 빨래 돌리기를 맡고 나는 설거지와 청소·정리, 빨래 개기를 맡아 집안일의 배분은 절묘한 균형을 이룬다. 밤에 자려고 누웠을 때 한집에 누군가 있다는 것만으로도 긴장이 누그러진다. 서로의 인기척에 자연스레 잠이 깨고 집에서 매일같이 인사(잘 잤어? 어서 와. 다녀올게!)가 오가는 게 일상에 생기를 불어넣는다. 혼자 살 때 '정서적 체온 유지'를 위해 많은 노력이 필요했던 데 비해, 둘이 사니까 그게 자연스레 이뤄진다는 점이 좋다. 물론 육체적 체온 유지를 위해 욕조에 몸을 담글 수도 있다.

게다가 최고로 좋은 점은, 우린 여전히 '싱글'이라는 점이다. 명절이면 각자 부모님께 다녀오거나 안부를 전한다. 부모님들은 우리가 함께 산다는 점에 매우 흡족해하신다. 훨씬 든든하다나. 요리를 잘하시는 동거인의 어머니는 내가 좋아하는 반찬을 챙겨서 보내주신다. 나는 찾아뵙거나 효도여행 계획을 짤 필요 없이 "맛있다!"라고만 하면 된다. 싱글 생활의 가뿐함과 동거의 유리함이 함께한다. 물론 우리는 여러 가지가 잘 맞는 운좋은 케이스다. 혼자 살기 아니면 결혼밖에 선택지가 없다고 생각했다면 우리의 즐거운 동거는 불가능했을 것이다. 얼마나 아까운가!

우리나라 1인 가구 비율이 27%를 넘는다고 한다. 1인 가구는 원자와 같다. 물론 혼자 충분히 즐겁게 살 수 있다. 그러다 어떤 임계점을 넘어서면 다른 원자와 결합해 분자가 될 수도 있다. 원자가 둘 결합한 분자도 있을 테고 셋, 넷 또는 열둘이 결합한 분자도 생길 수 있다. 단단한 결합도 느슨한 결합도 있을 것이다. 여자와 남자라는 원자 둘의 단단한 결합만이 가족의 기본이던 시대는 가고 있다. 앞으로 무수히 다양한 형태의 '분자 가족'이 태어날 것이다. 이를테면 우리 가족의 분자식은 W_2C_4쯤 되려나. 여자 둘 고양이 넷. 지금의 분자구조는 매우 안정적이다.

혼자력 만렙을 찍어본 사람

 혼밥이라는 개념이 주목받으면서 그레벨에 대한 글이 돌아다녔다. 편의점에서 혼자 라면 먹는 건 몇 단계, 패밀리 레스토랑은 몇 단계 하는 식이다. 이런 표현이 참 새삼스럽게 느껴지는데 왜냐하면 나는 혼밥을 그야말로 밥먹듯 해왔기 때문이다. 먹는 걸 좋아하는 사람이 20년쯤 혼자 살다보면 같이할 누군가가 있거나 없거나 스스로 잘 챙겨 먹는 방향으로 개체 안에서 진화가 일어난다. 징징거리며 어리광을 부려봤자 아무도 받아주는 이가 없다면 어른이 될밖에. 몸을 움직여 음식을 직접 만드는 쪽이든 밖에서 거리낌없이 혼자 사 먹게 되는 쪽이든. 허기와 식욕을 추진력으로 도약해 다른 사람의 시선을 뛰어넘는 순간을 한번 경험해보면 혼밥은 어렵지 않고 즐길 만한 것이 된다.

나에게 그런 강렬한 혼밥의 첫 기억은 대학 4학년 가을이었다. 대기업 최종면접을 보고 다시 학교 앞으로 돌아왔는데 그냥 배가 고프다기보다는 더 총체적으로 기운이 달리는 게 느껴졌다.

아무래도 다르게 대답하면 좋았을 것 같은 답변이며 긴장해 있었을 표정의 석연치 않음이, 한 고비를 넘겨 스르륵 긴장이 풀리는 기분과 함께 밀물처럼 들이닥쳤다. 면접 본 곳에 합격하지 못할 것 같다고 나는 이미 예감했다. 그리고 오늘 저녁뿐이 아닐, 앞으로도 지난하게 이런 문턱들을 지나야 하리라는 막연함 앞에 무릎이 후들거리는 것 같았다. 온몸과 마음의 기력을 끌어내서 버텨야 할 사회생활과 미리 압축해서 맞부딪친 경험이었는지도 모르겠다. 그날 나는 면접비를 봉투째 들고서 신촌 어느 돼지갈비집으로 들어갔다.

혼밥일 때도 고기는 2인분 주문이 불판에 대한 기본 예의다. 자취생은 채소를 먹을 기회가 잘 없으니 쌈도 부지런히 싸고 된장찌개와 공기밥까지 시켜 야무지게 먹고 나왔다. 소고기였다면 너무 빨리 익어버려서 곤란했겠지만 돼지고기는 천천히 내 페이스를 지키며 먹기에 적절했다. 그때의 고기는 맛있기도 했지만 면접에 망하고 조금 찌그러져 있는 내 자아에까지 팽팽하게 콜라겐을 공급하는 듯했다. 예감대로 나는 그 대기업 면접에서 불합격했으나 대신 몇 가지를 얻었다. 몸과 마음에 기운이 필요할 때는 스스로를 잘 먹여야 한다는 깨달음, 혼자 당당하게 고깃집에 들어가 2인분을 구워 먹을 수 있는 경험치, 작은 실패를 삼키고 내려보내는 소화력 같은 것 말이다. 기운을 잘 차린 덕인지 얼마 지나지 않아 그때 면접 본 대기업보다 내 적성에 잘 맞는 잡지사에 취직을 했다. 입사 후에 회식이며 야근으로 여러 사람들과 어울려 밥 먹는 일이 많아지다보니 혼밥은 오히려 조용하고 여유로운 식사로 여겨졌다.

여행을 혼자 하는 건 혼밥의 최고 레벨보다 한두 단계 위에 있다. 식사를 포함한 모든 일정에서 혼자인 것은 물론, 경로 선택과 이동 등 여행에서 발생하는 수많은 선택지 앞에서 누구와 상의하지 않고 스스로 결정을 내리고 대응해야 하니까. 바쁜 친구들과 일정을 맞추기 힘들 때 혼자 여행을 다녀버릇하면서 나의 혼자력은 점점 성장했다. 어느 미술관에 들러서 전시를 볼지, 어느 유적지는 패스할지, 빠르게 지르는 직선도로로 갈지 풍경을 위해 둘러서 해안도로를 선택할지 신속하게 판단하는 동시에 움직이면서 쾌감을 느끼곤 했다. 그즈음의 나는 믿고 있었다. 혼자는 질서와 닮았다고. 빠르고, 편하고, 아름다운 것.

4년 전에는 급기야 혼자 서핑을 배우러 갔다. 나보다 몇 주 앞서 서핑을 배운 친구가 한껏 부추겼고, 평일에 쓸 수 있는 이틀의 휴가가 있었다. 친구가 추천해준 강원도 양양 죽도해변의 서핑숍 겸 게스트하우스에 강습과 숙박을 예약하고 차를 몰아 떠났다. 서울보다 먼저 새로운 계절에 들어선 한계령은 늦여름과 초가을의 반짝임을 함께 품고 있었다. 나는 멈추고 싶을 때 원하는 곳에 차를 세우고, 하고 싶은 만큼 실컷 감탄하면 되었다. 다만 그걸 들어줄 사람이 없을 뿐. 처음 배워본 서핑은 또 얼마나 재미있던지. 몸에 끼고 붙어서 괴상한 자세로 입고 벗게 되는 고무 수트부터 까무잡잡하게 몸을 태운 서퍼들이 오가는 해변의 이국적인 분위기까지, 새롭고 신기한 경험투성이었다. 키보다 훌쩍 큰 서프보드는 생각보다 무거웠고, 그걸 발목에 채운 채 바다 중간까지 들어가서 파도를 기다리는 과정의 반복은 꽤나 기력이 소모되는 일이었다. 적당한 파도가 다가왔을 때 부지런히 패들링을 해 쭉 나아간 다음 재빨리 몸을 올리고 일어나 균형을 잡아야 하는데, 몇 번이나 고꾸라져서 물을 먹기도 했다. 그러다가 성공적으로 테이크오프해서 부드럽게 해안으로 밀려들어올 때의 짜릿함이란! 스노보드나 수상스키도 타봤지만 서핑에는 파도와 중력, 그리고 물의 질감이 만들어내는 또다른 종류의 재미가 있었다. 몇 번이고 다시 커다란 보드를 매달고 바다까지 휘적휘적 나아가 한참 기다리는 이유를 납득할 수 있을 큰 쾌감이었다.

강습을 마친 저녁에는, 동해안이니 역시 회를 먹지 않을 수 없었다. 코스를 1인분으로는 내지 않는 곳도 많아서, 몇 군데 횟집에 전화를 한 다음 겨우 예약에 성공했다. 혼자 차를 몰고 가서 맛있게 먹은 다음 게스트하우스로 돌아왔다. 운전을 맡아줄 사람이 따로 없으니 회에 곁들이는 반주는 생략했다. 모든 게 예정대로 순조롭고, 착착 빠르게 돌아갔으며, 새로운 경험으로 꽉 찬 2박 3일을 보냈다. 경탄의 순간에도, 좌절의 순간에도 언제나처럼 혼자였다. 그리고 나니 이제 충분하다는 생각이 들었다. 나는 혼자라서 못 하는 일이 있는 게 싫어서 뭐든 혼자서도 해왔고 또 꽤 잘해왔지만, 자연스럽게 받아들이게 되었다. 세상에는 여럿이 해야 더 재밌는 일도 존재한다는 걸.

영화 〈파리로 가는 길〉에서 다이안 레인의 여행은 우연히 동행하게 된 프랑스 남자 때문에 계속 시간이 지체되고, 예정에 없던 딴짓이 끼어든다. 그는 풍경이 멋진 곳에서는 자리를 펼쳐 피크닉을 해야 하고, 운전을 더 못 하게 되더라도 맛있는 식사에 와인을 곁들이지 않는 건 상상할 수 없는 그런 프랑스 남자다. 느리고 비효율적인 경로는 속이 터지지만, 동행이 없었다면 결코 빠지지 않았을 샛길들은 놀랍도록 아름다운 풍경을 보여준다. '파리로 가는 길'이 가장 빠른 직선도로 최단거리로 목표 지점에 도착하는 질주였다면 영화는 시작하자마자 끝나버렸을 것이다. 그렇게 돌아 돌아 에두르고 머무르며 쉬었다 가는 완행의 여정 사이로 자신의 의도와 계획에서 벗어난 사건들을 끌고 들어오는 누군가가 있기에 비로소 이야기가 되었다.

혼자의 정점을 찍었던 서핑 여행 이후로 나는 산 정상에서 하산하듯 자연스럽게 친구들과 같이 뭔가를 도모하는 쪽으로 서서히 변화했다. 당장 그해 가을에 두 친구와 함께 열흘 동안 일본으로 여행을 갔고, 다음해 겨울부터는 지금의 동거인과 같이 살게 되었으니까. 여전히 나는 혼자 먹는 밥이 맛있고 혼자 하는 여행의 간편한 기동력을 사랑한다. 그런 한편으로 또 믿게 되었다. 혼자 하는 모든 일은 기억이지만 같이 할 때는 추억이 된다는 이야기를. 감탄도 투덜거림도, 내적 독백으로 삼킬 만큼 삼켜본 뒤에는 입 밖에 내서 확인하고 싶어진다.

이 사람이면 어떨까

 내가 황선우의 존재를 처음 안 것은 2010년이었다. 남미 여행에서 돌아와 트위터에 재미를 붙이기 시작했는데, 몇몇 사람들에게 누굴 팔로follow하면 재밌냐고 물어봤더니 패션 매거진 〈W Korea〉 에디터인 황선우를 추천해주었다. 아이디는 비스트롱나우(@bestrongnow. 많은 사람들이 '베스트스트롱나우'라고 읽곤 한다고). 강함을 말하는 여자라니 일단 맘에 들었고 팔로를 하고 지켜봤더니 온갖 분야에 박식하고 센스와 유머가 넘치는 사람이라서 더욱 좋았다. 〈W Korea〉를 비롯한 여러 매체에 실린 황선우의 글은 항상 짜릿하게 재미있었다. 누가 이렇게 똑 부러지게 글을 잘 쓰나 싶어 읽다보면 말미에 '에디터 황선우'가 붙어 있곤 했다. 쉼 없이 전 세계를 다니며 틸다 스윈튼, 알랭 드 보통, 제프 쿤스, 아니 에르노, 장 자크 상페, 이우환, 폴 오스터 등 쟁쟁한 사람들을 인터뷰하는 모습이 멋있어 보였다.

황선우와 처음 오프라인으로 만난 것은 트위터로 정보를 알게 된 벼룩시장에서였는데, 그날 그래픽디자이너 이아리와도 처음 만났다. 이때만 해도 이아리, 황선우와 같은 아파트, 심지어 후자와는 같은 집에 살게 될 줄은 꿈에도 몰랐다. 황선우와는 노는 물이 비슷해서 술집이나 콘서트, 음악 페스티벌 등에서 마주치기도 하고 같이 어울리기도 하면서 1년에 두어 번 얼굴 보는 사이가 되었다. 그렇게 6년이 지났다. 실제로 만나는 건 가끔이었지만 트위터에서는 곧잘 얘기를 주고받았다. 둘 다 고양이 두 마리와 함께 살았기 때문에 그에 대한 얘기도 자주 했다. 특히 잠 못 드는 한밤에 트위터에 내가 혼잣말을 중얼거리면 역시 늦도록 잠 못 들던 황선우가 공감 가는 대답을 해주곤 했던 게 기억난다. 지금으로선 안 믿어지는 일이지만 황선우는 아주 오랫동안 불면의 아이콘이었다. 나도 당시엔 수면장애를 겪고 있었다.

　그렇게 몇 년을 황선우와 가깝지는 않지만 아는 사이로 지내며 점점 신기하단 생각이 들었다. 비슷한 게 많아도 너무 많았다. 황선우는 1977년 5월생이고 주민등록상으론 한 달 뒤인 6월생이다. 나는 1976년 12월생이고 주민등록상으론 한 달 뒤인 1977년 1월생이다. 둘 다 1975년생 오빠가 하나씩 있는데 이름이 '하영' '선영'으로 여자 이름 같고, 어릴 적엔 우리보다 오빠들의 미모가 훨씬 뛰어났다는 점도 같았다. 황선우는 학교를 일찍 들어갔기 때문에 나와 같은 학년이었다. 황선우는 부산 광안리 출신, 나는 부산 해운대 출신이다. 둘 다 부산의 유명 해수욕장이 유소년 시절의 백그라운드였던 셈이다. 게다가 둘 다 서울로 진학하며 부산을 떠나게 되는데, 놀랍게도 우리가 진학한 곳은 같은 대학교, 같은 단과대였다! 황선우는 연세대학교 영문학과, 나는 국문학과였다. 나중에 같이 살면서 얘기를 나누다보니 세세한 것까지 일치하는 데가 있어서 정말 신기했다. 둘 다 고등학교에서 운좋게도 턱걸이로 내신 1등급이 되었는데, 둘 다 딱 커트라인인 전교 8등이었던 것까지 똑같았다.(참고로 황선우는 나보다 대입 성적이 더 좋아서 4년 내내 장학금을 받고 다녔던 반면, 나는 어느 학기에 장학금 대상이었는데도 신청해야만 장학금이 나온다는 걸 몰라서 놓친 사람이다.) 둘 다 음악과 술을 좋아하고 취향이 겹치는 데가 많아서, 대학 시절과 그 이후로 다녔던 카페, 술집이 겹쳤던 건 물론이고 어느 뮤지션의 몇년도 콘서트에 한자리에 있었던 경우도 부지기수였다. 음악 페스티벌이란 음악 페스티벌은 다 찾아다닌 것도 둘이 비슷했으니, 우리의 GPS 데이터를 거슬러 분석할 수 있다면 정말 재미있겠다 싶었다. 틀림없이 학교 복도에서 스쳐갔거나 어느 술집 옆 테이블에 자리를 잡았거나 어느 페스티벌 화장실 줄에 나란히 섰거나 어느 콘서트의 같은 열에 앉았던 적이 있었을 것이다.

영화 〈첨밀밀〉의 마지막 장면처럼, 둘이 처음 인사를 나누기 전에도 우리는 낯선 사람들 속에 섞여 서로를 가까이 스쳐갔을지도 모른다. 이 모든 사실을 알고 나니 어째서 그동안 우리가 서로를 모르는 채로 지냈는지가 신기했고, 안타까웠다. 왜냐하면 친해지고 보니 우리는 너무도 쿵짝이 잘 맞았기 때문이다.

계기가 생겨 6년 만에 처음 황선우와 일대일로 만났던 날이 기억난다. 우리는 1차 와인, 2차 맥주, 3차 위스키를 곁들여가며 얘기를 나눴다. 황선우는 내가 무슨 주제를 꺼내든 막힘이 없었고 아는 건 많지만 잘난 척하지는 않는 성격이라 대화가 무척 즐거웠다. 배경과 취향이 비슷한 것도 있었지만, 무엇보다 둘 다 농담 욕구가 넘실거렸고 유머 코드가 비슷했기 때문에 시도 때도 없이 웃음이 터졌다. 그뒤로 우리는 자주 만나 영화나 전시를 보고 술을 마시고 음악을 들으며 늦도록 대화를 나누었고, 아주 친해졌다. 황선우는 남녀를 떠나 내가 만나본 가장 매력적인 대화 상대였다. 얘기를 나누다보니 황선우 또한 20년이 되어가는 혼자의 삶에서 벗어나 다른 형태의 삶을 모색하고 있다는 걸 알게 되었다. 만날수록 이 사람이라면 어떨까 하는 생각이 들었다. 내겐 봐둔 집이 있었고 그 집을 구하려면 파트너가 필요했다. 나는 이 사람과 같이 살고 싶었다.

타인이라는 외국

아열대의 공항에 내리면 코가 먼저 반응한다. 평생 비염과 더불어 살아온 나는 건조한 계절이면 코로 숨 쉬기가 힘들고 고통스럽다. 그래서 동남아 어느 도시나 사이판 같은 더운 섬의 공항에 도착해 밖으로 한 발 내딛을 때면 후끈하고 습한 공기가 순식간에 몸을 감싸는 그 순간을 사랑한다. 그렇게 체온이 훅 올라갈 때 느끼는 기쁨은 천진하게 달려드는 강아지를 온몸으로 껴안는 듯한 기분이다. 몇 시간의 비행 이후 펼쳐지는 전혀 다른 공기와 햇볕, 식물들과 풍경, 건축양식과 음식의 총체적인 경이로움은 각각의 요소를 따로 떼어놓는 게 무의미한, 한 덩어리로 다가오는 그곳만의 특질들이다.

사람들도 저마다 다른 온도와 습도의 기후대와 문화를 품은 다른 나라 같아서, 누군가와 함께 시간을 보내는 일은 외국을 여행하는 것처럼 흥미로운 경험을 준다. '타인은 지옥이다'라는 유행어에도 진실이 아주 없지 않지만, 내 생각에 타인만한 토털 엔터테인

먼트도 없다. 자기만의 세계관, 음악 취향, 관심사와 말솜씨, 표정과 몸짓, 신념과 상상력, 농담의 방식…… 이런 요소들은 그 사람 고유의 분위기와 매력을 형성한다. 물론 서로의 다름을 존중하는 여행자의 예의를 품을 때, 내가 갖지 못한 아름다움을 목격할 수 있을 거다.

김하나를 처음 알게 된 건 트위터에서였다. 톨, 혹은 김톨콩(@kimtolkong)이라는 별명으로 통하는 이 사람을 실제로 만난 건 이아리와 내가 함께 셀러로 참여한 어느 벼룩시장에서였는데 이름처럼 자그맣고 동그란 모습이라는 인상을 받았다. 그 자리에 있던 세 사람이 몇 년이 지나 같은 아파트에, 그중 둘은 한집에 살고 있으니 세상은 참 모를 일이다. 김하나가 편집장을 자처하고 있던 '캐치볼 위클리'를 알게 되면서 모임에 나간 것도 그즈음이다. 위클리라는 제목이 붙어 있지만 주간 간행물이 아니라 실은 비정기 블로그 포스팅에 기반을 둔 이 모임은 '친구여! 허송세월을 해보자!'라는 모토 아래 느슨하게 시간 맞는 친구들을 모아서 풍광 좋은 곳에서 허술하게 공을 던지고 받는 일이 주된 활동으로 보였다. 형광색 플라스틱 찍찍이 글러브로 가벼운 공을 주고받는, 뽀로로나 도라에몽 따위가 그려진 하찮고도 귀여운 만듦새의 캐치볼 같은 딱 그런 모임이었다.

김하나의 블로그에는 '캐치볼 위클리' 말고도 반년 동안 다녀온 남미 여행기가 연재되어 있었다. 내가 '언젠가는 다녀와야지'라고 꿈꾸면서도 엄두를 못 내고 있던 바로 그 여행지였다. 다니던 광고회사를 그만두고 시간이 많아진 김하나는 카피라이터로서 쌓아온 글쓰기 전문가의 역량을 잉여로운 블로그 포스팅에서 폭발시키고 있었다. 나는 무엇에 홀린 사람처럼 모든 게시물을 탐독했다. 마치 아이돌에 입덕한 사람이나 보일 법한 집중력으로. 김하나는 자신의 지향점이자 캐치볼 위클리의 정신을 이렇게 밝히고 있었다.

한 사람이 진정으로 자부심을 가져야 할 것은
집 평수나 자동차 브랜드가 아니라 자신의 친구입니다.
그 친구가 얼마나 잘나가는지, 얼마나 힘이 있는지가 아니라
친구가 얼마나 요리를 잘하는지
누구는 또 얼마나 잘 얻어먹는지
얼마나 잠을 잘 자고 얼마나 노래를 잘하며 얼마나 약지 못했는지
우리가 얼마나 많은 술을 마셨고
얼마나 어처구니없는 추억을 가졌는지
인생에서 진정으로 자부심을 가져야 할 것은 그런 것들입니다.

김하나는 친구들의 중심에서 모임을 만들고 이끄는 작은 대

장 같은 사람이었다. 자기만의 세계관이 확고했으며, 그 생각들은 개인에 갇히기보다 공동체 지향적이었다. 물론 함께 살다보면 밝음 속의 어둠이나 사람들 뒤의 고독을 목격하게 되는 순간들도 있다. 내향성이 강하고, 혼자 책 읽는 시간에서 에너지를 얻는 사람이 거꾸로 커뮤니티의 가치를 추구한다는 데서 인격의 다면성을 발견하게 된다. 반면에 나는 인간관계의 환승역 같은 존재라고 할 만큼 발이 넓다는 소리를 듣지만 두세 명의 작은 그룹으로 사람을 만나는 게 편하고, 술자리보다는 술 자체를 좋아해서 같이 마실 사람을 찾는 식이다. 외향적이지만 동시에 자기중심적이고 개인적인 나에게는 이런 식으로 확장된 자아의 경계가 신기했다. 이 사람과 함께 살아도 좋겠구나, 하는 결심에는 바로 이런 넓은 울타리 안에서 좋은 영향력의 파장 안에 늘 있고 싶다는 바람도 작용했다.

　"친구들은 사회적 정서적 안전망이다." 김하나가 늘 강조하던 이야기처럼 우리는 서로 의지하며 같이 살고 있다. 다른 온도와 습도를 가진 기후대처럼, 사람은 같이 사는 사람을 둘러싼 총체적 환경이 된다. 상대의 장점을 곧잘 발견하고 그걸 북돋아주는 김하나의 '칭찬 폭격기'(김하나가 진행했던 팟캐스트 〈책읽아웃〉에서 얻은 별명이기도 하다)적인 면모에 내가 가장 직접적으로 수혜를 받고 있는 것처럼 말이다. 많은 술을 마시고 어처구니없는 추억들이 쌓인다. 요리를 잘하고 또 잘 얻어먹는다. 이런 데 자부심을 느껴도 좋다는 사실을 나는 동거인에게서 배워간다. 김하나라는 신대륙을 발견하고서 열린 새 세계다.

나를 사로잡은 망원호프

HANA 삶의 풍경은 다 다르다. 대가족이나 핵
가족, 주택이나 아파트로 주거의 형태를 묶는다 해도 각각의 주거
는 모두 다른 모습이다. 주거의 형태는 개념이 아니라 구체적인 사
례를 통해 누군가에게 모델이 되기도 한다. 내게 그런 강렬한 모
델이 된 집이 있으니, 그것은 '망원호프'다. 망원호프에 대해 얘기
하려면 우선 내 친구 김민철에 대해 말해야만 한다. 김민철은『모
든 요일의 기록』『하루의 취향』등 여러 권의 멋진 책을 낸 작가로,
『모든 요일의 여행』에는 내가 추천사를 쓰기도 했다.

나는 2005년 1월에 김민철을 처음 만났다. 광고회사 TBWA
코리아에 첫 출근 했더니 우리 팀에 갓 뽑힌 신입 카피라이터가
있었는데, 그 사람이 김민철이었다. 남자 이름 같았지만 여자였다.
나는 그곳이 두번째 회사여서 대리였는데, 그전엔 내게 후배 카피
라이터가 없었기에 김민철은 나의 첫 '직속 후배'가 되었다. 남자
같은 이름 때문에 나는 김민철을 '철군'이란 애칭으로 불렀다.

우리는 2년여간 함께 많은 일을 했고, 아주 친해졌다. 지금까지도 내 포트폴리오에서 중요한 위치를 차지하는 SK텔레콤의 '현대생활백서', 네이버의 '세상의 모든 지식', LG 엑스캔버스, 현대카드, 인피니티 자동차 등등 수많은 캠페인에 철군과 함께 카피라이터로 참여했다. 철군과 나는 합이 좋았다. 서로의 부족한 부분을 메우며 의지했다. 철군은 내가 세상에서 가장 믿는 사람 중 한 명이 되었다. 나는 김민철이 정일영과 소개팅을 했던 날도 기억한다. 그리고 몇 달 지나 내게 정일영을 소개했던 날도. 일영씨의 닉네임은 '낮에뜬별', 줄여서 '낮별'이었기 때문에 나는 그들을 '철군낮별' 커플이라고 불렀다. 내가 회사를 그만두고 나서도 철군낮별 커플과 나는 술친구로 관계를 변환한 뒤 오랫동안 절친하게 지냈다. 남미에 여행 가 있던 반년 동안 가장 안타까웠던 일은 철군낮별의 결혼식에 가지 못한 것이었다.

그들은 결혼 후 망원동에 살림을 차렸다. 주력酒力으로 따지면 절대 강자인 그들은 집을 아예 술집처럼 꾸며놓고 살았다. 그 집의 이름은 '망원호프'가 되었으며 나는 그곳을 주인장과 잘 알고 지내는 단골 술집처럼 여겼다. 망원호프는 전세 계약 만료에 따라 망원동 내에서 몇 번 자리를 옮기다가, 최종적으로는 집을 사서 한강공원 입구에 있는 아파트에 안착했다. 대대적인 인테리어 공사도 해서 정말이지 본격적으로 분위기 좋은 술집을 만들어버렸다. 앞에 망원

유수지가 있어 전망이 툭 트인 그 아파트는 내 마음에도 쏙 들었다.

　나로 따지자면, 아파트를 별로 좋아하는 편은 아니었다. 어린 시절 첫 기억이 날 때부터 아파트에서 살았는데, 그곳은 해운대해수욕장 바로 앞이어서 우리집은 1층이었는데도 바다가 조금 보였다. 얼마나 가까웠느냐면 여름에 아파트 단지 안 아이들이 집에서 수영복을 입고 튜브를 허리에 낀 채로 현관문을 열고 바닷가로 걸어갈 정도였다. 열아홉 살에 그 아파트를 떠난 후로 나는 서울에서 다양한 형태의 집을 경험했다. 하숙을 한 적도 있고 친척집에 얹혀 살기도 했고 자취도 했다. 다세대, 빌라, 아파트, 오피스텔, 주택 등을 거치며 살았다. 자취가 길어지자 어느 순간 자취를 어엿한 '독신 생활'로 변환하기 위해 가구와 물건들을 개비했다. 독신 생활의 외로움이 힘겹게 느껴지자 다른 형태의 주거를 모색하기 시작했다. 머릿속에 그리는 이상적인 형태는 주택이었다. 서울의 아파트는 좀 답답하게 느껴졌다. 방이 여럿이고 조그만 마당도 있는 주택을 친구들과 나눠 쓰면 좋을 것 같았다.

　무엇에든 이름 붙이길 좋아하는 나는 그것을 '눈먼주택 프로젝트'*라 불렀다. 이름을 붙여 계속 부르면 그 이름을 들었던 사람

---

*　'임자 없는'을 뜻하는 관용구로 '눈먼'을 썼는데 시각장애인을 소외시키므로 개정판을 내는 2024년 현재의 나라면 사용하지 않을 표현이다.

이 적절한 예를 발견했을 때 나를 떠올리게 되기 때문이다. 왜 '눈먼주택'이냐면 주인이 외국에 있다든가 해서 생각보다 턱없이 낮은 가격으로 나오는 집들이 있다는 얘기를 들었기 때문이었다. 내가 속해 있는 '얕은 지식' 모임에도 '눈먼주택 프로젝트' 얘길 자주 해서 한번은 모임 멤버인 건축가 임태병 소장님과 함께 여럿이서 연희동에 있는 커다란 주택을 보러 가기도 했다. 집과 정원은 크고 멋있었지만 '눈먼주택'이 아니어서 어마어마하게 비쌌고 방의 크기와 방향이 제각각인 터라 동거인들과 공간을 나눌 때도 갈등이 있을 것 같았다. 그후로도 이런저런 주택들을 눈여겨보고 멤버들을 두루뭉술 모아보기도 했지만 내 머릿속 이상적 그림을 이루기엔 난관이 많았다.

그러다 '망원호프'를 보고는 반해버린 거였다. 내가 어린 시절 살던 '해운대맨션' 아파트처럼 앞이 툭 트여서 전혀 답답함이 없었고 달랑 한 동짜리 아파트라 '아파트 단지'에서 느껴지는 바글바글함도 없었다. 위치도 좋았다. 젠트리피케이션의 바람으로 요즘 핫하고 들썩인다는 망원동이라지만 이 아파트는 그런 번화가(?)로부터 동떨어진 위치라 거기까지 시끄러워질 위험이 적어 보였다. 참고로 나는 서울에서 젠트리피케이션의 한복판에 오래 살았다. '서촌'이란 이름으로 불리지도 않을 무렵부터 경복궁 서쪽 효자동 근처의 고즈넉함이 좋아서 들어가 조용히 살았는데, 언제부턴가 동네가 '뜨면서' 하루가 멀다 하고 집 앞, 옆, 뒤가 모두 공사판이 되어버렸다. 10년 훌쩍 넘게 그 동네에 살았는데 그칠 날 없는 공사 소음과 북적이는 외지인들, 날마다 변해가는 골목길의 모습과 너무 높아져버린 집값으로 인해 쫓겨나듯 떠날 때는 꽤 쓸쓸했다. 망원호프의 위치 정도라면 그런 위험으로부터도 안심이었다. 망원호프의 크기는 30평. 방 셋, 화장실 둘, 널찍한 거실과 베란다와 다용도실을 갖춘 집이었다. 친구와 둘이 함께 살면 딱일 것 같았다. 황선우와 친해지기 전부터 그 아파트를 염두에 두고 있었는데 이제 황선우가 내 레이더에 들어왔다. 적절한 집과 적절한 파트너가 포착되었고 나는 구체적으로 꿈을 꾸기 시작했다.

두 종류의 사람

 SUNWOO '세상에는 두 종류의 사람이 있다.'

이건 내가 글을 어떻게 열어야 할지 아이디어가 떠오르지 않을 때 가끔 도망가곤 했던 식상한 첫 문장이지만, 김하나와 살면서 깨우쳐가는 신선한 진실이기도 하다. 외출하기 전에 입고 나갈 옷을 새롭게 조합해야 한다는 사실에 스트레스를 받는 사람이 있고, 반면 이틀 연속 같은 옷을 입어야 하는 상황이 생기면 침울해지는 사람이 있다. 똑같은 착장으로 지내는 게 한 사람에게는 고민을 덜어주는 간편한 일, 다른 쪽에게는 변화의 재미를 만끽할 수 없어 힘든 고충인 것이다. 어떤 사람은 작업을 할 때 음악도 듣지 않고, 다른 사람은 문서, 영상, 검색, 채팅까지 창을 다섯 개쯤 띄워놓은 채 번갈아 오가며 일한다. 여행지에서는 핸드폰을 멀리한 채 그곳 공기의 냄새까지 낱낱이 기억에 새기는 게 진짜 여행이라 믿는 사람이 있다면, 사이버 세계와의 소통을 절대 포기하지 않은 채 이동하면서까지 바쁘게 정보를 탐색해서 다음 일정을 속속 짜나가는 사람이 있다.

　여기까지의 언급에서 앞쪽은 김하나, 그리고 뒤쪽이 나다. 김하나에게는 설거지가 생활 속에 찾아오는 명상의 시간이고, 나에게는 요리가 가장 재밌는 놀이다. 김하나가 마음에 드는 한 가지 보디클렌저를 찾으면 그것을 찬양하며 몇 개씩 이어 쓰는 순정을 바칠 때, 나는 이름도 다 못 외는 세계 각국의 다른 브랜드 다른 향 보디클렌저 다섯 개 이상을 늘어놓고 매일 다른 걸로 씻는다. 우리 두 사람의 이런 사소한 차이를 앉은 자리에서 스무 개쯤은 더 나열할 수 있지만 그렇게만 지면을 채운다면 '세상에는 두 종류의 사람이 있다'로 글을 시작하는 것만큼이나 게으른 일이 될 거다. 어쨌거나 내가 공 여러 개를 갖고 저글링하며 뛰어가듯 빠르고 정신 없고 복잡하게 살아가는 사람이라는 걸, 그렇지 않은 동거인을 보면서 종종 느낀다.

　어떤 차이는 이해의 영역 밖에 존재한다. 나는 김하나를 통해 세상에는 딸기에 열광하지 않는 사람도 있다는 걸 알게 되었지만 대체로 잊어버리고 살다가 같이 장을 볼 때마다 새롭게 놀란다. 그리고 한 알 한 알 먹어치우는 동안 의아하다가 조금 슬퍼진다. 어떻게 이런 것에 탐닉하지 않을 수가 있을까(김하나는 딸기보다 수박이나 참외, 배를 좋아한다). 하지만 사람이 같이 살아가면서 꼭 같은 걸 좋아해야 할 필요는 없다. 어떤 사람을 이해한다고 해서 꼭 가

철군낮별 부부와 여행 갔던 날 갑자기 소시지와 육포를 들고 노래자랑 시작.
철군이 찍어주었다.

까워지지 않듯, 이해할 수 없는 사람도 곁에 두며 같이 살아갈 수 있다. 자신과 다르다 해서 이상하게 바라보거나 평가 내리지 않는 건 공존의 첫 단계다.

그런데 또 어떤 차이는 충돌의 원인이 된다. 물건을 소유하는 일을 짐으로 여겨 최소한만 가지려는 사람과 쇼핑을 기쁨이자 스트레스 해소로 여겨 감당하지 못할 만큼 자꾸 사들이는 사람이 있다면 어떨까. 어떤 이는 모든 물건에 제자리를 정해두고 사용한 뒤에는 돌려놓으며, 다른 이는 쓰고 나서 둔 거기가 매번 물건의 새 자리가 된다. 다시 그 물건을 찾는 데 드는 시간에도 엄청난 차이가 난다. 이번에도 앞쪽이 김하나, 두번째가 나다. 우리의 가장 핵심적인 차이이자 잦은 분쟁의 원인인 이 부분에 대해서는 따로 길게 쓰겠지만, 아무리 봐도 문제의 원인 제공자인 후자의 입장에서는 달라지려고 노력하고 있다는 해명을 할 수밖에 없겠다. 서로 굳건하게 다르다고 생각했던 차이의 테두리는 함께 살면서 부딪쳐 깎여나가기도 하고 서로를 침범하며 약간은 형질 변화가 일어난다.

다른 사람을 가까이에서 지켜보며 같이 생활하는 일은 여러모로 가르침을 준다. 세상에는 나와 아주 다른 성향과 선택이 존재한다는 사실을 알게 되며, 의식하지 못한 채 지내던 나의 성격과 특질의 도드라진 부분을 인식하게 된다. 그리고 가장 큰 배움은 이렇게 서로 다른 사람들끼리도 서로의 차이를 존중하며 함께 지낼 수 있다는 가능성이다. 차이점만큼이나 또 많기도 한 둘의 공통점 중 하나라면 책을 좋아한다는 것일 텐데, 우리는 책을 좋아하는 방식에서도 서로 다른 양상을 보인다. 내가 2천 원 추가 마일리지 적립 하한선인 5만 원에 맞추어 관심 가는 책들을 다 못 읽어도 일단 사두고 찔끔찔끔 들춰보는 반면, 김하나는 그렇게 쌓이는 책들에 부담감을 느껴 꼭 읽고 싶은 책 한 권씩만 주문한다. 그렇게 소중하게 지켜온 김하나의 공간에 내가 우르르 주문한 책들의 덩어리가 침범한다. 그런데 나의 두서없는 책 무더기도 효용을 발휘하는 일이 생겼다. 김하나가 도서 팟캐스트인 〈책읽아웃: 김하나의 측면돌파〉 진행을 맡아 신간을 골라 소개하게 되면서였다. 새로 주문한 책의 택배박스가 와서 풀어놓으면 거실 한 켠에 쌓여 있던 그것들을 어느새 김하나가 하나씩 가져다 읽고 있다. 성실한 독서가이자 툭하면 열광하는 성품인 김하나는, 그중 좋은 책에 대해 성심성의껏 열광한다. 김하나는 새 책들을 쉽게 훑어볼 수 있도록 공급처를 확보했으며 나는 관심 있는 책들을 사두면 먼저 읽고 품평해주는 우수한 전속 북리뷰어를 갖게 되었다. 이전보다 덜 사게 되진 않지만, 대신 더 읽는다.

비슷한 점이 사람을 서로 끌어당긴다면, 다른 점은 둘 사이의 빈 곳을 채워준다. 나와 똑같은 사람이 존재한다면 과연 함께 살기 좋은 대상이었을까? 아마 가슴속 깊이 이해하면서 진절머리를 내고 도망쳤을 것 같다. 참 다른 김하나와 함께 살면서 나는 조금은 욕심이 줄고, 얼마간 정돈되었고, 약간은 느긋해졌다(고 믿고 싶다). 이렇게나 다른 나와 같이 살아서 다행이라고 느끼는 순간이, 내게 그렇듯이 김하나에게도 때때로 찾아오면 기쁘겠다. 과육이 단단하고 탱글한 육보라든가 달콤하고 새콤한 향이 조화로운 죽향 같은 딸기 종류를 새로 알게 된다거나, 치킨을 같이 먹을 때 내가 좋아하는 다리, 김하나가 좋아하는 날개와 목을 서로 양보라는 생각 없이 자연스럽게 나눠 먹는다거나, 그런 작은 여백이 채워지는 것처럼.

그 아파트를 잡아라

HANA   나는 일부러 철군낮별에게 나와 황선
우를 집으로 초대하게 했다. 와인을 들고 망원호프를 찾았다. 역시
전문적 애주가 부부답게 그들은 최상의 서비스를 제공했다. 좋은
음악과 멋진 안주, 흥미로운 대화, 정교한 흐름으로 취기를 향해
점진적으로 다가가다 어느 순간 대취를 향해 마구 달려가는 술의
내러티브! 망원호프에 초대되는 모든 날이 그렇듯 그날 역시 우리
는 즐겁게 마셨고 기분좋게 취했다. 책과 음반과 철군이 직접 빚은
그릇, 낮별이 모은 흥미로운 피규어들이 거실을 둘러싼 책장과 장
식장에 아름답고 질서정연하게 놓여 있었다. 공간은 반듯하고 널
찍널찍해서 복잡한 느낌이 들지 않았다. 책벌레 부부답게 방 하나
는 통째로 통로식 책장을 겹겹이 짜넣은 도서관으로 썼다. 부부가
함께 널찍한 부엌에서 맛있는 음식을 만들어 거실로 내왔다. 거실
통유리창 밖으로는 망원유수지, 그 커다란 운동장이 시원하게 펼
쳐져 있었으며 밤이 되자 스포트라이트가 켜진 그곳은 고요하고

명상적으로 보였다. 완벽했다.

　나는 와인잔을 부딪치며 이따금씩 황선우에게 추임새를 넣었다. (당시엔 존댓말을 썼다.) "정말 여긴 완벽하지 않아요?" "유수지가 내려다보이는 게 신의 한 수죠" "와, 정말 이런 아파트에서 둘이 살면 너무 좋을 것 같아요" 등등. 황선우도 시야가 탁 트이고 쾌적한 집에서 좋은 시간을 보내며 많은 것을 느끼는 것 같았다.

　그날 이후로 나는 황선우에게 '나의 이상형은 철군네 아파트'임을 확실히 알렸다. 황선우도 이 아파트를 맘에 들어했다. 둘의 전세 보증금을 합치고 대출을 받아 집을 같이 사는 건 어떠냐고 제안했다. 그러나 황선우는 몇 가지 이유로 망설였다.

　　1. 논현동에 있는 직장까지 출퇴근 시간이 너무 오래 걸린다.

　　2. 아파트가 외진 곳에 있어 진입로가 으슥하다.

　　　　2-1. 집 가까이에 편의 시설이 없다.

　　3. 집을 '사는' 것에 대해 고려해본 적이 없다.

　　4. 둘의 보증금을 합쳐도 금액이 상당히 모자란다.

　지금 생각해보면 다 타당하며 결정적인 이유다. 하지만 당시의 나는 그런 이유들은 얼마든지 극복 가능하다고 생각했다. 결코 그 이유들을 별것 아닌 것으로 치부하지는 않았지만 내가 열과 성을 다해 설득하면 황선우의 마음도 돌아설 것이라 믿었다. 참고로 나란 사람은 평소에 물욕이 잘 안 생기는 편이다. 세일을 한다고 해서 필요치 않은 물건을 사는 일도 없고 새로운 물건이라 해서 눈이 돌아가지도 않는다. 대신 아주아주 가끔 맘에 쏙 드는 물건이 나타나면 가격이 허무맹랑하게 비싸지 않은 한 어찌해서든 구매하고, 아주아주 오래 쓴다. 깨끗이 쓰고 관리도 꼼꼼하게 한다. 매일 쓰는 물건이라도 쓸 때마다 기뻐한다. 이런 성격인 내가, 이 집에 완전히 '꽂혀버린' 것이다. 게다가 나는 카피라이터 아닌가. 나는 황선우를 조목조목 열심히 설득했다.

1. 논현동에서 강변북로를 타고 오면 지금 당신이 사는 상수동을 지나 다음다음 출구가 망원동이다. 이 집도 강변북로에서 가깝다.

2. 으슥한 진입로를 당신은 대부분 차로 지나올 것이다. 걸어올 일이 생기면 내가 몽둥이를 장착하고 100% 마중나가겠다.(나는 으슥한 길에 대한 두려움이 없는 편이다.)

2-1. 외진 곳에 있기 때문에 이 집이 툭 트이고 조용한 것이다. 필요한 게 있다면 내가 자전거로 다 사다 주겠다. 또 요즘은 장보기, 세탁소 등 많은 것들이 배달로 해결된다.

3. 2년에 한 번씩 집을 옮기거나 계약을 갱신하는 게 삶을 불안정하게 만든다. 이제 40대니 거주를 안정화하고 흩어지는 비용과 생활

을 가지런하게 할 필요가 있다.

마지막으로 4번이 남았다. 내가 이성적이고 경제관념을 제대로 갖춘 사람이었으면 이것을 가장 강력한 불가능 요인으로 여겼을 것이다. 그런데 나는 이것을 가장 높은 장애물 정도로 생각했다. 이 부분만 황선우를 설득하는 데 성공하면 된다고 여긴 것이다. 나는 내가 가진 것과 내가 융통할 수 있는 돈의 규모와 신용에 대해 아무 감이 없었다.

4. 우린 집을 사는 거니까 그걸 담보로 대출받을 수 있다. 집값의 70%까지 가능하다더라. 우리도 충분히 가능하다. 대출금은 길게 보고 둘 다 열심히 일하며 갚으면 된다. 집과 동거인이 생기고 일상이 안정되면 생활에 드는 비용도 줄어든다.

제대로 알아보지 않은 채 이렇게 열성적으로 설득을 했다. 내가 확신에 가득 차 하는 말을 듣고 황선우도 조금씩 마음이 움직인 듯했다(아마도 내게 큰소리칠 만한 근거가 있으리라고 짐작했을 것이다). 그러던 중 그 아파트에 매물이 나왔다. 철군낮별네의 옆 라인이었고 층도 적절했다. 둘이 같이 집을 보러 갔다. 나는 집이 마음에 쏙 들었다. 그런데 철군이 집을 샀을 때보다 집값이 몇천만 원이나 올라 있었다. 철군은 급매로 나온 집을 샀던 터라 더 싼 가격에 사기도 했고 그사이 시간이 흘렀으므로 집값이 오르기도 했지만 너무 비쌌다. 바가지를 쓰는 건 아닌지 걱정이 되어 다른 부동산에 알아봤더니 값이 그 정도에 형성되어 있다고 했다. 망원동이 '뜨는' 게 거기에도 영향을 미친 것이었다. 그래도 나는 그 집을 꼭 사고 싶었다. 놓칠까봐 조바심이 났지만 집을 혼자 사는 게 아니기 때문에 동거인 후보자를 푸시할 수는 없었다. 망설이던 중에 그 매물은 사라졌다. 놓쳐버린 것이다. 너무너무 아까웠다. 황선우도 망설였던 것을 후회했다. 수십 동짜리 대단지라면 모르겠지만, 규모도 작은 아파트라서 다른 집이 매물로 나오기를 기다리기엔 확률이 그리 높지 않았다.

물망에 오른 동네인 망원동을 익힐 겸, 시간이 날 때마다 그 언저리의 집을 보러 다녔다. 황선우와 함께 갈 때도 있었고 망원동에 이미 살고 있던 나의 절친 황영주와 함께 갈 때도 있었다. 망원호프라는 구체적인 사례에 마음을 빼앗겼던 내겐 사실 다른 어떤 집도 제대로 눈에 들어오지 않았다. 그러나 모든 욕심을 다 채울 수는 없는 법. 비용에 맞춰서 봤던 어느 집으로 마음이 조금씩 기울던 때였다. 그 집 근처엔 편의 시설도 많고 진입로도 으슥하지 않았다. 하지만 완벽히 맘에 들지는 않았다. 황선우와 상의를 거듭하며 계약을 할까 말까 망설이던 중에 마침 망원호프가 있는 아파트에 새로운 매물이 나왔다는 연락을 받았다! 그런데 문제가 있었다. 내가 반했던 결정적 이유 중 하나인, 베란다 밖으로 툭 트인 유수지가 없었다. 그 아파트는 한 동이지만 직각으로 꺾여 있어, 철군낮별의 집은 동남향인 반면 새로 나온 매물은 서남향이라 유수지를 보고 있지 않은 탓이었다. 실망감이 컸지만 일단 집을 보러 가기로 했다.

태양의 여인

HANA 우리집에는 뚜껑이 달린 묵직한 놋쇠 나침반이 하나 있다. 황선우의 아버지가 딸이 집을 얻을 때마다 부산에서 상경해 집이 앉은 방향을 확인하시던 도구였다. 딸을 극진히 아끼던 아버지는 그 나침반을 들여다본 후 항상 완벽한 정남향의 집을 구해주셨다.(반면 우리 부모님은 내가 서울에서 어느 집을 얻든 어디로 이사하든 별로 신경을 안 쓰셨다. 이사했다고 하면 가끔 서울에서 결혼식이 있을 때 들르는 정도였다. 물론 우리 부모님도 다른 방식으로 나를 사랑하실 거라고 믿는다.) 그 덕에, 상수동에 있던 황선우 집에서 자면 다음날 아침 정말 백사장 한복판에서 지져지는 미역이 된 느낌으로 눈을 뜨곤 했다. 커튼이 무색하게 새벽부터 엄청나게 쏟아지는 햇빛 때문에 얼굴이 타고 눈이 머는 느낌으로 아침을 맞았다. 수면 환경에 예민한 나는 그 햇빛이 무자비하다고 느꼈지만, 오랫동안 그렇게 살아온 황선우는 그 느낌을 정말 좋아했다. 아침 일찍부터 오후까지 온 집이 눈부시게 밝은 느낌.

　뿐만 아니라 황선우는 태양을 너무나 사랑했다. 햇빛 속에 뛰어다니는 운동이나 대낮의 페스티벌에서 햇볕을 쬐는 걸 좋아했다. 사주에 태양이 있다더니. 장마철엔 눈에 띄게 우울해졌고 마감 등으로 낮에 햇볕을 쬐지 못한 채 며칠을 보내면 무척 스트레스를 받곤 했다. 그런 황선우이므로 우리가 구할 집은 꼭 밝아야 한다는 점을 염두에 두고 있었다.

　앞서 말한 매물이 나왔다는 소식을 들은 날은 평일이어서 황선우는 회사에 있고 나는 당장 황영주와 함께 그 집을 보러 갔다. 현관문을 열었는데 세상에, 오후 햇빛이 거실에 가득해 집이 온통 오렌지빛이었다. 가을인데다 서남향이라 지는 해가 길게 들어오는 것이었다. 할아버지 할머니 두 분이 사시던 곳이라 짐이 많고 몰딩이니 문짝이 온통 체리색 시트지로 되어 있어 예쁘지는 않았지만 구조가 반듯하고 집이 깨끗했다. 창밖으론 유수지 대신 더 툭

오렌지빛 햇살이 드는 집.

서남향 집의 가장 아름다운 순간. 노을극장.

트인 하늘과 한강이 보였다. 강변북로와 내부순환로 등으로 이리 저리 가려져 한강이 길쭉한 은갈치 모양으로 보이긴 했지만, 분명 그것은 반짝이는 한강이었다. 무엇보다 그 따뜻하고 환한 오렌지 빛이 나를 사로잡았다. 태양의 여인도 틀림없이 좋아할 듯했다.

그런데 문제는, 우리가 지난번 봤던 집보다도 집값이 더 오른 것이었다! 이번엔 그로부터 6천만 원이 더 올라 있었다. 세상에. 하지만 나는 이번만은 집을 놓치고 싶지 않았다. 다시 황선우를 설득하기 시작했다. 무리해서 집을 사는 것이고 우리의 예산을 훨씬 초과한 것도 맞다. 그렇지만 맘에 쏘옥 드는 집에서 쾌적하게 살면 그만큼 비용을 뽑는 것이다! 이것이 바로 경제관념 없는 자의 경제 논리다. 황선우도 지난번 망설이다 놓쳐버린 비용이 6천만 원이구나 싶어서 생각이 조금 움직인 것도 있고, 내가 '어쩌면 유수지 뷰보다 더 좋은 한강 뷰' '온 집을 가득 채우는 햇빛'을 무척 강조하며 설득에 설득을 거듭한 끝에, 같이 다시 한번 집을 보기로 했다. 그런데 아뿔싸. 나는 황선우와 함께 두번째로 그 집에 들어서는 순간, 등줄기에 식은땀이 주르륵 흘렀다.

오전 11시. 그때는 서남향인 그 집이 온종일 중에 가장 어두운 시간이었던 것이다. 문을 열고 집에 들어서면서 나는 '망했다!'고 속으로 외쳤다. 정오가 가까운 시간인데도 집이 너무 어둑해서 형광등을 켜놓고 있었다. 이래서 집은 여러 번 봐야 한다는 거였구

창밖으로 바다처럼 일렁이는 플라타너스는 이 집에 처음 반하게 된 풍경이었다.

나. 식은땀을 뻘뻘 흘리며 황선우의 표정을 살폈으나 마음을 읽을 순 없었다. 나는 안방 문을 열면서 '망했다'를 외치고 부엌 불을 켜면서 '망했다'를 외쳤다. 황선우는 집을 꼼꼼히 살핀 뒤 창밖을 유심히 보았다. 멀리 은갈치 같은 한강과 높은 층이라 잔디밭처럼 내려다보이는 플라타너스의 정수리들을. 잘 봤습니다, 인사하고 나와 엘리베이터를 탔다. 나는 너무 당황해서 어쩔 줄 모르고 있었다. 황선우의 첫마디는 역시 "이 집은 오전이 어둡구나"였다. 나는 오후가 되면 동남향 집보다 훨씬 오래, 길게, 더 따뜻한 색감의 빛이 가득해진다고 말했지만 목소리에는 힘이 없었다. 황선우가 오전에 밝은 집을, 아버지가 꼭 확인해주시던 그 완벽한 정남正南의 기운을 얼마나 좋아하는지 잘 알기 때문이었다. 황선우가 말했다. "창밖으로 플라타너스들이 눈 아래 일렁이는 게 바다 같았어."

그리고 차에 타더니 이렇게 덧붙였다. "나도 좋아."

나는 그 순간 세상 모든 플라타너스 잎이 한꺼번에 펄럭이는 소리가 들리는 것 같았다.

결혼까지 생각했어

 예전 가요 중에 "너와 결혼까지 생각했어"라는 가사가 있다. 헤어지면서 떠나는 여자에게 많이 사랑했다고 울먹이며 마지막 인사를 하는 좀 측은한 내용이다. 결혼은 사랑의 최대치에서 이루어지는 관계의 완성 또는 성공적인 종착지일까? 그렇게 믿지는 않게 되었지만 나도 결혼까지 생각한적이 있다. 딱히 누군가를 너무 깊이 사랑해서가 아니라, 그냥 시도 때도 없이 생각했다. 20대 때만 해도 몇 년 뒤 나의 미래를 그려볼 때 결혼한 모습이 당연하다고 여겼기 때문이다. 주변에서 혹은 미디어에서 접하는 30대 중후반 이상 여성들의 모습이 대부분 결혼한 사람들이었던 영향이 컸다. 선생님, 대통령, 외교관…… 아는 직업이 몇 안 되던 어린 시절의 장래 희망이 늘 그것에 머물듯 20대까지는 상상력이 단조로웠고, 보편적으로 많이 보아온 모습처럼 나도 될 거라 생각했다. 그리고 어릴 때만 해도 연애가 그리 어렵지 않은 일이기도 했다. 성인이 된 이후로는 대부분의 기간에 누군가를 사귀고 있었으니 적당한 나이가 되면 그중 한 사람과 자연스럽게 결혼해 있을 거라 생각한 것이다. 그러니 결혼을 생각해보는 건 관계의 깊이나 애정의 정도와는 별개로, 사회문화적으로 학습된 결과에 가까웠다. 소개팅에서 처음 만난 남자와도 이 사람과는 결혼하면 어떨까 상상해보고, 사귄 지 석 달밖에 안 된 남자친구와도 얘랑의 결혼 생활은 어떨지 상상해보곤 했다. 하지만 이렇게 여러 번의 공상을 거쳤음에도 결혼하는 일은 십몇 년 동안 현실로 벌어지지 않았다.

20대 때의 나, 그러니까 때가 되면 밥을 먹듯, 졸업하면 취직하듯 결혼도 그렇게 하는 거라 믿었던 예전의 나 같은 사람들이 꽤 많은 것 같다. 그들의 특징은 자신의 성격이 결혼 생활에 잘 맞는지 혹은 자신이 살고 싶은 방식이 가족이라는 테두리 안에서의 생활과 잘 맞는지 고민해보지 않는다는 거다. 특히 주말마다 가족과 시간을 보내야 한다는 사실에 갑갑해하며 자기가 원한 삶은 이런 게 아니었다고 울적해하는 유자녀 기혼 남성들을 나는 여럿 보았다. 결혼과 가사노동, 육아로 인해 개인 생활을 더 희생하고 있는 쪽은 당신보다는 당신 아내 쪽으로 보인다는 말은 차마 건네지 못했지만 말이다.

나도 결혼하지 않기를 잘했다고 느낄 때가 있다. 아이를 낳아 키우며 직장 생활을 하느라 아슬아슬 생활의 균형을 잡는 친구들을 보면 그렇게 놀라운 집중력을 발휘해 시간을 쪼개 쓰며 살 수 있을지 자신이 없어진다. 그리고 그 남편들의 회사 생활이나 개인으로서의 일상이 한결 여유 있어 보일 때 더 그렇다. 누군가의 며느리로 살지 않아도 된다는 점도 다행스럽다. 한국에서 사랑받는 딸로, 유능한 직업인이자 자유로운 개인으로 살아가던 여자들은 며느리라는 관계에 놓이는 순간 갑자기 신분이 몇 계단은 추락하는 것 같다. 연락을 자주 안 한다고 타박을 듣거나, 명절마다 몇 시간씩 이동해서 음식을 마련하거나, 딸에게 이런저런 걸 챙겨주라며 지령을 받는 사위들의 이야기는 들은 적이 없다. 두려운 점은 며느리 노릇을 스스로 신나서 열심히 할 것 같은 기질이 나에게도 내재되어 있다는 것이다. 수신지 작가의 걸작 만화 〈며느라기〉에서 "시댁 식구한테 예쁨받고 싶고 칭찬받고 싶"어서 자발적으로 애쓰는 시기라고 설명하는 '며느라기'처럼 말이다.

　동거인의 부모님을 가끔 만나 함께 식사하곤 한다. 두 분은 혼자 사는 딸이 마음 쓰였는데 이제 옆에 내가 있어 든든하다고 말씀하신다. 별 얘기를 하지 않아도 어머니 말씀에 호응하며 장단을 맞춰드리거나, 술을 좋아하시는 아버지와 잔을 부딪치거나 하는 것으로 나는 그 자리에 초대된 몫을 다한다. 두 분을 보며 동거인에게서 내가 좋아하는 모습을 발견하게 되고, 그 공통점에 감사한 마음이 드는 건 꽤나 즐겁고 따뜻한 일이기도 하다. 그렇게 구워주시는 고기를 먹고, 채워주시는 맥주를 마시고 돌아와 시간이 흐르면 두 분이 궁금하고 보고 싶어져서 안부를 묻게 된다. 그 댁에 가서 과일을 깎거나 설거지를 할 필요도, 나아가 효도를 고민할 부담도 없다. 밥해 먹는 게 세상에서 제일 중요한 일인 우리 엄마는 우리집의 요리 담당인 내가 야근을 하거나 장기 출장이라도 가게 되면 제일 먼저 동거인의 식사부터 걱정한다. "하나 혼자 밥은 우짜노?" 이렇게 관계에서의 의무만 보태는 것이 아니라 자식의 옆에 있어주어 든든하다는 이야기를 듣는 위치라면 누군가의 며느리가 되는 일도 얼마나 산뜻하고 가뿐할까?

쫄보에게 빌붙은 자

안 그래도 모자라던 예산이 훨씬 초과되었으므로 계약을 하려면 대책 마련이 필요했다. 각자 동원할 수 있는 모든 것을 다 끌어오기로 했다. 자식 결혼시킨다고 생각하라며 부모님으로부터 받을 수 있는 최후의 지원까지 끌어내고, 주택담보대출도 알아보았다. 철군은 자기 마이너스 통장에서 얼마를 융통해줄 수 있으니 필요하면 꼭 얘기하라고 했다. 철군에게서 돈을 빌리진 않았지만 마음이 든든해졌고 지금까지도 정말 고맙게 생각하고 있다. 주택담보대출은 황선우가 은행에서 알아보고 오더니 예상보다 많은 금액까지 가능하다고 했다. 한 주택당 한 사람만 대출받을 수 있대서 황선우가 대표로 받기로 했다. 대출금을 어떻게 갚을 것인지에 대해 상의했는데, 황선우는 대기업 부장님이고 월급을 꼬박꼬박 받지만 나는 프리랜서라 수입이 일정치가 않으므로 매달 납입하는 금액은 최소로 줄이기로 짰다. 대신 내게 큰돈이 들어오면 비정기적으로 크게 갚을 수 있도록 계획했다. 잔금

치르는 날 직전에 들어올 수입까지 싹싹 다 긁어 계산하니 가까스로 금액을 맞출 수 있었다. 우리는 계약하겠노라고 말했다.

계약일이 되었다. 그간 여러 번 이사 다니며 부동산에서 계약서를 써본 게 한두 번이 아니지만 생애 처음으로 집을 사는 거라니 감회가 달랐다. 계약서를 꼼꼼히 확인한 뒤 계약금을 입금하고 나란히 이름을 쓰고 도장을 찍었다. 계약 완료! 공동명의 세대주가 되었다. 긴장해 있던 부동산에서 나와 신선한 바깥 공기를 마셨다. 마침 그날은 날씨도 화창했다. 나는 뿌듯한 마음을 가눌 길 없어 만면에 웃음을 띠고 이제 곧 나의 동거인이 될, 이 미션을 함께 완수해낸 나의 파트너를 돌아보며 말했다.

"우리, 집 샀다!"

하이파이브를 하려고 손을 들고 돌아본 나는 순간 깜짝 놀라고 말았다. 황선우의 얼굴이 그야말로 보령머드축제 메인컬러 같은 흙빛이었기 때문이다. 얼굴에 수심이 가득했다.

"어? 왜 그래?"

"이제 엄청난 빚더미에 올라앉았어……"

금방이라도 앓아누울 것 같은 목소리였다. 나는 너무 어이가 없어서 웃음을 터뜨렸다. 빚에 대한 부담감이 너무 커서 처음으로 집을 산 게 기쁨이 아니라 벌처럼 느껴지는 사람이라니. 귀엽기도 하고 한편으론 믿음이 갔다. 적어도 빚보증 잘못 서서 집을 날리거

나 몰래 어디서 돈을 끌어다 사고를 치지는 않을 사람이라는 뜻이
니까. 동거인이 경제적으로 믿을 만한 사람인가 하는 문제는 중요
하다.

"으이그 쫄보야~ 우린 할 수 있어! 오늘은 기쁜 날이야!"

황선우가 어정쩡한 머드팩빛 미소를 지었다. 나는 지금도 그
날을 떠올리면 웃음이 난다.

반면 나의 경우, 내가 황선우에게 믿을 만한 사람이었는지는
모르겠다. 최근에야 알게 된 사실인데 집을 산다고 해서 다 그 집
을 담보로 많은 금액을 빌릴 수 있는 건 아니었다. 빌리는 사람의
신용이 중요했던 것이다. 고정된 수입이 있는지, 대출금을 잘 갚
을 수 있는지를 은행이 평가할 때 프리랜서로 수입이 불안정한 나
는 신용등급이 결코 높은 편이 아닐 터였다. 그건 수입과는 또다
른 문제여서, 나는 예전에 신용카드를 만들려다 퇴짜 맞은 적이 있
다. 당시 직장 다닐 때보다 돈을 더 잘 벌고 있었는데도 그쪽의 평
가 기준으로 나는 믿을 수 없는 사람이었던 것이다. 이 나라에서는
싱글인 프리랜서가 집을 사기란 너무도 요원한 일이었다.(불합리
하다!) 그제서야 깨달았다. 황선우가 18년간 단 한 번도 쉬지 않고
근면하게 회사 생활을 해왔기 때문에 우리가 무사히 집을 살 수
있었음을. 나는 쫄보도 아니었고 큰소리도 내가 쳤지만 정작 내가
할 수 있는 여지는 별로 없었음을. 심지어 그 사실을 몰랐기 때문

에 해낼 수 있다고 큰소리치고 집을 사자고 '뽐뿌질'도 할 수 있었다. 만약 내가 신용과 대출의 세계에서 내 처지에 대해 좀더 알았다면 그러지는 못했을 것이다. 무식하면 용감하다는 말이 맞다.

이 사실을 깨닫고 나서 나는 황선우에게 이렇게 말했다.

"알고 보니 내가 빌붙은 거였어…… 성실한 직장인 하나 잘 물어가지고 야무지게 집도 마련하고 뚜껑 열리는 차도 타고 말야."

나는 주차가 곤란한 서촌에서 살 적에 내 차를 팔아버렸기 때문에 차가 없지만 운전은 아주 좋아한다. 황선우는 몇 달 전에 논현동에 있던 잡지사를 그만두고 합정에 있는 다른 회사로 옮긴 터라 마을버스 통근자가 되었다. 황선우의 컨버터블 자동차는 내가 일하러 가거나 장을 볼 때 자주 이용하고 있다. 나는 황선우 덕분에 번듯한 집도 사고 예쁜 차도 생긴 셈이다. 후후. 어쨌든 쫄보와 그에게 빌붙은 자는 대출금을 꼬박꼬박 갚으며 잘살고 있습니다.

능숙한 빚쟁이가 되어라

 회사를 그만두고 나서 가장 중요한 계획은 판타지 대하드라마 〈왕좌의 게임〉을 정주행하는 것이었다. 7시즌까지 나와 있는 이 시리즈의 스케일이나 몰입도는, 다음날 출근을 앞두고 얕게 빠졌다 나올 수 있는 성질이 아니기 때문이다. 이직을 앞두고 마침내 한 달의 휴식 기간이 생기자 나는 동거인에게 작별인사를 고한 다음 웨스테로스의 칠왕국으로 떠났다. 철왕좌를 두고 다투는 다양한 가문들 가운데 황금 사자를 상징으로 사용하는 라니스터 집안은 야망과 권력욕이 누구보다 큰 사람들인데, 그 구성원들이 한 회 걸러 한 번씩은 이런 말을 한다. "라니스터는 언제나 빚을 갚는다." 여기서 빚은 당한 일에 대한 복수와 입은 은혜에 대한 보답, 양쪽을 모두 의미한다. 라니스터 집안은 확실히 주고받은 것들의 대차대조 장표를 촘촘하게 쓰고 지워나가며 권좌를 향해 위로 올라간다.

우리 집안에도 이런 경구가 있다면, 그건 "월세는 살지 마라,

돈 못 모은다" 정도가 될 것 같다. 아버지는 공무원으로 일하다 퇴직하셨고, 가족들도 대개 교사나 회사원들인 우리 집안에서는 많지 않은 월급을 덜 쓰고 아끼며 절약하는 태도가 자연스러웠다. 이렇게 소심한 안정 지향형 인간들에게서 다행인 점은 발밑만 보며 잔걸음을 옮기는 식으로 살기에 누가 크게 돈을 벌어주겠다고 유혹해도 구덩이에 발을 빠뜨리지 않는다는 것이다. 다단계에 투신한다든가 어디 좋은 땅이 싸게 나왔다는 말에 솔깃해 사기를 당했다는 이야기를 황씨 집안에서 들을 일은 로또 당첨 확률보다 낮다. 대신 잠재력만큼 리스크가 큰 베팅을 하는 과감한 재테크도 할 줄 모른다. 누구네가 망하는 일은 못 봤지만 크게 돈을 번 사람도 없는 집안에서 자라며 나에게 빚은 어딘가 떳떳하지 못한 것, 어서 벗어나야 할 불편한 상태를 의미했다.

그렇다. 나는 쫄보였다. 대학에 들어가 사업하는 집안의 친구를 만나보면서 이런 가풍의 차이는 더 확실해졌다. 친구는 부모님과도 영리하게 딜을 해서 방학 동안 사업을 돕는 대신 차를 받아쓰기도 하고, 친구들 사이에서도 더치페이 대신 크게 쏘고 잘 얻어먹기도 했다. 단순히 돈이 많다거나 씀씀이가 큰 것과는 다르게, 큰 거래를 성사시킬 줄 알고 자금의 유동성을 확보하는 배포가 있다고 할까. 실제로 그 댁에서는 종종 이렇게 말씀하신다고 했다. "빚도 능력이야."

집을 사기로 한 날, 도장을 찍고 계약금을 치른 다음 부동산에서 나오는 내 얼굴을 본 김하나는 깜짝 놀라서 어디가 아프냐고 물어왔다. 무릎 관절 아래가 사라진 느낌으로 후들대면서 나 자신도 지금 안색이 좋을 리가 없다는 걸 알아차렸다. 인생 최초로 억대 고액의 빚이 생겼기 때문이다. 은행에서 주택담보대출을 얻은 금액은 부동산 가격의 20% 정도로 아주 큰 비율은 아니었고 김하나와 절반씩 부담하면 되었지만, 그 마이너스 숫자가 머릿속에 들어오는 순간부터 나는 부담을 느꼈다. 내 집 마련의 뿌듯한 성취를 거둔 기쁜 날이기도 한 동시에 나에게는 달아날 수 없는 짐이 묵직하게 지워진 날이기도 했던 거다. 동거인은 나를 향해 장난스레 말했다. "아이고, 이 쫄보야!"

그로부터 2년이 흐른 지금, 그 쫄보에게는 무슨 일이 벌어졌을까? 뱀이라면 질색하는 사람이 어쩔 수 없이 뱀과 함께 지내게 되었다고 가정해보자. 물리지 않으려고 기를 쓰다가 길들이는 법을 터득하게 될지 모른다. 요약하면, 딱 1년 동안 대출의 절반을 상환했다. 빚이 싫고 빚진 상태가 싫어서 다른 데 돈을 쓰지 않고 열심히 모아 갚다보니 벌어진 일이다. 인생 최대 쇼핑인 집을 사고 나니 딱히 갖고 싶은 게 없기도 했다. 가장 좋은 술친구가 집에 있고, 내 맘대로 쓸 수 있는 주방이 있으니 밖으로 술을 마시러 다닐 이유도 없어 집에서 놀면 되었다. 일에서 얻는 스트레스를 쇼핑으로 풀거나 여행 가서 자잘하게 예쁘고 쓸모없는 물건을 사들이거나 하는 즐거움보다, 몇백만 원씩 모아서 대출금을 줄여나가는 재미와 정신적 보상이 훨씬 컸다. 물론 10년 기한으로 빌린 돈을 미리 갚으면서 조기 상환 이자를 물어야 했지만 그 1년 동안 집중해서 빚을 갚아본 경험은 나를 많이 바꿔놓았다. 꺼리고 피해오던 대출이 오히려 경제적으로 한 계단을 올라가는 동력이 된 것이다. 지금은 빚이 좀 있으면 어때, 하고 생각하는 데까지 이르러서 회사 상여금 같은 목돈이 생기면 대출을 갚기보다 다른 방식으로 투자를 한다. 주택담보대출은 금리가 높지 않으니 미리 급하게 갚아버리기보다 긴 상환 기간 동안 조급해하지 않을 생각이다. 물론 주말마다 통화하는 엄마는 날씨 얘기나 건강에 대한 안부처럼 빼놓지 않고 딸의 빚을 걱정하지만.

큰 대출을 얻고 또 갚아보면서 내 배짱은 아주 조금 도톰해졌다. 또하나 배운 교훈은, 자신이 두려워하는 뭔가를 영원히 피해다닐 수 없다면 제대로 부딪쳐볼 필요도 있다는 거다. 늘 머물던 안전지대 밖으로 한 걸음을 내딛어보면 세상에 생각해온 것만큼 큰 위험이 없다는 걸 알게 된다. 어쩌면 겁쟁이일수록, 위험한 상황을 좀처럼 만들지 않는 자신의 본능적 감각을 믿어봐도 좋을지 모른다. 조금 대담해진 쫄보는 오늘도 라니스터에게서 배운다. 빚은, 지지 않는 게 아니라 잘 갚는 게 중요하다.

나를 키운 건 팔 할이 대출금

 앞서 말했듯, 동거인 사이에 경제관념
은 중요하다. 돈 씀씀이와 돈에 대한 생각, 자기 앞가림에 대한 책
임감과 능력을 서로 체크해야 한다. 경제적으로 분리되어 있다 하
더라도 생활의 많은 부분을 함께하는 사람이 너무 사치스럽거나
너무 짠돌이일 경우엔 꽤나 스트레스가 된다. 우리가 같이 살까 고
민해보던 때에 마침 내가 인터넷에서 이런 기사를 접했다.「결혼
전에 물어야 할 13가지 질문」. 〈뉴욕 타임스〉의 기사였다. 그중 이
런 질문이 있었다. "차 한 대, 소파 하나, 신발 한 켤레에 쓸 수 있는
최대 액수는?" 황선우를 만났을 때 이 질문에 답해보자고 했다. 지
금 정확한 액수가 기억나진 않아도 우리 둘의 대답은 거의 같았다.
신발 한 켤레에 대한 황선우의 대답이 나보다 조금 높았던 것 같
긴 하지만. 우리는 거기다 서로 질문을 덧붙였다. 공연 한 편, 식사
한끼, 와인 한 병 등등에 쓸 수 있는 최대 액수? 우리 둘의 대답
은 거의 같았다. 만나서 놀 때도 번갈아 밥과 술과 영화표를 사는

정도가 비슷했다. 적어도 돈 씀씀이 때문에 서로 스트레스를 받지는 않았다.

우리는 대출금이라는 한배를 탔으므로 각자의 경제적 능력과 안정도 남의 일이 아니게 되었다. 만약 함께 대출금을 갚던 중에 한 사람이 경제력을 잃거나 무책임한 모습을 보이면 어쩔 것인가? 그런데 나는 사실 집을 계약하고 나서 직업적으로 대혼돈의 시기를 맞게 되었다. 애착을 갖고 여러 해 꾸려오던 작은 브랜딩 회사를 이런저런 사정으로 접을 수밖에 없었다. 광고 카피라이터로 시작했던 나의 커리어를 브랜딩 쪽으로 옮겨가던 중이었는데 갑자기 회사가 없어지자 직업적 정체성 위기가 왔다. 그전까지만 해도 브랜딩 회사 대표였는데 갑자기 '나는 뭐하는 사람이지?'라는 질문에 답하기가 어려워졌다.

혼란스러웠고 아득했지만 생각을 오래 하고 있을 시간이 없었다. 당장 잔금을 치르고 대출금을 갚아나가야 했으므로. 또 대출 운명공동체를 맺어놓고 동거인에게 경제적, 직업적으로 비실거리는 모습을 보일 수는 없었다. 나는 결심했다. '들어오는 일은 무조건 다 하자.' 그전에는 회사일에 집중해야 했기 때문에 강연이나 원고 청탁이 들어오면 가끔 하고 자주 거절했었는데 이젠 그럴 여유가 없었다. 나는 모든 메일에 일단 "좋은 제안 고맙습니다"라고 답하기 시작했다. 그리고 강의와 강연과 원고 쓰기를 들어오는 대로 다 했다. 학생, 학부모, 회사원, 주부, 공무원, 교직원 등등 앞에서 두 시간이고 세 시간이고 강의했다. 청중이 천차만별이라 반응도 가지각색이었고 멀리까지도 다녀오곤 하느라 나날이 정신없이 보냈다. 강의가 잘되지 않은 날엔 돌아오는 지하철 안에서 머리를 쥐어뜯으며 다음엔 이 부분을 보완해야지 되새기곤 했다.

지나고 보니 그게 다 맹훈련이 되었던 것 같다. 처음 강연을 할 땐 쭈뼛거리고, 하려던 말을 까먹고, 인상을 쓰거나 조는 사람이 있으면 후달리곤 했다. 하지만 강연을 거듭할수록 점점 많은 사람들 앞에 서서 말하는 데 부담감을 덜 느끼게 되었다. 긴장하지 않고 편안하게 말하는 법과 사람들을 집중시키는 요령도 조금씩 익혔다. 원고 청탁도 다양한 주제를 가리지 않고 받아들여 열심히 썼다. 이때 썼던 원고들이 같이 묶여 나중에 책 『힘 빼기의 기술』로 나왔는데, 이 책에는 나의 동거인 황선우의 추천사도 실려 있다. 『힘 빼기의 기술』은 내가 낸 책 중에 가장 많이 팔린 책이 되었고 나는 인세를 모두 대출금을 갚는 데 썼다. 그리고 앞서 맹훈련을 해온 덕분으로 『힘 빼기의 기술』 때문에 들어온 수많은 강연과 북토크들을 잘해냈고, 우연히 강연을 들었던 분의 추천으로 〈세상을 바꾸는 시간, 15분〉(세바시)에도 출연하게 되었다. 이어 팟캐스트 〈일상기술연구소〉에 힘 빼기 기술자로 출연해서 재잘재잘 떠들었더니 그것이 기회가 되어 예스24가 제작하는 팟캐스트 〈책읽아웃: 김하나의 측면돌파〉의 고정 진행까지 맡게 되었다. 2018년 1월 1일부터 7일까지 MBC 라디오의 장수 캠페인 〈잠깐만〉에 내 목소리를 내보내기도 했으며, 2월부터는 MBC 라디오 〈세상을 여는 아침〉에 고정 코너가 생겼다. 그뒤로는 라디오 게스트, 영화 GV, 북토크 진행, 네이버 책문화 생방송 진행 등 수많은 곳에서 출연 제의가 들어왔다. 그리고 7월부터는 MBC 라디오 〈별이 빛나는 밤에〉에 고정 출연하고 있다. 대출을 얻고 회사를 접는 바람에 시작된 '닥치는 대로 일하기'가 생각지도 못 한 곳으로 나를 데려온 셈이다. 여러모로 나에겐 행운을 가져온 집이 아닐 수 없다.

나는 이제 '브랜드라이터'와 '실내수필가', 또 '말하는 사람'이라는 세 개의 직업 정체성을 돌려가며 일하고 있다. 요즘 나의 별명은 '망원동 혜민스님'이다. 『멈추면, 비로소 보이는 것들』을 내놓은 뒤 결코 멈추지 않고 다양한 활동을 하며 속세를 질주하고 계신 혜민스님처럼, 나도 『힘 빼기의 기술』이란 책을 내놓고는 좀처럼 힘을 빼지 못한 채 바쁘게 살고 있기 때문이다.(그사이 직접 그림까지 그린 『15도』가 나온 것으로 모자라 지금 또 이 책을 쓰고 있지 않은가!) 브랜딩 프로젝트도 계속하고 있고 언젠가는 조그만 회사도 만들어볼 참이다. 무엇보다도, 동거인에게 좋은 파트너가 되고 싶었고 경제적으로 안정된 모습을 보이고 싶었다. 그게 큰 동기 부여가 되었다. 함께 산 지 1년 만에 우리는 힘을 합쳐 대출금의 절반을 갚았다. 나를 붙잡아준 것은 팔 할이 대출금이어라.

인테리어 총책이 되다

HANA 　　　　　사정상 내가 삼청동 집에서 황선우보
다 일주일 먼저 이사를 나오게 되었다. 고양이들을 성산동 이아리
집에 맡기고 이삿짐은 일주일간 보관해두었다가 황선우의 짐을
옮기는 날 같이 새집으로 옮기기로 했다. 그동안 나는 황선우의 상
수동 집에서 생활하며 망원동 새집 인테리어의 책임을 맡았다. 물
론 내가 직접 하는 건 아니고 인테리어 팀과 의사소통 창구를 나
로 통일했다는 얘기다. 인테리어는 '텍스처 온 텍스처' 팀의 신해
수가 맡아주었다. 내가 살던 서촌에서 'pubb'이라는 술집을 운영
했던 인연으로 친구가 된 신해수는 한예종에서 건축을 전공했고
몇몇 곳의 인테리어 작업을 맡아 잘해냈으나 적성에 맞지 않아 '인
테리어는 더이상 안 하겠다'고 막 선언한 터였다. 그러나 정말 고
맙게도 마지막 작업으로 우리집까지만 해주기로 했다. 우리는 끌
어올 수 있는 모든 것을 탈탈 끌어온 터라 예산도 적었고 일정도
터무니없이 짧았는데 그럼에도 공사를 맡아준 신해수와 조수 역

할을 해준 전재형 실장에게 지금도 너무 고맙다. 그것도 12월 그 추울 때.

황선우는 인테리어 과정에는 별로 관심이 없고 결과에만 관심 있다며, 내가 살던 삼청동 집 느낌이 맘에 드니 모든 것을 알아서 하라고 내게 역할을 일임했다. 나는 집 공사의 대원칙을 세웠다.

'최대한 밝게!'

물론 태양의 여인 황선우를 고려한 결정이었다. 내가 설득해 서 오자고 한 집이었으므로 황선우도 이 집을 후회 없이 좋아할 수 있도록 최대한 노력해야 했다. 원래 살던 할머니 할아버지는 짐 을 곳곳에 많이 쌓아두고 계셔서 집이 더 어두워 보였다. 집 여기 저기에 붙어 있는 패널 몰딩과 문짝도 붉고 짙은 체리색이었다. 특 히 부엌 싱크대는 커다란 냉장고가 파티션처럼 빛을 가로막고 있 어 불을 켜지 않으면 그릇이 잘 안 보일 정도로 어두웠다. 부엌은 우리집 주방장 황선우가 활약할 공간이었으므로 집의 중심이 될 것이었고 쾌적해야 했다. 그래서 나는 대원칙에 따라 다음과 같이 정했다.

1. 최대한 빛을 가리지 않는다.
2. 문짝, 벽지, 몰딩은 밝은 계열로. 벽에 붙은 패널 몰딩은 가능한 한 철거한다.

3. 냉장고 자리는 빛을 가리지 않는 쪽으로 옮기고 싱크대를 다시 설계한다. 한쪽 싱크대 상부장을 떼어내서 시원하고 밝은 느낌을 준다. 싱크대는 모두 흰색.

공사가 시작되자 나는 무척 재미있었다. 생각을 이야기하면 그대로 공간이 만들어지는 게 대규모 공작 시간 같았다. 물론 힘들여 일하는 수고를 전혀 하지 않으니 재미있기만 했을 테지. 나는 머릿속에 원하는 집이 명확하게 들어 있었고 취향이 분명하므로 신해수가 이런저런 자재의 재질이나 색깔 등 선택 사항을 보여줄 때 고르는 데 어려움은 없었다. 적은 예산 중에 무엇을 포기하고 무엇을 선택할 것인가에도 그랬다. 그중엔 욕조의 문제도 있었다. 요즘은 욕조를 없애고 샤워부스를 설치하는 게 추세라지만 황선우와 나의 생각은 달랐다. 우리가 오랫동안 홀로 생활하며 단 하나 정말로 아쉬웠던 바로 그것이 욕조였다. 처음 같이 살아볼까 하는 말이 나왔을 때 이미 욕조에 걸쳐놓고 와인잔과 초와 책을 올려놓을 예쁜 배스 트레이부터 산 우리였다. 그래서 욕조를 없애는 대신 새 욕조를 설치했다.

그리고 집에 필요한 가구들을 황선우와 함께 부러 다녔다. 거실은 나무색 계열, 서재는 블랙&화이트로 미리 정해두었으므로 크게 고민할 필요는 없었다. 서재에 빙 둘러 설치할 책장은 흰색으

부엌 인테리어의 주안점은 최대한 '밝게'.

2인 가구의 소중한 결실, 욕조.

로 골랐고 옷방은 워크인 드레스룸으로 만들 예정이어서 시스템 가구를 짜 넣었다. 가장 고민되는 것은 테이블이었다. 집의 메인 공간인 거실에 놓을 테이블은 우리집의 인상을 좌우할 물건이었으므로 신중히 골라야 했다. 거실에는 나의 절친 황영주가 손으로 만든 견고하고 아름다운 책장이 양쪽으로 놓일 예정이었다. 이 가구에 대한 이야기는 나중에 좀더 상세히 하겠다. 호두나무와 떡갈나무의 색깔이 조화로운 이 책장과 함께 놓을 테이블은 소재와 무게감이 적당한 것을 고르기가 까다로웠다. 테이블은 원목가구 만드는 곳에 의뢰해서 짠다 하더라도 의자를 어떻게 매치할지도 어려웠다. 의자란 세심한 편안함과 오래가는 튼튼함을 갖추어야 하는데 그 둘을 갖추었으면서 디자인도 예쁜 의자를 사려면 값이 지나치게 비싸졌다.

그러다 이런저런 집기를 사러 들렀던 무인양품에서, 우리는 피곤해서 잠깐 어느 테이블 앞에 놓인 의자에 걸터앉았다. 그리고 앉은 김에 자주 그러듯이 상황극을 했다. 황선우에게 "오늘 저녁은 바닷가재 파스타로군요!" 같은 멘트를 날리며 이 제품이 우리집에 있다면 어떨지 시뮬레이션을 해보는 것이다. 언제나 쿵짝이 잘 맞는 황선우도 마주앉아 추임새를 주고받았다. 테이블과 의자의 높이가 아주 편했다. 우리는 둘 다 키가 작은 편이므로 다른 곳에 앉았을 때는 한 번도 느끼지 못한 편안함이었다. 그 테이블은 보통의 식탁보다는 낮고, 티테이블보다는 높았다. 의자도 그에 맞게 낮고 편안했다. 그런데 디자인이 별로 맘에 들지 않았다. 밝은색 떡갈나무 합판을 투박한 검은색 나사로 조립한 것이며 이리저리 둥글려진 다리의 모양새가 꼭 학생 가구 같았다. 의자도 합판을 벤딩해서 역시 둥글둥글하게 조립되어 있었다. '높이는 좋은데 안 예쁘다.' 결론을 내리고 일어났다.

그런데 그날 밤 자려고 누워 있는데 자꾸만 그 테이블과 의자가 생각났다. 디자인이 아니라 거기 앉았을 때의 편안함이 자꾸 떠오르는 것이었다. 다음날에도 그 느낌이 가시지 않아 황선우에게 얘길 꺼냈다가 퇴짜를 맞았다. 그래도 다니다가 무인양품이 있으면 들러서 그 테이블을 여러 번 봤다. 이상하게 자꾸 마음이 갔다. 인테리어 총책인 내가 자꾸 말을 꺼내니 황선우도 조금씩 그 테이블을 고려해보기 시작했다. 내가 감각을 믿는 두 친구, 황영주와 백지혜에게 테이블 사진을 보냈더니 바로 퇴짜가 돌아왔다. "거길 안 앉아봐서 그래"라며 나는 계속 그 테이블을 마음에 두었고 결국 내게 넘어가준 황선우가 허락을 해서 구입했다. 함께 다니다가 발견한 동시에 둘 다 "저거다!" 하고 소릴 질렀던 덴마크산 조명을 그 테이블 위에 달았다. 1년이 훌쩍 넘게 지난 지금, 우리가 가장 시간을 많이 보내는 곳은 압도적으로 이 테이블 세트다. 여기서 글도 쓰고 밥도 먹고 술도 마시고 책도 읽는다. 고양이들도 의자를

햇살이 잘 드는 오후 시간에는 집에 머무르는 게 좋다.

두 사람이 함께 고른 덴마크산 조명.

고양이들이 일광욕을 하는 동안 사람은 갈 곳을 잃곤 한다.

무척 사랑해서, 사람이 앉기 전엔 꼭 테이프클리너로 털을 제거하지만 이내 또 수북하게 털이 묻곤 한다. 퇴짜를 놓았던 두 친구들도 집에 와서 앉아보고는 이걸 안 샀으면 어쩔 뻔했냐고 했다. 거실에 놓인 원목가구들과도 잘 어울려서, 분위기를 무겁게 누르지도 않고 지나치게 가볍지도 않다.

우리는 이사 1주년을 맞아 텍스처 온 텍스처 팀을 집으로 초대했다. 빠듯한 예산과 일정에도 불구하고 불평 한마디 없이 최선을 다해 집을 예쁘게 만들어준 고마움에 대한 보은의 식사 자리였다. 우리집 곳곳에는 신해수, 전재형 실장의 센스와 배려와 아이디어가 녹아 있다. 앞으로 이 집에서 사는 내내 고마울 것 같다. 하지만 여러분, 이 팀은 더이상 인테리어 작업은 하지 않습니다. 최후의 행운은 우리가 다 썼어요.

내가 결혼 안 해봐서 아는데

 SUNWOO 이 나이가 되도록 결혼을 안 하고 있어서 좋은 점은, 세상이 말해주지 않는 비밀을 하나 알게 되었다는 거다. 그게 뭐냐면, 결혼을 안 해도 별일 아니라는 사실이다. 내가 결혼 안 해봐서 아는데, 정말 큰일나지 않는다. 결혼을 하지 않았기 때문에 앞으로 생길 수 있을 별일 큰일을 곰곰 생각해봐도, 앞으로 점점 더 결혼할 확률이 낮아질 것 같다는 정도 외엔 딱히 떠오르지 않는다. 물론 나도 앞날에 대한 고민은 매일 한다. 예를 들면 이런 걱정들이다. 100세 시대라는데 언제까지 일하며 돈을 벌 수 있을까? 앞으로 내 커리어의 어떤 점들을 더 계발하거나 보완해야 할까? 20년 가까이 직장 생활 하며 꼬박꼬박 부어온 국민연금은 65세부터나 받을 수 있는데 그전에 은퇴하면 뭘 먹고 사나? 아니 국민연금 잔고 자체가 바닥나서 내가 납부한 돈을 떼어먹히는 건 아닐까? 큰 병이 들어서 너무 빨리 죽으면 어떻게 하지? 잔병치레를 하며 너무 오래 살면 또 어떻게 하지? 보험을 좀더 들어

놔야 하나?

하나씩 써놓고 보니 점점 더 걱정이 커진다. 하지만 내가 결혼한 상태라고 가정해봐도 이런 고민들이 사라지거나 딱히 줄어들 것 같진 않다. 결혼한 친구들과 대화해봐도 고민의 성격이 크게 다르기보다 육아나 자녀 교육, 부모님 부양에 대한 몇 가지가 더 보태지는 정도인데다 때로는 이 고민들을 나누고 서로 덜어줘야 할 배우자와의 관계 자체가 더 큰 고민이기도 한 경우까지 본다.

지금은 홀가분해진 편이지만, 결혼하지 않은 채로 나이를 한 살 한 살 더 먹어가는 일에 대해 나도 언제나 편안했던 건 아니다. 30대 중후반에는 꽤 초조함도 느꼈던 것 같은데, 이런 불안은 내 상황이나 내면보다는 주변 사람들에게서 비롯한 편이었다. 통상적인 '결혼 적령기'를 넘어가는 여자는 스스로가 평정심을 유지하며 만족스러운 생활을 하고 있어도, 잔잔한 물에다 괜히 돌 던지는 모양새로 주변에서들 툭툭 건드리지 못해 안달이다. 서른을 넘기면서 무슨 참견면허증이라도 딴 것처럼 온갖 사람들이 깜빡이도 안 켜고 끼어들어왔다. 처음 만난 취재원, 잘 모르는 동네 사람, 오랜만에 만난 지인들까지 결혼 여부나 계획에 대해 무슨 날씨나 남북관계 문제라도 되는 양 아무렇지 않게 물어왔다. 아직이라고 답하면 여러 가지 반응이 돌아왔다. 정말로 궁금하다는 듯이 이유를 묻는 탐정파, 무슨 내 결격 사유를 덮어주는 양 "앞으로는 좋은 일

있겠지……" 하며 말꼬리를 흐리는 덕담파, 혹은 멀쩡해 보이는 데 너도 별수없다는 듯이 깎아내리는 공격파. 언뜻 걱정이나 관심 같아서 속아넘어가기 쉽지만 이런 말들은 공감도 배려도 없는 행동이다. 그 문제가 진짜 문제라면 당사자가 가장 고민하고 있을 것이며, 다른 사람이 툭 건드리듯 지적한다고 당장 해결될 가능성도 없고, 무엇보다 남의 일인데 어째서 맡겨놓은 듯이 계획이나 입장 표명을 요구하는 걸까? 결혼하지 않은 여성들은 어리고 만만하다는 이유로 종종 이런 주제넘은 참견의 대상이 된다.

다행인 것은 세상 사람들이 말하는 결혼 적령기의 가장자리로 비켜나면서 달갑잖은 오지랖도 자연스럽게 줄어든다는 점이다. 그러니 몇 년 동안만 단단한 멘탈로, 혹은 달관한 무신경으로 버티다보면 다 지나간다는 게 내 경험담이다. 그리고 나 스스로도 어느 순간부터는 아무렇지 않아진다. 한동안은 '남자에게 인기가 없어서, 연애를 못 해서 내가 결혼을 못 한 게 아니라구요!' 항변하는 마음이 한구석에 있었다면, 더이상 그런 식으로 답할 필요도 못 느끼게 된다. 인기가 없으면 어때? 결혼하고 싶은 상대가 아니거나 말거나 어쩔 건데? 남자들이 좋아할 만한 여자로 안 보인다는 데 전혀 신경쓰이지 않게 되었다. 남성의 욕망의 대상으로서 존재한다는 게 내 가치를 높여주거나 기분을 낮게 해주지 않으니까.

한번은 지인들 몇이 모인 모임에서, 어떤 40대 기혼 남성이 주장하는 '보석 이론'을 듣게 되었다. 세상에 괜찮은 여자가 싱글로 남아 있는 경우는 없다는 것이 그의 요지였다. "정말 값진 보석은 사막 한복판에 숨겨져 있어도 세상에 나오는 법이에요. 상인들이 어떻게든 찾아내서 값을 지불하고 손에 넣거든." 여자가 상품이 아니라 자기 의지와 취향을 가진 사람이라는 사실은 그에게 중요하지 않은 모양이었다. 이런 이야기들은 이상하게 면전에서는 반박할 타이밍을 놓치고 집에 돌아와 혼자가 되었을 때야 대꾸할 말들이 떠오르곤 한다. 여자가 거래 대상인 물건인가요? 선택의 주체인 인간인데? 이 이야기에서 그 여자의 생각은 어디에 있죠? 입밖으로 이런 말을 내뱉지는 못한 대신 아마 표정만 조금 일그러졌을 것이다. 그 얘기에 대해 정색하고 반박하지 못했던 게 두고두고 후회가 됐다. 그 어쭙잖은 보석 이론이 또 언제 어디에서 나뿐 아니라 다른 어떤 싱글 여성의 멘탈에, 불필요한 불쾌감을 유발할지 모르니 말이다. 또 언젠가는 잡지에 실릴 인터뷰를 하러 갔다가 '계산적인 골드미스'론을 들었다. 인터뷰이였던 철학자는 요즘 경제력 있는 여성들이 이기적이어서 조건만 따지느라 사랑을 안 하는 거라며, 나더러도 눈을 낮추라고 했다. 내가 어떤 사람을 만나 어떤 연애를 해왔는지 알지도 못하면서 말은 참 쉽게도 했다.

결혼 안 한 나를 두고 무슨 결격 사유가 있다는 양 비아냥거리거나 내가 너무 높은 기준을 가지고 있다고 비난하는 사람들은 이 둘 말고도 많았다(공교롭게도 거의 나이 많은 남성들이었다). 백번 양보해서 그게 사실이라 쳐도 그런 얘기를 사람 앞에다 두고 할 수 있는 무례함이 놀랍고, 그렇게 무례한 사람들도 결혼을 했다는 것 또한 놀라운 일이다.

시간이 지나며 자연스럽게 알게 되었다. 내가 불안하고 초조했던 건 결혼을 못 해서라기보다 '결혼 못 한 너에게 문제가 있어' '이대로 결혼 안 하고 지내면 너에게 큰 문제가 생길 거야'라고 불안과 초조를 부추기고 겁을 줬던 사람들 때문이라는 걸. 오지라퍼들이 아무리 깎아내린다 해도 나는 내가 하자가 있는 물건도, 까탈스럽고 분수를 모르는 사람도 아니라는 걸 안다. 다만 몇 번의 연애가 잘되지 않은 시간이 있었고, 일이 너무 바쁘거나 재미있어서 새로운 사람 만날 시간이 없던 시기가 있었고, 결혼을 하고 싶어서 열심히 소개팅을 나갔지만 번번이 상대와 가치관이나 라이프 스타일이 맞지 않았던 때가 있었고, 그 모든 시간을 지나와 이제 결혼하지 않은 채로도 잘살아가고 있음을. 나만이 아는 나의 길고 다채로운 역사 속에서 나는 남의 입으로 함부로 요약될 수 없는 사람이며, 미안하지만 그들이 바라는 이상으로 행복하다.

그러니까 결혼 적령기를 넘긴 여성들이여, 혹시 '나에게 정말 문제가 있나?' '문제가 없다고 생각하는 내가 문제인가?' 이런 의심이 들 때면 의심해보자. 고요한 가운데 마음이 흔들리는 것인지,

혹은 바람을 불어대는 존재가 지금 내 주변에 있지 않은지. 그 사람이 내 인생에 스쳐지나는 존재라면 적절히 무시하면 되고, 혹시 가까운 이라면 불편함을 일방적으로 견디는 대신 진지하게 정색해서 상관하지 말아달라는 당부를 해보자. 원만한 사회생활보다 내 자존감이, 어떤 타인과의 인간관계보다 나 자신과의 관계가 중요하니까. 무엇보다 결혼하지 않은 사람들이 어딘가 부족해서 그런 게 아니라는 증거는 세상에 많은 결혼한 (그리고 무례한) 사람들이 몸소 보여주고 있다.

자취는 언제 독신이 되는가

 같은 싱글 라이프라도 '자취'라는 말과 '독신'이란 말의 뉘앙스는 엄연히 다르다. 물론 개인마다 받아들이는 어감의 차이가 있겠지만, 자취는 '임시적, 결혼 또는 독신 생활 이전의 시절, 과도기' 같은 느낌이라면 독신은 '반영구적, 반듯함, 자기 절제, 여유' 같은 느낌이 든다. 적어도 내겐 그렇다.

자취는 언제 독신이 되는가? 그건 수건의 문제와도 비슷하다. 집집마다 로고가 찍혀 있고 색깔이 제각각인 수건들이 있을 것이다. 수건이란 것은 유통기한이 정해져 있지 않아, 해져서 구멍이 뻥 뚫리지 않는 한 무심결에 계속 쓰게 된다. 오래 빨아서 얇고 뻣뻣해진 수건은 촉감과 흡수력이 떨어지지만 그런 변화는 매우 점진적이므로 매일 쓰는 사람이 알아채기가 쉽지 않다. 욕실 선반을 열면 크기도 색깔도 제각각인 수건이 이리저리 박혀 있는 꼴은 어수선하다.

나의 경우, 언제부터인지 기억은 안 나지만 2년에 한 번씩

1월 1일에 수건을 일괄 교체하고 있다. 세수수건 열 장, 큰 목욕수건 두 장, 색깔은 흰색으로 통일이다. 연말에 미리 사두었다가 1월 1일이 되면 수세미, 샤워볼, 칫솔, 비누, 부엌 리넨 등등과 함께 한꺼번에 교체한다. 원래 쓰던 물건들은 청소용으로 쓰거나 버린다. 수건 열두 장을 사는 비용은 생각보다 저렴하다(그렇기 때문에 로고를 찍어 기념품으로 그렇게들 많이 주는 것이다). 하지만 색깔과 크기가 통일된, 보드라운 수건 열두 장이 생활에 미치는 영향은 실로 지대하다. 쓸 때마다 나를 보살피고 있다는 느낌이 들고, 선반을 열 때마다 반듯한 생활이 시각적으로 증명된다. '수건의 유통기한은 언제까지인가?'라는 질문에 나는 이렇게 대답할 것이다. 그건 당신이 수건을 바꾸는 순간까지다.

자취와 독신의 구분에도 이와 비슷한 부분이 있다. 언제까지를 '자취'라고 부르는가? 그건 아무도 정해주지 않는다. 당신이 어느 날, 스스로의 생활을 '독신'으로 바꾸어 부르는 순간까지다. 그 이전의 생활은 제각각인 수건들의 시기와도 비슷하다. 어찌어찌 시작되었고, 시작되었으니 그럭저럭 이어진다. 내 생각에 자취와 독신을 구분하는 가장 큰 차이점은 지금의 생활을 '한시적'인 것으로 여기느냐 '반영구적'인 것으로 여기느냐인 듯하다.

나는 나의 생활이 자취에서 독신으로 바뀐 시점을 정확히 알고 있다. 그것은 앞서 말한 나의 아름다운 책장이 생긴 날부터다.

이 책장은 친애하는 나의 친구(절교가 취미인 우리의 관계에 대해선 책 『힘 빼기의 기술』에 상세히 썼다)이자 목수였던 황영주가 가구 전시에 출품했던 작품이다. 북미산 하드우드를 썼고 모든 것을 일일이 손으로 마감했으며 최고급 친환경 오일로 도장한 아주 거대하고 고급스러운 책장으로, 일단 재료비부터가 많이 들었다. 이것이 어찌하여 나에게 오게 되었느냐 하면, 황영주랑 복분자주를 거나하게 마시다가

"이번 전시 준비 들어가야 하는데 자재 살 돈이 없네."

"그래? (꺽) 그럼…… 내 책장 만들어줘. 벽에 꽉 차게 멋—있는 녀석으로. 내가 사마!"

뭐 그렇게 되어버린 것이다. 정신이 오락가락하는 상태에서 전시의 후원자가 되기로 한 셈인데 마침 오래 끌어온 프로젝트의 보수가 한꺼번에 입금되어 수중에 목돈이 있었던 나는 다음날 전액을 입금했다. 그후로 한동안 황영주는 나를 '메디치'(문화와 예술 후원으로 유명한 이탈리아 가문)라고 불렀다. 제작이 힘들고 오래 걸리는 이 책장의 최종 가격은 차 한 대 값쯤 될 것이었지만 나는 자재비만 낸 것이었으므로 중고차 한 대 가격쯤을 지불했다.

완성되어 내 집의 한 벽을 가득 메운 책장은 대단히 멋있고 아름다웠다. 키 156cm에 체구도 자그마한 내 친구가 손으로 직접 만든 육중하고 근사한 가구. 책을 꽂는 기능을 넘어선 뭔가 엄청난

김하나의 자취를 독신으로 바꿔준 바로 그 책장

것이 내 집에 들어온 느낌이었다. 월넛과 오크의 아름다운 색깔과 무늬, 두툼하고 단정한 선들, 매끄럽고 따뜻한 표면의 질감, 칸칸이 만들어내는 리듬과 균형. 이 가구는 집에 대한 나의 마음가짐을 재배열했다. 어른이 된 느낌이 들었다. 소품이나 가구를 들이더라도 책장과 결이 맞을지 고민하기 시작했고 아주 신중해졌다. 이제 내 집의 가구와 물건들은 이후의 어떤 시점에 이르기 전까지 한시적으로 쓰는 것들이 아니었다. '제대로 된 물건'을 마련할 그날 같은 건 따로 있는 게 아니다. 제대로 된 물건이 얼결에 들어서버리자 생활이 가지런해졌다. 아름답게 잘 만든 물건의 힘이란 이토록 강력하다. 내게 자취가 아닌 독신 생활은 정확히 이 책장이 들어온 날 시작되었다.

나의 반듯하던 독신 생활은 이제 동거 생활로 바뀌게 되었다. 우리 거실에는 이 책장을 반으로 나눠 양쪽에 낮게 쌓기로 했다. 인스타그램에 우리집 사진을 올리면 사람들이 가장 많이 묻는 게 책장이 어디 제품이냐는 것이다. 그러면 나는 안타까움과 자랑스러움을 반반씩 담아 이렇게 대답한다. "이건 제 친구가 만든 것이라 세상에 하나뿐이고 더이상은 구할 수 없는 거랍니다." 왜냐하면 황영주는 더이상 가구를 만들지 않기 때문이다. 이 나라에선 그렇게 될 수밖에 없는지도 모르겠다. 이 책장 디자인은 어느 가구업체에서 훔쳐갔다. 우연히 그 사실을 발견한 황영주는 그곳에 항의 방

책장을 거실 양쪽으로 나누어 낮게 쌓았다.
책장인데 어째선지 술이 가득하다.

문을 하기도 했다. 그런데 우리나라 법으로는 그에 딱히 대처할 방법이 없다고 한다. 디자인을 도용해서 공장을 돌려 만든 가구는 결코 나의 가구와 같은 아우라를 뿜지 못할 것이다.(벌받아라!!) 10년간 가구를 만들다 이래저래 지친 황영주는 이제 우리 동네의 술집 사장이 되었고(이 나라의 자영업자로서 지치기는 매일반이지만) 우리는 그 술집, 망원동 '바르셀로나'*에서 이 책의 출판기념회를 열 생각이다.

---

* 　이 나라의 자영업자로서 매우 지친 황영주는 2021년, 10년 동안 운영했던 바르셀로나의 영업을 종료했다.

아무것도 못 버리는 사람

 "따님이 혹시 배우세요?"

해외 출장에서 돌아오자 엄마가 이삿짐센터 아저씨에게 들은 얘기를 전해주었다. 이삿날이 하필 나의 출장과 겹치는 바람에 집에 없는 나 대신 부산에서 부모님이 올라와 이사를 챙겨주셨을 때였다. 아저씨가 저런 말을 한 건 옷이 너무 많다는 이유에서였다. 자신의 주장에 제3자로부터 객관적 근거를 얻은 엄마는 신이 나서 거들었다. "그러니까 엄마가 제발 옷 좀 버리라 안 하드나? 새집에서는 정리 좀 하고 살아라." 옷이 너무 많으니 이 사람은 배우일 것이라고 추리한 아저씨의 논리는 틀렸다. 왜냐하면 나에게는 옷만 많은 것이 아니라 책도, CD와 LP도, 컵과 그릇도 많기 때문이다. 2년에 한 번씩 새로 집을 계약해서 이사 견적을 낼 때는 집 평수와 함께 신혼살림 정도는 된다고 말해야지, 그러지 않고 혼자 산다는 정보를 주면 턱도 없이 작은 용달차들이 오곤 했다.

옷이 많아서 배우라면 책도, CD와 LP도, 컵과 그릇도, 모든 살림살이가 많은 사람은 뭐라고 추측할 수 있을까? 일단 집을 옮길 때마다 이삿짐센터의 요주의 인물이 된다는 점은 확실하다. 김하나는 『위대한 나의 발견 강점 혁명』이라는 책의 신봉자인데, 그 책의 부록으로 딸려온 인터넷 심리검사를 해봤더니 내가 강점을 가진 테마 여럿 가운데는 '수집'이 있었다. 반짝거리는 것은 일단 다 둥지로 물어오는 까마귀처럼 차곡차곡 모으는 사람이 나다. 그리고 그 반짝이는 것들 가운데 은숟가락도, 쿠킹포일도, 스테인리스 포장박스도 온통 뒤섞여 있다는 게 문제다.

"『아무것도 못 버리는 사람』이라는 책 있는 거 알아? 너무 황선우 얘기라서 주문했으니까 꼭 읽어봐." 어느 날은 동거인이 신이 나서 이렇게 말했다. 나는 아무 대꾸 없이 조용히 있었다. 사실 제목부터 너무 내 얘기라 이미 사서 읽은 책이었기 때문이다. 그뿐 아니라 나는 『인생이 빛나는 정리의 마법』이라는 책도 사서 갖고 있었다. 하지만 정작 정리를 좀 해볼까 했을 때는 집이 너무 어지러워서 책이 어디 갔는지 찾을 수 없었기에 인생을 빛나게 만드는 데 실패했다. 물건 욕심이 많고 아무것도 못 버리는 사람은 정리에 대한 책에도 이렇게 욕심을 부린다. 김하나는 내가 혼자 사는 집에 놀러와서는 도무지 빈 벽이 없다며 놀라워했고, 고맙게도 내가 없는 틈틈이 집을 치우고 정리해주기도 했다. 나는 그런 사람을 전에도 본 적이 있다. 어린 시절 시골 할머니 댁에 가 있으면 결혼해서 근처에 살던 다섯째 고모가 수시로 와서 할머니 대신 집을 쓸고 닦고 했던 것이다. 김하나는 나에게 도움을 주고 싶은 마음 반, 도 저히 꼴을 못 두고 보겠는 마음 반 아니었을까 싶다. 깔끔한 성격 의 다섯째 고모가 할머니에게 그랬던 것처럼.

변명을 좀 섞자면 이전에 살던 집들은 그 지경까지는 아니었 다. 혼자서 산 마지막 집인 상수동의 옥탑은 집을 구할 당시에도 드물게 싼 전세였고, 사업을 하며 중국을 오가느라 바쁘다는 집주 인이 세를 한 번도 올리지 않는 바람에 한 군데서 7년 가까이 지내 다보니 삶의 모양새가 고인 물 같아졌다. 짐이 점점 늘어나고, 생 활은 점점 바빠지고, 버리는 속도가 물건 늘어나는 속도를 따라잡 지 못했다. 한마디로 작은 집에 수용 가능한 범위를 넘어선 물건들 이 차곡차곡 들어차…… 빈 벽이 남지 않게 된 것이다.

거꾸로 나는 김하나가 혼자 사는 집에 놀러가서 각이 잡힌 간 결함에 충격을 받았다. 고양이 똥 치우는 삽 하나 비닐봉투 하나까 지 철저하게 제자리가 정해져 있었고, 책과 음반을 제외한 모든 물 건들이 바로 그 기능을 위해서는 딱 하나씩만 존재했기 때문이다. 아, 단출한 살림살이 가운데 균형을 깨는 아주 많은 술병과 다양한 술잔만은 제외해야겠다. 그리고 옷이 정말 놀랍도록 적었다! 두 칸짜리 붙박이장으로 모든 옷 수납이 끝나다니! 사계절이 너무나 뚜렷한 나라에 살면서 20년이 넘게 쇼핑을 해온 현대 여성으로서 어떻게 그런 일이 가능한가! 나는 2단짜리 행거 두 개에 가득 옷을 걸어두고 생활했는데, 이 행거가 옷 무게를 지탱하지 못해 말 그대로 무너져내린 일이 있다. 한 번도 아니다. 이 사고에 역시 김하나는 경악했는데, 회사에서 이 이야기를 꺼냈더니 다들 놀랍지도 않다는 듯 고개를 끄덕였다. "행거는 살면서 다 한두 번씩 무너져보는 거 아니야?" 패션잡지 에디터들이란 제각기 개성이 강한 존재들이지만 이런 순간에는 하나가 되었다.

　　창밖으로 인왕산세가 아름답게 보이는 김하나의 삼청동 집은 서향이라 꽤 더운 편이었는데도 용량이 크지 않은 에어 서큘레이터 딱 한 개로 여름을 나고 있었다. 좁은 집에 둘 데도 없고, 관리할 여력도 없고, 딱히 예쁜 선풍기도 발견하지 못했으니 그걸로도 충분하다는 이유에서였다. 그럴 때 나는 김하나에게서 무소유를 논하는 스님의 아우라를 느꼈다(그뒤로 '망원동 혜민스님'이라는 별명을 얻게 되었으니 공교롭다). 규모가 비슷한 집에 사는 나는 비슷한 용량의 에어 서큘레이터와 에어컨 외에도 선풍기 큰 것 하나 작은 것 하나를 사용하고 있었는데 말이다. 한 사람에게 필요한 최소한의 물건만 곁에 두는 미니멀리스트가 김하나라면, 한 사람에게 허락되는 최대한의 선을 훅 넘어가버리는 맥시멀리스트가 나였다. 그 단 한 개를 소중하게 손봐가며 최대한 오래 사용하는 사람이 김하나인 반면, 여러 개를 마구 돌려쓰다가 하나가 고장나면

'아, 저걸 고쳐야 할 텐데……'라고 생각만 한 채 또 새걸 사는 사람이 나였다. 지구 환경은 김하나와 같은 인류를 사랑할 것이고, 자본주의 시스템은 나 같은 소비자를 반길 것이다.

이렇게 다른, 특히나 물건을 대하는 태도가 다른 두 사람이 같이 살기로 했을 때는 매사 부딪칠 일투성이다. 사람이 집에서 생활한다는 것은 한정된 공간 안에 새 물건을 들여놓고, 일상에 사용하고, 고장이 나지 않도록 관리하고, 버리는 과정이니까. 고백하자면 나는 많이 들여놓고 아무렇게나 사용하며 관리에는 관심도 재주도 없고 잘 안 버리는 사람이다. 김하나가 신기해했던 포인트는 내가 가진 손톱깎이들의 자리가 정해져 있지 않다는 사실이었다. 김하나는 손톱깎이를 정해진 서랍에 넣어두었다가 손톱을 깎을 때마다 거기서 꺼내 쓰고 다시 넣어놓곤 한다. 나는 침실 서랍에 하나, 욕실 서랍에 하나, 옷방 잡동사니 트레이에 하나, 거실 바구니 속에 하나…… 이렇게 내 동선마다 두고 생각날 때 손닿는 곳에 있는 손톱깎이로 깎는다. 왜 사람이 손톱깎이를 한자리에만 두어야 한단 말인가, 집이 이렇게 넓은데? 모든 손톱깎이는 같지 않다. 오래 써서 사용감이 부드럽고 좋은 것, 발톱용으로 큰 것, 도쿄 여행에서 기념으로 사와 추억이 담긴 것, 귀여운 꽃무늬 어메니티 세트 속에 들어 있던 것…… 그렇다보니 제자리를 못 찾고 사라지는 애들도 생긴다. 가만, 원래 일곱 개였는데 나머지 세 개의 손톱깎이는 어디 갔지?

　'집은 거기 사는 사람의 내면을 반영한다.' '집은 그 공간의 주인을 닮았다.' 내가 싫어하는 말이었다. 저 말이 사실이라면 나는 아주 복잡하고 너저분한 영혼을 지닌 사람일 것인데, 내가 그렇게까지 별로라고 믿고 싶지는 않다. 나는 늘 내가 사는 공간의 꼴보다는 나은 정신세계를 가진 사람이고 싶었다. 게다가 집을 보고 사람을 판단한다는 건 살이 찐 사람을 보고 게으른 습관이 몸에 묻어 있다고 짐작해버리는 것만큼이나 폭력적으로 느껴졌다. 외모가 번지르르해도 공허한 사람이 있는 것처럼, 집이 엉망진창이어도 일할 때는 체계적이고 효율적으로 하는 사람도 있다고 믿고 싶은 것이다. 그런데 또, 만약에 집이 거기 사는 사람의 내면을 반영한다는 말이 정말로 맞는 가설이라면 김하나와 내가 같이 살면서 우리는 둘 다 이전과는 다른 사람이 되었을 것이다. 동거인은 복잡하고 정돈이 안 된 쪽으로, 나는 훨씬 깔끔하고 깨끗한 방향으로. 우리집에는 이삿짐이 채 정리되기 전에 내가 10년 넘게 다닌 회사를 그만두며 싸들고 온 짐이 또 풀지도 못한 채 쌓여 있으며 그것을 참고 인내하며 졸지에 복잡해져버린 내면을 견디는 동거인이 있다.

　내가 김하나와 싸우다가 들었던 가장 심한 말은 "평생 그렇게 호더hoarder로 살아!"였다. '이 바보 멍청이야!' 같은 말보다 훨씬 타격이 컸던 이유는 인정할 수밖에 없는 진실을 품고 있기 때문이다. 아무것도 못 버리는 호더 할머니가 되어 쓰레기를 끌어안고 사는 모습은 내가 가장 두려워하는 미래의 모습이다. 하지만 중요한 건 내가 노력하며 변화하고 있다는 사실이 아닐까? 잘 버리게 되었다기보다 잘 사지 않는 사람 쪽으로. 우선 집에 뭔가 하나를 버리기 전에는 사들이지 않기로 동거인과 약속을 했고, 또 대출금을 갚는 재미에 빠져 쇼핑이 더이상 큰 즐거움이 아니기도 했다. 작은 화장품 하나, 옷 하나를 사던 재미 대신에 요즘 내가 즐기는 건 돈을 돈인 채로 그대로 두고 보기, 새로운 적금 쇼핑하기, 환율이 떨어졌을 때 엔이나 달러 사두기 같은 일들이다. 그리고 물욕이 생길 때면 그 아픈 말을 떠올린다. 여전히 책도, CD와 LP도, 컵과 그릇도, 손톱깎이도 아무튼 모든 게 많은 채이지만 난 호더 할머니로 물건에 둘러싸여 혼자 늙어 죽기보다 동거인과 사이좋게 늙어가고 싶다. 미니멀리스트와 같이 살게 된 맥시멀리스트의 인간 개조 과정은 길고 지난하다.

둥지 같던 너의 집

 황선우와 김하나가 40 평생 처음 자신
들의 명의로 된 집에 이사 들어가는 날인 2016년 12월 6일 오후
2시경. 나는 활짝 열린 베란다 창문을 통해 12월 찬바람과 함께 끝
도 없이 쏟아져 들어오는 이삿짐들을 보면서 이대로 몰래 엘리베
이터를 타고 빠져나가 쥐도 새도 모르게 사라지고 싶다고 생각하
고 있었다. 다시는 이곳에 돌아오지 않고 아무도 모르는 곳으로 도
망쳐 거기서 여생을 보내는 거야…… 그토록 기다리던 이삿날에
어쩌다 나는 이런 생각을 하게 되었을까? 내 심경을 설명하기 위
해선 이보다 약 10개월 전의 시점으로 돌아가보아야 한다.

황선우 집에 처음으로 초대받은 저녁이었다. 와인과 꽃을 마
련하러 돌아다니던 중에 연락을 받았다. "아무래도 집 상태가 오늘
은 안 되겠어. 다음에 다시 초대할게." 그때는 추운 겨울날이었고
나는 이미 내 집이 있던 삼청동에서 제법 멀리 나온 상태라 "집 상
태는 아무려면 어때. 일단 그쪽으로 갈게"라고 문자를 보내고 황

선우의 집이 있던 상수동으로 향했다. 집 바로 근처까지 갔는데 황선우는 집으로 들어오라고 하지 않고 근처 술집에서 기다리라고 했다. 자리에 나온 황선우는 어딘지 아주 고생한 듯한 얼굴이었고 "오늘은 도저히 안 되겠다"는 말을 누차 했다. 이유인즉슨 자기가 집을 며칠째 대대적으로 청소했는데 버려도 버려도 도저히 사람을 초대할 상태가 못 된다는 거였다. 오늘쯤이면 될 줄 알았는데 턱도 없었다고 했다. 함께 꼬치구이에 맥주를 한두 잔 마시면서 나는 지저분해도 괜찮다며 집에 초대해달라고 졸랐다. 그때쯤 우리는 같이 살면 어떨까 하는 얘기를 슬슬 하고 있었는데 이 사람의 평소 모습이 어떤지를 보는 것도 중요할 것 같았다. 참고로 황선우는 당시 내 집에 곧잘 놀러오곤 했는데, 올 때마다 집이 깔끔한 걸 보고 "내 집은 이렇지 않아. 내 집은 절대 이렇지가……"라는 말을 여러 번 했다. 그리고 나는 내심 오랫동안 반해 있던 거대 고양이 '고로'를 드디어 본다는 생각에 지난 며칠간 꽤 설레었던 것이다.

사람을 초대했다가 추운 날 그냥 돌려보내기가 미안해진 황선우는 결국 나를 자기집으로 인도했다. 나는 쾌재를 불렀다. 이리 카페와 장싸롱을 지나 골목 안쪽 깔끔한 건물에 도착했다. 계단으로 4층까지 올라가서 다시 외부 철계단을 올라가니 옥상이 나왔는데 좁지 않은 그곳에 하얀 눈이 빼곡하게 쌓여 있었다. 오, 눈이 왔던가? 다시 보니 어스름한 달빛에 내가 잘못 본 거였고 그건 모두 하얀색 쓰레기봉투였다. 쓰레기봉투가 옥상을 가득 채워 눈밭처럼 아름다웠다……고 지난날을 왜곡해본다. 철문을 열면 베란다가 있고 다시 현관문을 열면 집으로 들어가는 구조였는데 극구 베란다를 보면 안 된다며 현관 안으로 나를 바로 밀어넣었다. 황선우가 6년째 살고 있는 집에 드디어 입성한 것이다.

그래서 처음으로 고로와 영배를 만났다. 겁이 너무 많은 우리 고양이들과 달리 고로와 영배는 이른바 '접대묘'였다. 현관 앞까지 나와 '이 작은 인간은 뭐지' 하는 호기심 어린 눈빛으로 내게 코를 대고 킁킁 냄새를 맡았다. 고로는 너무너무 컸고, 영배는 너무너무 작았으며, 둘 다 참 예뻤다. 오랫동안 보고 싶었던 고로와 영배를 실제로 보게 된 것도 좋았지만, 나는 오랫동안 트위터로 보면서 참 멋지다고 생각했던 사람의 집에 들어서게 된 게 좋았다. 집은 아늑했다. 뭐랄까, 꼭 둥지 같았다. 거실 겸 주방엔 책이 빽빽하게 꽂혀 있었는데 척 보기에도 나랑 겹치는 책이 많았고, 내가 읽어봐야지 하면서 못 읽어봤던 책들도 줄줄이 꽂혀 있었다. 역시 취향이 마음에 들었다. 책은 거기만 있는 게 아니었다. 침실에도 책이 빼곡하게 쌓여 있었다. 가만, 책 옆에는 CD와 LP들이 촘촘하게 꽂혀 있었고(이 역시 취향이 마음에 들었다) 또 그 옆에는 옷과 가방과 액세서리의 거대한 산맥(옷 취향은 나와 거의 겹치지 않았다)이 방의 거의 반을 꽉 채워 차지하고 있었다. 화장실에는 샴푸, 린스, 컨디셔

너, 클렌저, 보디클렌저, 보디스크럽, 보디로션, 보디버터, 비누, 핸드숍, 팩, 코팩, 족집게 등등 모든 물건이 평균 다섯 개씩 있었다. 평균이 다섯 개라 함은 많은 것(보디로션)의 경우 열두 개쯤 있었다는 말이다. 나중에 알고 보니 지금 쓰는 것만 그 정도고 아직 뜯지 않은 것은 다섯 배쯤 더 많았다. 크지 않은 화장실이 꽉꽉 차 있었다. 꽉 차서 욕실 선반에 채 들어가지 못한 수건들이 이곳저곳에 놓여 있었다.

그렇다, 종합하자면 이 집엔 **모든 것**이 많았다. 까마귀가 반짝이는 것을 물어다 모아놓듯, 이 집엔 물건을 모으기는 좋아하지만 버리지는 못하는 황선우가 모아놓은 물건들로 발 디딜 틈이 없었다. 게다가 하이패션잡지 에디터였으니 각종 브랜드에서 받은 선물도 어마어마하게 많았다. 덧붙이자면 훗날 나는 이런 선물 공세의 한계를 정해주신 김영란 대법관님을 마음 깊이 존경하게 되었다. 황선우의 집은 혼자 살기에 좁은 집이 아니었지만 실제로 몸을 크게 움직일 공간은 남아 있지 않았다. 그래서 둥지처럼 아늑하게 여겨졌던 것이다. 나는 그 집이 좋았다. 내가 매력적이라고 여기는 사람의 성격과 내면이 반영된 공간이었고 물건이 많은 만큼 흥미로운 물건들도 많아서 구경하는 재미도 컸다. 그날 밤 우리는 내가 준비해간 작은 케이크에 와인을 마시면서 두 집의 극단적인 다름에 대해 신기해하며 즐겁게 얘기를 나누었다.

다시 2016년 12월 6일 2시에 그 매력적인 황선우와 함께 살 집에서 찬바람을 맞으며 서 있는 나에게로 돌아와보자면, 나의 머릿속은 이랬다. 나는 10개월 전에 어째서 이걸 예상치 못했던 걸까? 증거가 도처에 널려 있었는데! 옥상에 가득했던 쓰레기봉투! 두 걸음만 걸으면 무언가가 발에 차이던 그 집! 나는 어쩌자고 그 모든 물건을 내 삶에 끌어들이기로 한 거지? 내가 콩깍지가 씌었었나?!

집요정 도비의 탄생

HANA　　　　　　　첫날의 화기애애했던 방문 이후로 나
는 자주 황선우 집에 놀러갔다. 나는 당시 홍대 상상마당에서 매주
카피라이팅 수업을 했는데, 두 시간 동안 말을 많이 한 탓에 수업
이 끝나면 꼭 맥주 한잔이 생각났다. 상상마당에서 조금 걸어가면
있는 예의 그 꼬치구이집 '쿠시무라'에서 황선우를 만나 맥주를 한
두(서너) 잔 하는 게 루틴이 되었고, 만났다 하면 얘기와 웃음이 끊
이지 않고 이어지는 우리는 편의점에서 네 개 만 원 하는 세계 맥
주들을 사다가 황선우의 집으로 2차를 가서 늦도록 번갈아 음악을
틀어주며 놀곤 했다. 그러다 그 집에서 잠드는 날들도 종종 있었
다. 상수동에서 늦은 시간에 택시를 타고 삼청동 골목길을 올라가
달라고 부탁하면 불쾌한 경험을 하게 되는 경우가 생기는데, 그러
느니 다음날 일찍 출근할 필요가 없는 나는 그 집에서 자고 점심
무렵 천천히 집으로 돌아가곤 했다. 집주인은 출근하고 없는 집에
서 느지막이 몸을 일으킨 나는 간밤의 술자리를 치우는 김에 조금

씩 집을 정리하기 시작했다. 나로서는 힘들 것도 없는 간단한 정리였지만 그렇게 해놓고 가면 퇴근해 온 황선우에게서 감격의 문자가 날아왔다. "내 집이 아닌 줄 알았어! 이렇게 깔끔하다니!"

옛날에 설경구, 전도연 주연의 〈나도 아내가 있었으면 좋겠다〉라는 영화가 있었다. 황선우에게 필요한 것은 바로 '아내'였다. 내가 트위터로만 지켜봐도 황선우에겐 집안을 돌볼 절대 시간이 부족했다. 런던으로, 뉴욕으로, 베니스로, 몰디브로 수도 없이 출장을 다니고, 서울 시내에 새로 생긴 모든 핫플레이스를 체크하고, 마당발이라 늘상 온갖 사람들과 약속이 이어지고, 웬만한 음악 공연은 장르 불문하고 다 다니고, 남는 시간에는 한강변을 뛰는 이 여자에게는 말이다. 만약 황선우가 남자였다면 그에겐 능력 있다는 칭찬이 쏟아지는 사이사이 "어서 살림을 돌봐줄 아내를 맞아야지" "남자 혼자 사는 살림이 다 그렇지" 정도의 타박이 가끔 곁들여졌을 것이다. 하지만 사람들은 은연중에 여자에게는 직장에서 일도 잘하고 동시에 집에서 살림도 잘할 것을 요구한다. "여자 혼자 사는 집이 이게 뭐니?"라면서. 누구도 그에게 "어서 살림을 돌봐줄 남편을 만나야지"라고 충고하지 않는다. 하지만 그걸 동시에 잘해내기란 누구에게나 힘든 일이다. 밖에서 활발히 활동하고 열심히 일하는 사람이라면 누구든 집안을 돌봐줄 '아내'가 필요하기 마련이다. 그 '아내'는 남자일 수도, 여자일 수도 있다. 때론 가사도

우미일 수도.

나 또한 여행과 친구들을 좋아하기로는 어디 가서 빠지지 않지만, 나는 황선우와 달리 집을 돌보는 것도 꽤 좋아하는 타입이었다. 나로선 조금만 움직이면 되는 일인데 상대를 기쁘게 해줄 수 있다니 뿌듯했다. 게다가 내가 그 직업적 성취와 넘치는 활력에 대해 감탄하는 여성을 같은 여성으로서 서포트하고 응원해줄 수 있다는 게 즐거웠다. 더욱 즐거웠던 것은 황선우가 보답으로 항상 끝내주게 맛있는 음식을 만들어주었다는 점이다.

나는 공식적인 허락을 받고 본격적으로 황선우의 집을 정리하고 돌보기 시작했다. 집에서 공구상자를 가지고 왔다. 처음 그집에 갔을 때 가장 놀라웠던 점은 방 문지방에 둘둘 말린 거대한 랜선 다발이 놓여 있어 고양이도 사람도 그걸 넘어서 다닌다는 거였다. 나는 전선정리못으로 랜선을 안 보이는 곳으로 빙 둘러 고정해 정리했다. 또 놀라웠던 점은 현관문부터 서랍장까지 손잡이란 손잡이가 모조리 덜그럭거리는 거였다. 드라이버를 들고 다니며 흔들리거나 부서진 손잡이를 전부 보수했다. 화장실 세면대는 몇 년 전 황선우가 뭔가를 떨어뜨려서 깨지는 바람에 구멍이 뻥 뚫려 있었다. 나는 축하할 일이 있는 날 선물 대신 을지로에 가서 세면대를 사고 기사님을 불러 세면대를 바꿔주었다. 쏟았는지 침실 바닥에 최악 흩뿌려진 채 몇 년째 그대로 있었던 은색 매니큐어 자국도 스티커제거제를 뿌려 닦아냈다. 물건이 너무 많아서 손이 닿지 못해 그대로 못 쓰게 되었거나 서로 들러붙어버린 물건들을 무수히 내다버렸다. 너무 오래되어 바스라진 A4 프린트물이니 전시 홍보물 등을 약 열 박스, 쓰지 않는 우산 스무 개가량, 나오지 않는 펜 천오백 개 정도를 버렸다. 영원히 써도 다 못 쓸 것 같은 보디 제품들을 친구들에게 나눠주었다. 수납장 용량보다 명백히 많은 수건을 반은 잘라서 청소용으로 쓰고 반은 길게 튀어나온 실밥과 일어난 보풀들을 다 잘라내서 깔끔히 만든 뒤 각 맞춰 개어서 넣어두었다. 휴지통이며 수납대, 식기 건조대, 수건걸이, 싱크대 내부 수납 선반 등등을 대대적으로 다 교체했고 수납도 완전히 재배치했다. 가스레인지 앞에는 커다란 스탠드형 진공청소기가 두 대나 서 있어 라면이라도 끓이려면 청소기 두 대를 옮겨야 했는데, 그나마도 돌려보면 성능이 시원찮았다. 헤드를 뒤집어보았더니 머리카락이며 먼지가 엉켜 완전히 꽉 막혀 있었다. 헤드를 분해해서 청소하고 수명이 다한 배터리를 교체하고 청소기 하나는 버렸다. 어차피 그 집엔 청소기를 쓸 수 있는 공간도 별로 없었으니까. 가스레인지는 그간 황선우의 피가 되고 살이 된 음식의 흔적이 기름때와 함께 차곡차곡 쌓인 역사책과도 같았는데, 나는 세제와 수세미로 그 역사를 종식시켰다.

　냉장고를 열면 항상 물건이 우수수 떨어졌다. 요즘 욜로YOLO

모든 벽이 이런 식이었다.

before

부엌 개선 작업중

after

정돈된 부엌

before

혼돈의 카오스

after

카오스를 정리하다

라는 말들을 하는데, 황선우의 냉장고를 열어보면 안다. 이 사람은 진짜다! 진짜 순혈 욜로다. 다음에 냉장고를 열 스스로를 배려할 시간 따위는 없다. 인생은 짧고, 당신은 인생을 단 한 번 살 뿐이다. 문을 열고, 우유와 햄 사이에 2.5cm 정도의 틈이 보이면 맥주 캔을 그 틈에 어떻게든 욱여넣고, 서둘러 문을 닫는다. 그러니 열 때마다 제대로 자리를 못 잡은 물건들이 우수수 떨어졌고 그건 그냥 냉장고를 열 때마다 벌어지는 자연스러운 의식 같은 것이었다. 허락을 받고 냉장고를 정리하자 저 안쪽에서 고급 브랜드의 리미티드 에디션 초콜릿이 한 상자 나왔다. 초콜릿을 좋아하는 나는 반색했지만 유통기한이 3년 정도 지나 있었다. 냉장고 얘기만으로도 이 글의 반 정도는 채울 수 있을 것 같지만 그냥 채소통에서 비닐봉지에 싸인 미끌미끌하고 거무죽죽한, 거대하고 신비로운 굴을 꺼내 버리는 것으로 냉장고 청소는 대단원의 막을 내렸다, 라고만 해두자. 그 굴은 언제 욜로의 성전에 들어가 지하감옥에 감금되었는지 아무도 모를 양배추였다……

　황선우가 뉴욕 출장을 길게 간 동안 나는 고양이들을 돌보기 위해 그 집에 자주 출입했다. 그동안 나는 거대 프로젝트에 돌입하였다. 바로 내가 그 집에 갔던 첫날, 황선우가 안 보여주려고 나를 현관문 안으로 들이밀었던 그 공간인 베란다 청소를 감행한 것이다. 이사 후 6년간 한 번도 청소를 안 한 듯한 그 공간은 놀랍게도 신발로 꽉 차 있었다. 아니, 놀랄 일은 아니었다. 황선우는 모든 게 많은 사람이고 현관 안쪽에 있는 신발장도 꽉 차 있었지만 그 정도로 될 사람이 아니니까. 모든 종류의 신발이 많았는데 그중에서도 운동화는 50켤레쯤 되었다. 러닝을 즐기는 황선우에게 모 스포츠 브랜드가 김영란법 시행 전에 선물한 최신 러닝화만도 상당한 컬렉션이었다. 다시 한번 김영란 대법관님 존경합니다…… 문제는 신발장의 배치가 임기응변적이라 현관문이 제대로 안 열린다는 거였다. 나는 1박 2일에 걸쳐 베란다를 물청소하고 신발장 배치를 편리하게 바꾸고 완전히 못 쓰게 된 신발들을 버렸다. 출장에서 돌아온 황선우는 베란다 문을 여는 순간 러브하우스 의뢰인이 짓는 표정을 그대로 나에게 보여주었고, 깨끗해진 주방에서 세계 최고로 맛있는 파스타를 만들어주었다.

지금 써놓고 보니 나로서도 '조금만 움직이면 되는 일'은 아니었다. 하지만 나는 매일 조금씩 집이 쾌적해지고, 움직일 공간이 생기고, 퇴근해서 돌아온 황선우가 기뻐하는 모습을 보는 것이 즐거웠다. 그 무렵 황선우는 나를 '도비'라고 불렀다. 〈해리 포터〉에 나오는 집요정 말이다. 어느 날 황선우는 내게 예쁜 양말을 선물로 주었다. 〈해리 포터〉에 따르면 집요정 도비는 양말을 선물 받으면 자유의 몸이 된다. 그런데 도비는 그 양말을 신은 채 가스레인지를 닦았다는 이야기……

두 일생이 합쳐지다

HANA   자, 다시 이삿짐을 보고 있는 나로 돌아오자. 그날은 월간지를 만들던 황선우가 마감 기간에 돌입한 날이라 오후에는 회사에 갈 수밖에 없었다. 나는 혼자 새집에 들어오는 짐들을 어디에 놓아야 할지 판단해서 이삿짐센터 직원들께 말씀드려야 했다. 그런데 짐을 넣을 곳이 없었다. 황선우의 집에 있던 가구나 수납장들은 자취 시절부터 쓰던 걸 아무것도 버리지 못하는 성격 탓에 그대로 써오며 수납함을 조금씩 더 사는 식으로 늘려온 터라 새집에는 영 어울리지가 않았다. 그리고 사실상 이날까지 지낼 용도로 쓰던 물건들이었다. 이날이라 함은 결혼 등으로 생활이 드라마틱하게 변하고 본격적인 삶의 '진짜' 궤도에 오르는 날을 뜻한다. 하지만 사실 삶의 진짜 궤도 같은 것은 없다. 어떤 사람들은 학창 시절을 대입을 준비하는 기간으로만 생각한다. 하지만 내 친구 황영주의 말마따나 학창 시절은 하나의 엄연한 '시절'이다. 마찬가지로, 많은 사람들이 싱글로 사는 기간을 결혼을 준비하는 기간처럼 생각한다. 결혼을 점점 늦게 하는 추세인 요즘은 그 기간이 아주 길어져 인생의 많은 부분을 차지하기도 하는데, 그래도 그 기간을 '진짜 인생'의 서막처럼 여긴다면 긴 기간 동안 인생을 유예하며 사는 셈이 된다. 결혼을 하게 될지 어떨지 몰랐던 황선우는 유예 기간이 길었고, 이제는 삶을 새로이 재정비해야겠다 싶었을 때 마침 나와 의기투합하게 되었다.

자, 그래서 황선우의 가구들 안에 들어 있던 물건들이 갈 곳을 잃은 채 새집에 쏟아져들어오기 시작한 것이다. 수납할 곳도 없을뿐더러 수납할 물건인지 버릴 물건인지 판단을 거쳐야 했기 때문에 바닥에 온갖 잡동사니가 쏟아졌다. 이사 전에 버릴 물건을 정리하고 왔어야 했지만 여러 사정으로 그러지를 못했다. 바쁘기도 했고 내가 먼저 이사를 나와 황선우 집에 얹혀살면서 "괜찮아, 이사가서 내가 정리해줄게"라고 호언장담하며 만류하기도 한 탓이었다. 호언이 무색하게, 베란다 창을 통해 끝없이 들어와 바닥으로 쏟아지는 물건들의 양에 나는 완전히 압도되고 말았다. 전에는 어느 정도 서랍이나 장 안에 들어 있어 그 규모를 제대로 가늠할 수 없었던 물건들의 실체가 거대한 산이 되어 내 눈앞에 실시간으로 쌓여갔다. 경주에 가면 볼 수 있는 대왕릉 같았다. 나는 그 순간에야 내적 눈물을 흘리며 정현종 시인의 시를 온몸으로 이해했다.

사람이 온다는 건/실은 어마어마한 일이다./그는/그의 과거와/현재와/그리고/그의 미래와 함께 오기 때문이다./한 사람의 일생이 오기 때문이다.

—정현종, 「방문객」 중에서

우리 둘은 동거에 돌입하기 전 다른 친구 셋과 함께 아이슬란드를 일주일간 여행한 적이 있다. 거기엔 거대한 두 땅덩이, 유라시아판과 북아메리카판이 만나는 지역이 있었다. 전 지구적인 스케일의 맞닿음이 그대로 시각화된 그곳의 모습이 떠올랐다. 우리의 동거는 유라시아판과 북아메리카판이 충돌하는 것 같은 일이었다. 처음에 우리는 서로의 비슷함을 발견하고 놀라워했지만 이후로 서로의 다름을 깨달으며 더 크게 놀라게 되었다. 우리는 달라도 너무 다른 두 사람이었다. 그것도 매일매일 끝없이 들고 나는 파도처럼 이어질 '생활 습관'이라는 거대한 영역에서.

각자가 40년에 걸쳐 쌓아온 생활 습관이란 결코 쉽게 고쳐지지 않는다. 어느 쪽이 옳다는 답도 없고, 여러 개의 조항을 지키기로 합의한다고 해서 해결이 나는 것도 아니다. 내가 황선우의 집 이곳저곳을 돌봐줄 때는 어디까지나 선심을 베푸는 것이었고 내가 내킬 때 내키는 정도로만 하면 되었다. 집에 대한 최종 책임은 황선우에게 있고 나는 도와주는 사람의 위치였으니까. 나라면 그러지 않을 방식으로 정렬하거나 배치한 물건들을 봐도 전혀 거슬리지 않았다. 그런데 이제 내 집이기도 한 공간에 쌓여가는 물건들의 대왕릉을 보고 있자니 정신이 번쩍 들었다. 그것은 황선우의 생활 습관이라는 파도가 40년에 걸쳐 쌓아올린 지형이었으며 나는 앞으로 나와는 전혀 다른 방향으로 매일매일 이어질 파도와 더불어 살아가야 했다. 물론 그것은 황선우, 아니 이제 동거인의 입장에서도 마찬가지일 터였다.

싸움의 기술

 SUNWOO 잘산다는 건 곧 잘 싸우는 것이다. 타인과의 입장 차이와 갈등이 삶에서 빠질 수 없는 구성 요소인 이상 그렇다. 꽤 오랫동안 나는 나 자신에 대해서도 싸움에 대해서도 오해한 채 살아왔다. 스스로 누구와도 잘 안 싸우는 사람인 줄 알았고, 또 살면서 되도록 싸울 일이 없는 편이 바람직하다고 여겼다. 큰소리를 내며 다투는 사람들을 보면 뭐가 그렇게나 열을 올릴 일인가 싶기도 했다. 애인이나 친한 친구와 크게 다툴 만한 상황이 오면 언성을 높이는 대신 냉랭한 분위기 속에 좀 일찍 헤어져 집으로 돌아오는 게 내 방식이었다. 혼자가 되었을 때 그 마음을 곱씹으며 삭이거나 다른 일로 주의를 돌리면 평정이 돌아오곤 했다. 잊어버리고 다시 잘 지내면 다행이지만, 비슷한 상황이 반복되어 선을 넘는다 싶으면 그 사람을 서서히 안 보는 쪽으로 정리했다. 서운함이나 불만을 드러내고 표현해서 상대와 부딪치는 대신 마음속에 기대와 실망, 평가의 대차대조표를 기록하고 있었던 셈이다.

"Cry me a river." 노랫말로 처음 이 영어 표현을 접했을 때, '강처럼 울다니 굉장한 스케일이구나!' 싶었다. 내 앞에서는 슬픔을 한껏 드러내도 좋다는 의미인 줄 알았는데, 나중에 보니 예상 밖에 '내 앞에서 아무리 울어봐라, 난 신경 안 쓴다' 뭐 이런 뜻이었지만. 아무튼 세상에는 한강처럼 거대한 울음을 우는 사람도 있을 것이며, 태풍이 휩몰아치듯 화를 내는 사람도 존재한다. 그게 바로 김하나다. 시트콤 〈프렌즈〉에서 도시락으로 싸간 샌드위치를 연구실의 누군가가 먹어치웠다는 사실을 안 로스가 소리를 지르는 에피소드가 있는데, 그 절규 뒤로 센트럴파크의 비둘기들이 한꺼번에 날아오르고 뉴욕의 마천루들이 흔들리는 장면이 교차편집된다. 김하나가 화를 내는 장면을 위해서라면 화산이 폭발하고 용암이 쏟아져내리는 자료영상을 미리 찾아두면 좋다. 이 조그만 다혈질의 사람은 자기 책에도 썼다시피 20년 넘은 친구 황영주와 다양한 사유로 절교와 화해를 반복해왔는데 딱히 누구와 싸우기보다 실망이 쌓였을 때 적당히 안 보고 마는 나에겐 이 관계가 참 신기했다. 그랬다. 우리가 같이 살기 시작하기 전까지는. 마냥 그렇게 남 얘기 하듯 보고 있을 수 없게 된 건 이제 그 절교의 대상이 나일 수도 있게 됐기 때문이다.

우리는 여러 번 싸웠다. 그리고 이 글을 쓰느라 "우리 여태 뭐 때문에 싸웠더라?" 물어봤다가 한번 더 싸울 뻔했다. 내 물건이 너무 많아서 싸우고, 많은데 버리지 않겠다고 해서 싸웠다. 내가 널어둔 빨래를 너무 오래 안 개켜서 싸웠으며, 다음날 같이 여행을 떠나기로 해놓고 전날 친구와 약속을 잡고 늦게 들어가서 싸웠다. 같이 살겠다고 해놓고 보니 우리는 모든 게 달랐다. 내가 소유하고 싶은 물건의 양과 너에게 적절한 물건의 양이, 집안이 덜 정돈되었을 때 참을 수 있는 정도가, 여행 가기 전날 집 정리에 투입하는 노력의 강도가 같지 않았다. 그 세세한 차이 하나하나가 다툼의 거리가 되기 시작하자 내가 서 있는 여기와 네가 서 있는 저기 사이에 굴러떨어져 부서져버릴 것만 같았다. 게다가 우리는 싸우는 방식 때문에 더 싸웠다. 나는 모로 피해 얼음벽을 치는 사람이고, 김하나는 정면으로 불화살을 쏘아대는 사람이다. 태풍이 불어오기 시작할 때 내 방으로 대피해 숨어 있으면 김하나는 문을 벌컥 열고 소리를 질렀다. "그러고도 잠이 와?" 사실 졸린 참이었다. 이럴 때 한숨 자고 일어나면 좀 나아지는데……

　나중에 심리학에서 나 같은 사람의 애착 관계 형성 양상을 회피 유형으로 분류한다는 걸 알았다. 공격적으로 말하기보다 부드럽게 둘러서 얘기하고, 마찰이 생길라치면 상황을 외면해버리기에 독립적이고 쿨해 보이는 이런 사람들은 실은 비겁한 부류다. 실망하기 싫어서 기대하지 않은 척하고, 부딪치기 싫어서 크게 중요하지 않은 척하는. 인격이 성숙해서 잘 안 싸우는 사람이 전혀 아니라, 오히려 미숙해서 잘 못 싸우는 사람에 가까웠던 거다. 다투더라도 기분이 상했을 때 내 집으로 돌아와 동굴 같은 그곳에서 휴식을 취하면 되었으니까. 하지만 이번에는 통하지 않았다. 함께 사는 사람과 싸운다는 건 도망갈 곳이 없어진 거다. 지금까진 누구와의 갈등도 이렇게까지 깊게 제대로 해결할 필요까진 없었다면 이제 절벽을 뒤에 둔 느낌으로 최선을 다해 임해야 한다. 제대로 잘 싸워야 한다.

여전히 말과 행동으로 실수를 한다. 서로 습관과 규율이 다르기 때문에 부딪친다. 적당한 거리를 유지하지 못하고 훅 넘어가서 침범하기도 한다. 하지만 다툼의 빈도가 조금씩 뜸해지긴 한다. 싸우는 상황에서 나의 가장 큰 실수는 잘잘못을 따지는 일로 받아들이고, 내 행동에 대한 해명을 하기 바빴다는 거다. 내가 어떤 이유로 그렇게 생각하고 말했는지 나의 논리를 이해시키려고 해보지만 상대방에게는 변명일 뿐이다. 화가 나고 서운한 마음을 살피고 위로해주는 게 먼저가 되었어야 한다. 싸울 때조차 나의 중심은 나에게만 있었던 거다.

내가 이제야 배운 싸움의 기술은 이런 것이다. 진심을 담아 빠르게 사과하기, 내가 무엇을 잘못했는지 내 입으로 확인해서 정확하게 말하기, 상대방의 기분을 헤아려 어떨지 언급하고 공감하기.

누군가와 같이 살아보는 경험을 거치고서야 이런 기본적인 것들을 배울 수 있었다. 부부싸움뿐 아니라 같이 사는 친구끼리의 싸움도 꼭 칼로 물 베기 같다. 우리는 언제 싸웠나 싶게 다시 사이좋게 지내기도 한다. 하지만 적어도 칼로 물을 베는 그 몸짓으로 해소되는 부분이 있다.

이 싸움의 목적이 뭔지 생각해본다. 나의 가장 잘 드는 무기를 찾아 쥐고 한 번에 숨통이 끊어지게 적의 급소에 꽂는 것인가? 다시는 일어날 수 없도록 흠씬 두들겨패서 밟아버리는 것인가? 함께 사는 사람, 같이 살아가야 하는 사람과의 싸움은 잊어버리기 위한 싸움이다. 삽을 들고 감정의 물길을 판 다음 잘 흘려보내기 위한 싸움이다. 제자리로 잘 돌아오기 위한 싸움이다.

사람은 혼자서도 행복할 수 있지만 자신의 세계에 누군가를 들이기로 결정한 이상은, 서로의 감정과 안녕을 살피고 노력할 수밖에 없다. 우리는 계속해서 싸우고, 곧 화해하고 다시 싸운다. 반복해서 용서했다가 또 실망하지만 여전히 큰 기대를 거는 일을 포기하지 않는다. 서로에게 계속해서 기회를 준다. 그리고 이렇게 이어지는 교전 상태가, 전혀 싸우지 않을 때의 허약한 평화보다 훨씬 건강함을 나는 안다.

테팔 대첩과 생일상

이사한 날부터 동거인은 마감 기간에 돌입해 매일 늦도록 회사에 있었고 나는 하루종일 집을 정리했다. 얼른 말끔한 모습으로 정리된 집에 있고 싶은 마음에 종일 쉬지 않고 움직였다. 동거인이 퇴근해 들어올 때마다 조금씩 더 깨끗하고 반듯해진 집의 모습을 보여주고 싶었다. 하지만 시시포스가 돌덩이를 밀고 언덕을 오르는 것 같았다. 수납공간이 모자랐고 내가 알아서 버리거나 정리할 수 없는 물건들이 너무 많았다. 그 와중에 함께 살게 된 고양이 네 마리의 신경전도 매일 다른 양상으로 긴장을 가중시켰다. (그리고 하루에 치워야 하는 고양이 똥오줌과 날리는 털 양도 두 배로 늘어났다.) 나는 급속도로 지쳐갔고, 짜증이 하루에 열두 번씩 치솟았다. 그렇게 여러 날이 흘렀다. 그러다 '테팔 대첩'이 일어났다.

오래 혼자 산 우리는 당연하게도 같은 아이템을 각자 갖고 있었다. TV도 두 대가 되었고 전자레인지도 두 대, 가스레인지도 두

대, 이런 식이어서 하나씩만 남기고 다 정리했다. 내 벽걸이 TV가 더 컸지만 못생겼다며 동거인이 반대해서 친구에게 주었고, 내가 쓰던 월풀 전자레인지도 식당 준비중인 친구에게 주었다. 이사 후 혼자 물건을 정리하던 중에 똑같은 모델의 테팔 전기주전자가 두 대 나왔다. 차이가 있다면 내 것은 1리터, 동거인 것은 1.7리터들 이라는 점이었다. 한집에 전기주전자를 두 대 둘 필요가 없으므로 하나를 정리하자 싶었다. 물건을 잘 관리하지 못하는 동거인의 주 전자는 많이 낡은데다 내 눈엔 불필요하게 커서 그냥 버리려다가 카톡으로 물어봤다. "이거 버려도 돼? 두 개 있는데 작은 걸로 충분할 것 같아." 보내놓고 한참 다른 물건을 정리하는데 답이 와서 봤더니, "그래도 큰 게 편한데"라고 했다. 내가 답했다. "라면 두 개를 끓여도 1리터면 충분해." 띠링. 답이 왔다. "유단포에 뜨거운 물 채울 때는 그게 편하단 말이야."

찰랑. 언젠가 부부 상담 TV 프로그램에서 본 적이 있다. 어떤 문제로 싸우느냐는 질문에 아내가 "정말 사소한 걸로 싸워요. 양말을 왜 동그랗게 말아서 벗어놨냐 같은 걸로도 싸운다니까요"라고 답하자 상담해주는 분이 찰진 경상도 억양으로 이렇게 말했다. "부부 사이에는요, 사소한 기 하~나도 없습니다. 쌓이고 쌓였든 기 양말 하나로 터지는 거그든요. 컵에 물이 찰랑찰랑할 때 딱 한 방울 더해지면 늠치잖아요. 그거랑 똑같습니다." 가장 사적인 공간을 공유하는 동거인의 사이도 마찬가지다. 이사한 날로부터, 아니 어쩌면 그 이전부터 내 컵에 물이 점점 차올랐고, 그게 넘칠락 말락 하는 와중에 테팔 전기주전자 실랑이가 마지막 한 방울을 더한 거였다. 갑자기 쌓여왔던 짜증이 폭발했다. 나 혼자 이 난장판에서 하루종일 고군분투하는데, 고작 0.7리터 차이를 포기 못 해?! 그렇게 아무것도 못 버리니까 집이 지금 이 모양인 거잖아! 요 며칠이 아니라 예전에 내가 황선우의 상수동 집을 치우고 고치고 정리해준 기억까지 다 소급되어 몰려왔다. 나는 그때는 그저 도울 수 있다는 기쁜 마음에 자발적으로 했던 거지만 마음이 지치자 그 모든 것이 짜증과 분노로 돌아왔다. 사람이 너무 애쓰면 안 되는 법이다. 아무 대가를 바라지 않는다지만 저 깊은 곳에선 상대와 나에게 제 손으로 짐을 지우고 있었는지도 모를 일이다.

나는 장문의 문자 대폭격을 날렸다. "그렇게 평생 호더로 살아!"로 시작해서 랩 배틀하듯이 온갖 말을 쏟아냈다. 이사 직전까지만 해도 우리가 같이 살면 쾌적하게 넓은 집에서 더 나은 삶을 살 수 있을 줄 알았는데 마음이 지옥 같아졌다. 앞으로의 삶이 엉망이 되어버릴 것 같았다. 나는 1.7리터들이 테팔 전기주전자가 꼴도 보기 싫어서 싱크대 안에 넣고 문을 쾅 닫았다. 이후로 종일 연락이 없던 동거인이 밤늦게 들어오더니 옷방에 들어가 문을 닫고 나오지 않았다. 나는 화가 난 채 잠이 들었다. 다음날 아침, 밤새 울면서 버릴 물건들을 정리해서 눈이 퉁퉁 부은 동거인이 손에 쓰레기봉투를 잔뜩 들고 나왔다. 보는 순간 너무도 미안한 마음이 몰려왔지만 사과의 말이 나오진 않았다. 동거인이 출근하자 나는 미워졌던 마음이 풀려 또 열심히 시시포스 활동을 재개했다.

동거인의 상사였던 〈W Korea〉 이혜주 편집장님이 결혼 생활에 대해 이런 말씀을 하셨다고 한다. "둘만 같이 살아도 단체 생활이다." 동거인에게 가장 중요한 자질은 서로 라이프 스타일이 맞느냐 안 맞느냐보다, 공동 생활을 위해 노력할 마음이 있느냐 없느냐에 달렸을 것 같다. 그래야 갈등이 생겨도 봉합할 수 있다. 그날 밤 돌아온 동거인과 나는 서로의 섭섭함을 솔직히 털어놓고 다시 화해했다. 테팔 전기주전자는 버리지 않았다. 사실 진짜 문제는 그게 아니었던 것이다. 그 0.7리터가 바로 '마지막 한 방울'이었을 뿐.

처음 같이 살기 시작했을 때는 서로의 극단적인 다름을 받아들이지 못해 자주 싸웠다. 소리를 지르고 울기도 했다(동거인은 이렇게 큰소리로 불같이 화내는 사람은 태어나서 처음 봤다고 했다). 함께 산 지 2년쯤 지난 지금 우리는 거의 싸우지 않는다. 그동안 서로가 서서히 내려놓은 것은 상대를 컨트롤하려는 마음이다. 대신 둘이 공통적으로 원하는 집의 모습과 상태, 또 각자가 확보하길 원하는 독립적인 시공간을 정확히 얘기하고 그것을 함께 만들기 위해 노력한다. 상대를 바꾸려 드는 것은 싸움을 만들 뿐이고, 애초

황선우가 융숭하게 차려준 김하나의 첫 생일상.

에 그러기란 가능하지도 않다. 둘이 함께 같은 목표를 위해 노력하는 것, 그게 바로 단체 생활에 필요한 팀 스피릿이다. 동거인과 함께 살면서 나는 스스로에게 부과했던 정리에 대한 압박이 꽤나 줄었고, 집이 좀 단정치 못해도 마음이 그리 불편하지 않다. 집안 곳곳에 군락지를 이루는 물건들의 생태계도 그저 흥미롭게 지켜보곤 한다. 반면 동거인은 물건을 들이는 습관에 대해 재고해보게 되었고, 그 결과 우리집은 어느 정도 조수 간만의 평형 상태를 찾았다고 하겠다.

며칠이 지나자 내 생일이 되었다. 마침 그 전날 동거인의 마감도 끝이 났다. 집은 제법 반듯해져 있었다. 나는 그날 평생 최고로 융숭한 생일상을 받았다. 동거인은 꽃게 킬러인 나를 위해 커다란 꽃게를 찌고, 소고기미역국에 새우, 굴, 동그랑땡, 샐러드, 나물 등등 상다리가 휘어지게 상을 차려주고 뵈브 클리코 샴페인을 따라주었다. 어떻게 한 사람이 그렇게 많은 걸 한꺼번에 할 수 있는지 놀라웠다. 청소와 정리엔 무능력해도 요리에는 천재적인 동거인을 둔 보람이 근사한 생일상으로 드러나 있었다. 모든 게 기가 막히게 맛있었고, 우리는 기분좋게 취해 '우리집'에서의 첫 파티를 즐겼다.

고양이들 소개

HAKU

TIGGER

GORO

YOUNGBAE

하쿠
HAKU

Female
2006

김하나가 서른 살에 만난 인생 첫 고양이다. 비 오는 날 상자에 담겨 어느 집 문 앞에 놓여 있었다고 한다. 어렸을 땐 너무너무 볼품없었는데 놀랍게도 자라면서 눈부시게 예뻐졌다. 날씬한 몸매에 유리 같은 성격. 무척 예민하고 겁이 많다. 그러나 겁만큼 호기심도 많고, 위기 상황에선 강단이 있다. 이름이 하쿠인 것은 김하나와 처음 만났을 때 하도 하악! 하악! 하고 경계의 소리를 질러댔기 때문이다. 김하나의 손과 팔에 무수히 많은 발톱과 이빨 자국을 남겼고 만지는 데만 두 달이 꼬박 걸렸지만, 지금은 무릎에 잘 올라와 있고 넷 중 가장 잘 안겨 있는 녀석이다. 하지만 다른 사람이 하쿠를 쓰다듬으려면 또 오랜 시간을 들여야 한다. 사실 다른 사람은 처음엔 얼굴 보기도 힘들다.

©울무 울무

티거
TIGGER

Female
2009

김하나가 천수만에 여행 갔다가 만나 반했던 호랑이 무늬 아기 고양이가 있었다. 데려가도 된다기에 그러려다가 마지막에 주인 말이 바뀌어 데려올 수 없었다. 이미 마음을 준 터라 서울에 돌아와서도 생각이 나던 참에 마침 홍대입구 지하철역에서 천수만에서 본 아이와 정말 똑같이 생긴 아기 고양이를 상자에 담아 파는 걸 마주쳤다. 파는 분은 정신이 좀 오락가락하는 분 같아서 친구에게 3만 원을 빌려 구조하듯 데려온 게 티거다. 겁이 많지만 산책하는 걸 좋아해서 예전 집에 살던 몇 년 동안 저 혼자 창문을 열고 온 동네를 몇 시간씩 산책한 뒤 돌아오곤 했다. 뱃살이 바닥에 닿을 것처럼 처진 뚱냥이. 티거도 다른 사람이 오면 숨기 바쁘다.

고로
GORO

Male
2008

여의도공원에서 청소년 시절을 보내다 지나가던 황선우의 친구에게 다가와 야옹야옹 울어서 구조되었다. 그래서 다른 고양이들과 달리 아주 어릴 적 모습은 알지 못한다. 골격이 장대한데 눈끝이 처진데다 동공이 커다래서 〈슈렉〉에 나오는 장화 신은 고양이처럼 사람을 무장해제시킨다. 사람을 피하지도 않아 집에 뭘 설치하러 기사님이 오면 태연히 옆에 앉아 공구가방을 뒤진다. 세상 순하게 생겼지만 너무 편하게 다가가면 살에 구멍이 뚫릴 정도로 물기도 한다. 망원동 다둥이네 유일의 남성이지만 의외로 목소리가 가늘고 높아 카스트라토가 아니냐는 의견이 있는 반전 고양이.

영배
YOUNGBAE

Female
2011

지략가이자 행동가. 넷 중 가장 어리고 가장 똑똑하며 가장 날쌔다. 황선우가 좋아하는 빅뱅 태양의 본명인 '동영배'에서 이름을 따왔다. 나머지 셋은 다 길고양이 출신으로 소위 '코숏'인데 영배는 아비시니안 종과 길고양이 사이에서 태어나 절반 정도 품종묘다. 또한 유일하게 집안에서 사람과 고양이들이 지켜보는 가운데 태어난 녀석이라 자존감이 강하며 모두가 자기를 사랑해야만 직성이 풀리는 성격. 아무도 가르치지 않았는데 사람 변기에 볼일을 보지 않나, 참 영특하고 신기한 막내다. 끝없이 수다스럽게 야옹거리며 부지런히 돌아다니는데, 좀처럼 안기지는 않는다. 항상 뭔가 일을 꾸미고 있는 듯한 눈치다.

발가락이 닮았다

ᔕUNWOO

내 돈으로 처음 표를 사서 봤던 뮤지컬은 〈캣츠〉다. 역시 처음으로 내가 번 돈을 모아 떠난 런던 여행에서였다. 기억 속의 많은 처음들은 엉거주춤 애매한 모양새로 남아 있는데, 아마 큰 기대와 허술한 실행력, 잔잔한 실망이 버무려지기 때문일 거다. 물론 〈캣츠〉는 전 지구적으로 롱런하고 있는 뛰어난 콘텐츠이자 고전이 된 엔터테인먼트 성공작이다. 다만 속속들이 음미하기에는 당시 내 경험과 이해의 폭이 좁았다. 내 배경지식이 모자란 건 뮤지컬이라는 장르의 관습뿐 아니라 고양이라는 종에 대해서도 마찬가지였다. 막이 오르기 전, 배우 아니 고양이들이 어둠 속에서 눈을 반짝이다가 좌석 곁으로 기듯이 뛰어와 앞발을 꾹꾹 누르거나 꼬리로 관객들을 건드리던 오프닝은 지금까지도 강렬하게 남아 있다.

하지만 그뒤의 내 반응은 좀 이런 식이었다. '저게 다야? 진짜 중요한 일은 언제 벌어지지?' 그때의 나는 고양이들이 힘을 합쳐

위기에 처한 인간을 구한다거나, 주인공 고양이 1, 2, 3 사이의 로맨스 삼각관계가 일어난다거나 하는 서사를 기대했던 것도 같다. 하지만 〈캣츠〉야말로 별일이 일어나지 않는 이야기다. 도시의 고양이들이 깊은 밤 선지자 고양이 '올드 듀터로노미' 앞에 모여 누가 새로운 생명을 얻게 될지 정하는 내용으로, 다양한 고양이 한 마리 한 마리의 이름과 개성을 보여주는 에피소드들이 거의 구성의 전부다. 첫번째 고양이가 노래하고, 두번째 고양이가 노래하고, 다른 고양이 두 마리가 한꺼번에 노래하며 춤추고…… 무리한 여행자의 피로한 귀로 듣는 영어 대사는 졸음을 불렀고 무대 위의 털북숭이들은 슬슬 다 똑같아 보이기 시작했다.

지난겨울 동거인과 함께 차에 타고 어딘가 가던 중 다시 〈캣츠〉 오리지널 캐스트 서울 공연의 옥외광고를 발견했다. 동거인은 아직 〈캣츠〉를 본 적이 없다고 했다. 지구 반대편 남미까지 가서 온갖 도시에서 다양한 공연을 봐온 사람이 이 유명한 〈캣츠〉를 빠뜨렸다니! 나는 당장 첫날 공연 티켓을 두 장 예매했다. 지금의 나에게는 15년쯤 전과 비교해 고양이의 고양이다움에 대해 이해해온 시간이 쌓였고, 이 작품을 같이 보기에 적합한 사람도 바로 옆에 있었다. 우리는 고양이 네 마리가 부지런히 싸재끼는 똥무더기를 함께 치우는 사이니까. 그렇다. 우리집에는 고양이가 네 마리나 산다.

하나 정도는 괜찮고 둘까지는 그럴 수 있지만 셋을 넘어 넷은 좀 지나치지 않은가. 고양이 네 마리를 키우는 친구를 보며 했던 생각이다. 그리고 정신을 차려보니 내가 바로 그런 사람이 되어 있었다. 무려 네 마리 고양이와 같이 사는, 남들에게 지나치지 않으냐는 소리를 듣는 사람. 어떻게 고양이를 네 마리나 키우게 되었느냐고 누가 묻는다면 이렇게 답할 수 있을 것 같다. "인생에는 사람이 계획한다고 해도 그렇게 되지 않는 일이 참 많잖아요. 고양이 문제라면 특히 그렇습니다." 혼자 두 마리를 먼저 키우다가 역시 두 마리를 키우고 있던 김하나와 함께 살게 되면서 고양이는 배로 늘어났다. 그 한 마리 한 마리와의 인연에서 매번 내 계획 같은 건 아주 미약하게 작용했다. 떠올려보면 늘 내가 고양이들을 선택한 게 아니라, 고양이들이 나를 선택하고 이끌어온 쪽에 가깝다. 그런 면에서 사람이 고양이와 얽히게 되는 일은 일종의 사고다. 크고 육중한 금속 덩어리가 아니라, 작고 따끈따끈한 털뭉치가 나에게 온몸으로 부딪쳐온다. 아니, 종교라고 해야 하나? 믿고 나를 던지기 시작한 후로 삶은 더이상 예전과 같지 않게 된다.

이사한 새집을 보러 엄마가 서울에 올라오기로 했을 때 조마조마했다. 온몸으로 털을 뿜어대는 고양이 두 마리로도 모자라서 두 마리가 더 늘어난다니, 어쩌려고 그러냐는 잔소리가 귓가에서 쟁쟁대는 것 같아서 같이 살기로 한 친구에게도 고양이가 있다는 말을 차마 털어놓지 못한 것이다. 하지만 서울 우리집에서 며칠을 보낸 엄마는 하나와 사이좋게 잘 지내라는 인사를 남기고 무사히 돌아갔다. 집에 고양이는 여전히 두 마리뿐인 줄 알면서 말이다. 김하나의 숫기 없는 고양이 두 마리가 손님의 기척을 느낀 동안 방에 틀어박혀 나올 생각을 안 했기 때문에 딱히 의도하지 않고도 숨기는 격이 되었다.

"느그 집에 고양이 네 마리제? 내 다 안다."

엄마가 나머지 두 마리의 존재에 대해 알게 된 것은 김하나의 책 『힘 빼기의 기술』을 읽으면서였다('내 인생의 첫 고양이' 챕터에서는 하쿠, '모험가 고양이의 가출' 챕터에서는 티거에 대해서 쓰고 있다). 하지만 앞으로도 엄마가 그들을 만나기란 쉽지 않은 일로 보인다. 김하나와 같이 살던 하쿠 그리고 티거는(내 고양이 네 고양이로 편을 나누는 게 어쩐지 옳지 않게 느껴져서 우리는 편의상 살던 지역을 따 삼청동 고양이들이라고 부른다) 부끄러움이 많아서 낯선 사람들 앞에 나타나는 법이라곤 없다. 반면 나와 같이 살던 고로와 영배(이쪽은 상수동 고양이들이다)는 경계심보다 호기심이 훨씬 크다. 에어컨 설치 기사부터 이웃에 새로 이사온 친구까지, 처음 보는 누군가가 집에 와도 오히려 다가가서 냄새를 맡거나 가방을 들여다보며 조사에 바쁘다.

낯을 가리는가 아닌가의 기준으로 보자면 둘씩 나뉘지만, 사실 네 마리 고양이들은 하나하나 다 다르다. 양가가 합치면서 첫째가 된 하쿠는 가장 예민하고 소심해서 10년 넘게 같이 산 동거인이 재채기하는 소리에도 깜짝 놀라 숨곤 한다. 손을 뻗으면 살짝 도망치지만, 한 팔쯤 떨어져서는 동그랗게 몸을 뒤집고 눈을 맞추며 다시 다가오라는 신호를 보낸다. 감질나게 밀당을 할 줄 안다. 스킨십을 할 때는 깡마른 몸의 뼈를 도돌도돌 타고 내려가듯 강하게 만져주는 걸 좋아하고, 한참 안겨서 평화롭게 골골대지만 또 밖에서 어떤 소리가 침입하면 화들짝 놀라 달아난다.

셋째 티거는 마르고 왜소한 하쿠와 반대로 동글동글 살집이 많은 체형인데 겁이 많기로는 마찬가지다. 하지만 일단 친해지고 나면 적극적으로 애정을 요구한다. 소파에 앉으면 와서 얼굴을 비벼대고, 곁에 몸을 착 붙이고 앉아서 궁둥이 두들겨주는 손을 멈추면 잔소리를 한다. 마치 카메라 앞에 선 할리우드 스타의 2세처럼, 사랑받아 마땅한 자신에 대해 한 치의 의심도 없다. 우리집에서 유일하게 외출을 즐기던 모험가로, 한옥 지붕을 타고 세상을 돌아다니다가 크게 다쳐서 돌아온 방랑의 역사도 갖고 있다.

둘째 고로는 둥그런 얼굴에 큼직한 덩치를 하고 있는데, 침대 발치에 엎드려 있거나 오디오 위의 높고 넓은 곳에 자리를 잡은 채 다리를 쭉 뻗고 자길 좋아하는 습성을 보고 있노라면 고양이라기보다 대형견 같다. 처음 우리집에 온 사람들은 '얘는 개 아니냐'

하쿠, 재채기하는 소리에도 놀라는
예민하고 소심한 고양이

티거, 한옥 지붕을 타다가 크게 다쳐
돌아온 적도 있는 모험가 고양이

고로, "얘는 개 아니냐"는 말을 듣는
스케일 큰 고양이

영배, 장차 카이스트에 갈 고양이

'보통 고양이 두세 마리 합친 것 같다'며 거대 고양이 고로의 스케일에 놀라는데, 스스럼없이 모르는 사람 무릎에 가서 앉는 느긋한 성미지만 자신을 귀찮게 하면 가끔 물거나 할퀴기도 한다.

그리고 막내 영배. 얘는 약간 조증이 아닐까 의심될 만큼 에너지가 넘치고, 하루 중 긴 시간 하이퍼 상태다. 고양이용품들을 넣어두는 서랍을 열어서 혼자 장난감을 꺼내 놀거나 하는 일이 자주 있다. 말이 많은 고양이들이 보통 지능이 높다고 하는데 영배는 넷 중 가장 머리가 좋아서, 동거인과 나는 잘 키워서 카이스트에 보내자는 농담을 하곤 한다. 또, 넷 중 가장 수다스러워서 종일 떠들고 다니는데 사람이었다면 대답하다가 진이 다 빠졌을 것 같다. 네 마리는 이렇게 네 가지 방식으로 다르게 존재하고, 각자를 제대로 보살피고 사랑을 주려면 그 차이에 주의를 기울여야 한다. 네 벌의 옷이 있는데 소재도 디자인도 색깔도 다 제각각이라면 취급방식에도 다르게 주의를 기울여야 하는 것처럼.

한 팀에서 일하던 중국인 동료 우예 씨가 이런 말을 한 적이 있다. "중국 인구가 13억이에요. 20개가 넘는 성省이 있고, 지역별로 문화가 얼마나 다른지 몰라요. 그런데 '중국 사람들은 이렇다'고 한국인들이 너무 쉽게 말하는 걸 들어요. 나는 한국인에 대해 그렇게 말할 수 없어요. 내가 10년이 넘게 한국에서 살면서 만나고 가까워진 한국 친구들은 모두 다르거든요."

잘 모르는, 멀리에 있는, 애정이 없는 대상일수록 일반화하기 쉽다. 뭉뚱그리고 퉁쳐도 상관없다. 하지만 사랑하는 존재에 대해서는 아주 작은 차이가 특별함을 만든다. 그 개별성이 소중하고 의미 있다. 네 마리와 함께 생활하면서 '고양이는 이렇지'라고 특정할 수 있는 이해도 생겼지만, 또 한편 '고양이는 다 이래'라고 말하기 힘든 개성의 영역도 알게 되었다. 이제 나는 세상에 100마리의 고양이가 있다면 100가지의 다른 성격이 존재할 거라 믿는다. 그러니 다 똑같다는 건, 적어도 고양이에 대해서는 절대 해서는 안 되고 할 수도 없는 이야기다. 그 차이에 대해 들여다보자면 뮤지컬 한 편으로도 모자라다. 우리집을 무대로 한 〈캣츠〉도 스토리는 딱히 없지만 캐릭터가 전부인 채로 충분하게 흘러가고 있다.

대가족이 되었다

 집에 고양이가 한두 마리라면 사람들은 그러려니 하고 세 마리라면 약간의 경탄을 담아 "아 그래요?" 하고 네 마리라면 모종의 경악을 담아 "와 정말요?!" 한다.

혼자 고양이 둘과 함께 살 적엔 그래도 '1인 가구'라고 생각했다. 고양이들에게 자주 말을 걸긴 해도 대답은 없었고 대부분 집안은 고요했으며 고양이가 다치거나 중성화 수술을 하고 온 날이면 혼자 조용히 눈물짓다가 잠들었다. 그러나 W_2C_4, 여섯 식구가 되자 이것은 영락없는 대가족이었다. 간식 서랍을 열면 고양이 네 마리가 다 나와서 '아옹아옹' 아우성을 치며 시끌벅적해졌다. 양가에서 온 고양이들은 편을 지어 싸우거나 조금씩 영역을 바꾸거나 서로를 날카롭게 관찰하며 계속해서 관계 역학의 변화를 만들었고 나와 동거인은 어떻게 하면 이 긴장을 누그러뜨릴 수 있을지를 놓고 고심했다. 미처 생각지 못한 미묘한 부분도 있었다. 내가 원래 같이 살던 고양이에게 할퀴었을 땐 그렇지 않았는데 새로 함께 살

우리집의 가족 구성원
분자식은 W_2C_4이다.
김하나와 황선우의
성격 차이만큼이나
고양이들끼리도
서로 다른 성격 차와
미묘한 역학 관계를 보인다.

티거와 영배의 극단적 성격 차이.

티거와 하쿠의 괴이한 합체.

고로와 영배는 사이가 좋다.

하쿠와 고로는 서먹한 사이다.

고로와 티거는 앙숙이다.

영배와 하쿠는 그저 그런 사이다.

게 된 고양이들에게 할퀴거나 물리면 그렇게 서운했다. 새로운 고양이들의 성정을 아직 제대로 파악하지 못한 채로 쓰다듬거나 껴안으려 들었던 내게 고양이들은 준엄한 심판을 내렸으며 손을 물려 피가 많이 난 적도 있다. 그럴 때면 뭐랄까, 재혼 가정에서 아이들이 "엄마 아니야, 아줌마야!"라며 마음을 안 내어줄 때 그 '아줌마'가 된 것 같아 그렇게 서운했다.

우리 대가족이 함께 산 지 이제 2년이 넘었다. 나는 더이상 물리지 않고, 고양이들끼리도 처음보단 덜 싸우는 편이다. '내 고양이'와 '네 고양이'가 모두 '우리 고양이'가 되었다. 올해는 우리 가족 여럿이 병원치레를 했다. 동거인과 내가 연이어 수술을 받았고, 동거인은 발목을 다쳐 열한 바늘을 꿰맸다. 열세 살인 첫째 고양이 하쿠가 이빨 수술로 입원했다가 이제 다 나았으며, 최근엔 둘째 고양이이자 가족 중 유일한 수컷인 고로가 수술을 받았다.

하쿠에 비해 고로의 증상은 더 심각한 것이었다. 예전에 결석 수술을 받은 적 있는 고로가 요즘 들어 또 화장실을 잘 못 가는 듯해서 관찰중이었는데 어느 일요일 피오줌을 쌌다. 화들짝 놀란 우리는 얼른 24시간 동물병원에 데려가기로 하고 둘이 힘을 합쳐 이동장에 덩치 큰 고로를 넣었다. 내가 운전을 하고 동거인이 제법 묵직한 이동장을 안고 조수석에 앉았다. 놀란 고로가 오줌을 싸 냄새가 진동했다. 장마철이라 비가 사정없이 쏟아지는 와중에 병원에 도착해 진료를 받았다. 정신이 하나도 없었다. 고로는 방광과 요로에 결석이 여럿 생겨 자칫 폐색이 될 위험에 처해 있었다. 입원 후 다음날 수술을 받았다. 고로가 회복하는 동안 동거인과 나는 매일 면회를 갔는데, 상자형 입원실 안 고로 모습에 무척 마음 아팠다. 덩치 큰 고로가 간호사와 의사들에게 발톱과 이빨을 세우며 달려들었던 바람에 네발이 붕대로 꽁꽁 다 묶여 있었다. 목에는 커다란 넥칼라를 달고 있어 목 뒤 가려운 곳을 긁으려 해도 붕대 감긴 뒷발이 넥칼라를 맥없이 툭툭 칠 뿐이었다. 수액줄과 소변줄을 주렁주렁 단 채로 기력 없이 엎드려 있는 고로의 모습을 보니 눈물이 났다. 퇴원 후 회복해가는 듯하던 고로는 일주일 뒤 상태가 급속히 나빠져서 다시 급히 병원을 찾아야 했다. 매일이 심란했다. 다행히 고로는 두번째 처치 후 증세가 호전되었고 지금은 집에서 조금씩 회복하는 중이다. 이 모든 걸 함께하며 나와 동거인은 서로의 존재를 더욱 고마워하게 되었다. 언젠가 고양이들이 무지개다리를 건너더라도 혼자 감당하기보다 둘이 슬픔을 나누는 편이 나을 것이다.

'가지 많은 나무 바람 잘 날 없다'는 옛말처럼 대가족이 되자 기쁜 일도 많아지고 슬픈 일도 많아진다. 한데 또 '슬픔은 나누면 반이 되고 기쁨은 나누면 배가된다'는 말도 맞는 것 같다. 대가족이 되면서 일이란 생기게 마련이고 우리는 그것을 나누어 가질 수 있다는 믿음이 생겼다. 거기서 오는 안정감이야말로 가족의 가장 큰 미덕이 아닐까. 가족의 형태가 어떠하든 간에 말이다. 우리는 서로 기대어, 또 종종 두 배로 기뻐하며 삶의 굴곡을 지날 것이다.

엄마에게서 물려받은 것

SUNWOO　　　　　　영화에서 첫 장면은 보통 인물의 외양과 행동으로 캐릭터를 보여주는 데 할애된다. 내 인생을 전기영화로 만든다면 이야기를 여는 시퀀스는 고등학교 시절 등교 장면이 적절할 것 같다. 통학 봉고에 헐레벌떡 간신히 탑승한 건장한 여고생이 짧은 등굣길 내내 졸다가 내린다. 카메라는 교문을 향해 총총 걸어가는 등에 묵직하게 매달린 책가방을 비추다가, 이어 책가방보다 더 큼직한 보조가방을 클로즈업한다. 점심과 저녁용 보온도시락 두 개, 커피나 차가 든 보온병, 간식용 과일까지 담은 도시락 가방. 그렇다, 나는 전교에서 가장 큰 도시락 가방을 갖고 다니는 학생이었다. 늘 배가 고팠고, 많이 먹었고, 그 식욕이 꺼지지 않도록 연료를 공급하는 엄마가 있었기 때문이다. 급식 이전 세대이자 야간자율학습까지 하던 나를 위해 엄마는 두 끼 식사를 챙겨야 했다. 언제나 잠이 모자란 고등학생의 식사 준비를 위해 엄마는 족히 한두 시간은 더 일찍 일어나야 했을 것이다.

가족과 함께 살던 시절에는 부엌에서 들려오는 소리가 아침 잠을 깨웠다. 뭘 썰거나 끓이거나 기름에 굽거나 하는 주방의 생활 소음은 너무 구체적이고 현실감 넘쳐서 꿈에서 미처 깨어나기 전의 몽롱한 정신에는 이물감이 느껴졌다. 아직 지각이 선명하지 않은 감각기관 중에 코끝으로 음식 냄새가 제일 먼저 스며드는 게 그때는 불쾌하게 다가왔다. 눈뜨자마자 식탁에 음식이 준비되어 있다니, 지금이라면 행복감에 넘쳐 벌떡 일어날 텐데 말이다. 가족을 떠나 혼자 산다는 것은 누구도 음식 냄새로 나를 깨워주지 않는 아침이 수천 번 이어지는 일이었다.

8남매의 장남 황진규씨와 결혼한 우리 엄마 한옥자씨는 일생 누군가를 위해 음식을 만들어왔다. 설과 추석, 그리고 한 해에 두 번 있는 큰 제사는 언제나 엄청난 장을 봐서 음식을 준비하는 일로 시작해, 식구들마다 손에 고기부터 식혜까지 꽉 채운 아이스박스를 바리바리 들려서 배웅하는 절차로 끝이 나곤 했다. "왜 내가 담그면 언니 김치의 이 맛이 안 날까요?" "형수님이 끓여주는 시래깃국이 우리 어머니가 해주던 것보다 더 맛있습니다." 한동안 나는 이런 말들이 칭찬으로 사람을 조종하는 빤한 인사치레 같았다. 게다가 아빠가 돌아가신 지 10년이 넘어서까지 집안의 제사와 차례 음식을 혼자 차려내는 엄마를 보고 있으면 화가 날 때도 있다. '엄마의 손맛'이라는 프레임으로 집밥을 신비화할수록 엄마들은 힘들어진다. 요리를 잘하는 엄마들은 할 일이 더 많아지고, 요리를 못하는 엄마들은 죄책감에 시달리게 되니까. 누가 만들건 간편하게 식사 준비를 나눠서 거들고, 가급적이면 밖에서 사 먹으면서 집안일을 줄이면 좋을 것이다. 물론 나 역시 엄마 음식의 특권을 누리는 가장 큰 수혜자이면서 그걸 거부하지 않고 누리고 있다는 점에서 모순을 벗어날 수 없는 존재지만 말이다. 지금도 부산 집에 내려가면 꽃게탕, 갈비구이, 낙지볶음…… 내가 좋아하는 음식들이 끼니마다 짜여진 식단으로 기다리고 있어서 위가 쉴 틈이 없는데 나는 이걸 엄마의 '완전한 사육'이라고 부른다.

대화가 별로 없는 경상도 모녀 사이에 일주일에 한 번 있는 정기 통화는 주로 세 가지 질문과 답으로 요약된다. "밥은 먹었나?" "요새 뭐 먹고 지내노?" "뭐 먹을 것 좀 보내줄까?" 그렇게 용건만 간단했던 엄마와의 통화가 요즘은 조금씩 길어지는 중이다. 뭔가 보낸다고 하면 그러지 말라고 사양부터 하고 보던 내가 달라졌기 때문이다. 엄마가 보내준 연근장아찌를 하나가 잘 먹더라, 총각김치가 있으면 좋겠다 하며 뭔가 요구들이 생겨나기 시작했다. 혼자의 식탁은 효율성과 편의를 우선으로 꾸려진다. 삶은 달걀 한두 개에 사과나 고구마 같은 걸로 때우기도 하고 햇반을 데워 레토르트 카레와 해결하기도 한다. 하지만 신비롭게도 인간은 자신을 위해서보다 다른 사람을 위해 더 부지런할 수 있는 존재다. 누

두 사람이 사는데 기본 4인분 때론 6인분을 만들어버리는 우리집 주방장.

군가와 함께 먹을 식사를 차린다면, 무슨 힘에선지 국이라도 하나 끓이고 더운 찬이라도 한 가지 볶게 되는 것이다. 두 사람이 같이 살면서 집에서 식사를 준비해서 먹는 횟수는 엄청나게 늘었다. 동거인이 설거지와 뒷정리를 맡아, 음식을 해먹고 나서 엉망진창이 되는 주방을 원상 복구해주기 때문에 음식 먹고 치우는 일의 수고가 가뿐해지기도 했다. 마감으로 바쁜 밤에도, 다음날을 위해 국을 끓이거나 하는 일은 오히려 기분을 낫게 해준다. 창의적이고도 즐거운 놀이이기도 하고, 내 생활을 스스로 잘 돌보고 있다는 안정감을 주는 것이다. 엄마가 보내주는 음식들은 그 안정감의 골조를 형성하고 있다.

언제부턴가 나는 출근한 다음 집에 혼자 남은 동거인이 식사는 잘했는지, 혼자 굶지는 않았는지, 라면으로 대충 때우지는 않았는지 자꾸 궁금해하고 있다. 그리고 조금씩 알게 되었다. 엄마에게 음식이란 단지 가족을 위한 희생만이 아니다. 상대에 대한 애정과 관심을 표현하는 방식이자 자신의 능력을 발휘하는 즐거움이고, 부엌을 관리하고 다스리는 고도의 경영이자, 무뚝뚝한 자식과 대화하는 매개이기도 하다. 음식을 싸주고 먹이는 대상이 늘어날수록 엄마의 세계도 함께 넓어져왔다. 그리고 이제 그 세계에는 나의 동거인도 포함된다.

어느새 나도 동거인에게 비슷한 질문 3종 세트를 물어보곤 한다. 아침은 뭐 먹었어? 점심 뭐 먹을 거야? 저녁은 뭐 먹을까? 사육의 DNA는 나에게도 내려와 있었다. 언젠가 무슨 일인지 기억도 나지 않는 이유로 엄마와 싸우고서는, 도시락을 한끼도 먹지 않은 채 고스란히 다시 집으로 가져간 날이 있었다. 그때 엄마는 어떤 기분이었을까. 애써 준비해서 식지 않도록 따뜻하게 들려 보낸 식사를 보란듯이 손도 대지 않은 채 버리게 만드는 자식이라니. 그때 일을 생각하면 못나고 못된 마음이 부끄럽다. 정작 쿨한 우리 엄마는 '안 먹으면 저만 손해지' 했을지도 모르지만. 음식에 대한 엄마의 프라이드는 그 정도다.

밥 잘 얻어먹는 법

HANA　　　　　　　　　　사주를 공부하던 친구가 말하길 내 사
주에는 식복이 있다고 한다. 부정할 수 없게도 내 주위엔 정말로
요리사 친구들이 많다. 직업 요리사가 아니어도 요리를 해서 남들
을 먹이는 게 취미이자 행복인 성자 같은 친구들 말이다. 게다가
직업 요리사도 여럿이다. 고맙게도 친구들 사이에서 '뭐 해 먹이면
기분좋은 사람'으로 꼽힌 적도 있고, 몇 년을 식객으로 드나들던
황영주의 집에 가면 어머니께서 "꽃게를 쪘더니 귀신같이 김하나
가 왔구만" 같은 말씀을 곧잘 하셨다.

정작 나는 요리를 거의 못하는데 어쩌다 이렇게 먹을 복이 많
아졌을까? 오늘 여러분께 특별히 '잘 얻어먹는 법'에 대해 내가 생
각하는 바를 알려드릴까 한다. 단 한 가지만 기억하면 된다.

'무조건 맛있게 먹는다.'

맛이 없어도 꾹꾹 참고 먹으란 말이 아니다. 누군가 음식을 해
주는 마음에 대해 생각해보면 맛있게 먹을 수밖에 없게 된다.

많은 사람들이 착각하는데 밥을 얻어먹는 사람은 맛이 있느냐 없느냐를 감별하는 사람이 아니다. 비평할 자격이 주어지는 건 음식에 돈을 지불할 때밖에 없다. 그 경우에만 음식에 비해 가격이 적정한지 말할 자격이 생긴다. 음식을 만들어주는 것은 순수한 호의에서 비롯한 고귀한 행동이다. 그리고 그것은 무척이나 번거로운 일이다. 누군가 나를 위해 시간과 수고를 들여 재료를 준비하고 다듬어서 이런저런 방식으로 익히고 그릇에 담아서 내어준다. 그 음식은 내 몸속에 들어와 피와 살을 만들고 나를 살아 있게 한다. 세상에 이것보다 고마운 일이 또 있을까? 고마운 마음을 갖고 먹는 음식은 맛있다. 단순한 진리다. 또하나의 단순한 진리가 있다. 얻어먹었으면 고맙다고 말하고 뒷정리와 설거지를 하라. 이 또한 고마운 마음이 있다면 자연스럽게 하고 싶어질 일이다.

나의 동거인 황선우로 말하자면, 트위터를 통해 파악한 모습으로는 요리사 타입은 아니었다. 먹는 건 무척 좋아하지만 워낙 집 밖에서 노는 걸 즐기고 개인주의적 성향이 강해 음식을 만들어 누군가와 나누어 먹는 모습은 잘 상상이 안 됐다. 그런데 웬걸, 집에 놀러갈 때마다 맛있는 걸 척척 해주는 게 아닌가! 꽃게, 문어 등 초심자는 다루기 어려운 재료에도 거침이 없고, 집에 있는 재료로 창의적이고 맛있는 파스타나 비빔국수를 뚝딱 만들어 내놓는가 하면, 각종 찌개와 국, 나물, 무침 등 한식도 기가 막히게 잘했다. 도

전 정신도 투철해서 안 해본 음식도 겁 없이 시도해보고 대부분 성공했다. 한번은 겨울날 철군낮별 부부를 초대해 스튜를 끓였는데, 황선우가 기네스 맥주를 넣으면 맛있다는 얘기를 듣고 지나치게 콸콸 붓는 바람에 쓴맛이 많이 났다. 그걸 내놓을 수가 없어 이번엔 황선우도 실패구나 싶었는데, 다른 안주를 가득 만들어줘서 모두가 술을 많이 마시는 동안 혼자 부엌을 오가며 스튜를 수습해서 한참 더 끓이더니 다들 거나하게 취했을 무렵 짠 내놓았다. 취해서 미각이 둔해진 우리는 스튜를 싹 비웠다. 황선우는 어떻게든 성공시킨다!

알고 보니 동거인은 손도 크고 요리해서 먹이는 걸 놀이처럼 즐거워하는 타입이라 내가 봉을 잡은 거였다. 손님을 맞거나 파티를 하고 나면 우리 주방은 초토화된다. 동거인은 조심스럽게 요리하는 스타일이 아니기 때문에 주방 한복판에 폭탄이 투하된 형국이 되어버리는데, 이때 투입되는 것이 청소파인 나다. 앞서 말했듯 '잘 얻어먹었으면 설거지를 해야 한다'는 생각도 있지만 사실 나는 뒷정리와 설거지를 좋아한다. 특히나 엉망진창이 된 주방을, 마치 이제 막 이사온 집처럼 깨끗하게 원상 복구하는 데서 큰 쾌감을 느끼는 변태적 성향을 갖고 있다. 산더미 같은 설거지를 하고, 그릇을 정리해 넣고, 사방에 기름과 양념이 튄 타일과 싱크대를 닦고, 수챗구멍을 소독하고, 리넨을 갈고, 무뎌진 칼날도 다시 세워놓는다. 다음에 우리 주방장이 상쾌한 기분으로 등판해 멋진 음식을 만들어줄 수 있도록. 사주에 식복이 있다고 안심할 게 아니라, 계속 잘 얻어먹으려면 이쯤은 해야 하는 것이다.

크리스마스 선물 교환

                 함께 맞은 첫 크리스마스에 나는 동
거인에게 작은 선물을 주고 또 재능 기부(?)도 했다. 항상 역동적
으로 범람하는 동거인의 티셔츠 서랍을 '곤도 마리에' 스타일로
각 맞춰서 정리해준 것이다. 곤도 마리에는 『인생이 빛나는 정리
의 마법』을 쓴 일본의 정리 전문가로, 미국에까지 '곤마리'라는 신
조어가 생길 정도로 정리 신드롬을 일으킨 사람이다. 서로 친해졌
을 무렵 황선우는 내게 '정리를 잘하려면 어떻게 해야 하는지 모르
겠다'고 고민을 토로한 바 있는데, 내가 신봉하는 이 책을 말하자
"아! 그거 나도 있어!"라더니 곧 난감한 목소리로 덧붙였다. "하지
만 어디에 있는지 도무지 찾을 수가 없어……"

　　동거인은 모든 물건이 많지만 그중 옷이 제일 많다. 늘 새롭게
입고 다니는 것을 좋아하기도 할뿐더러 오래된 옷을 버리지도 못
해서다. 나는 상수동 집의 한쪽 벽면을 가득 메우고 있던 '왕자 행
거'가 무너지는 광경을 목도한 적이 있다. 자주 있는 일은 아니라

고 하는데, 내가 마침 그 순간 함께 있어서 달려가 팔로 받쳤으나 빽빽하게 걸린 옷의 무게란 실로 엄청난 것이었다. 옷들은 산사태처럼 무너져내려, 삽시간에 방은 재난 상황이 되었다. 왕자 행거는 부속이 부러져서 못 쓰게 된 터라 마트에서 새것을 사다가 조립하고 다시 옷을 빽빽이 거는 지난한 과정을 거쳤다. 동거인에 비해 옷이 절대적으로 적고 사실 같은 옷을 입고 또 입기를 좋아하는 나는 동거인에게 벌어지는 자연재해가—옷의 산사태와 티셔츠의 범람 등—신기하기만 했는데, 재미있는 건 패션잡지계 동료들의 반응이었다. "행거는 다들 한두 번씩 무너지는 거 아닌가?"라는 식이었다고.

곤도 마리에식 티셔츠 정리법은 티셔츠를 접어서 세로로 착착 잇대어 세우는 것이다. 서랍칸 끝에서 끝까지 채우면 무너지지 않고, 한눈에 내가 가진 티셔츠들을 다 볼 수 있어 편리하다. 그런데 동거인의 티셔츠 서랍은 미어터져서 아래 칸인 내 서랍으로 많이 옮겨야 했다. 물론 동거인의 티셔츠가 거기만 있는 것은 아니다. 동거인은 거대한 '줄무늬 티셔츠' 칸과 '러닝용 티셔츠' 칸을 따로 운영하고 있다. 그에 비해 나의 티셔츠는 다 합쳐봐야 서랍칸 하나도 안 된다. 그나마 동거인의 티셔츠가 늘어나면 내 한 줌 티셔츠 중에 안 입는 것을 버리고 공간을 더 내어주어야 한다. 서랍 정리를 끝내고 나니 가지런하고 반듯하게 늘어선 모양새에 동거인도 기뻐했다. 나로선 티셔츠 서랍을 정리하는 게 그리 번거로운 일은 아니다. 시간이 오래 걸려서 그렇지, 티셔츠들을 개는 동안 마음도 차분해지고 끝내고 나면 동거인의 칭찬에 뿌듯하기도 하다.

같이 살면 이런 식의 교환가치가 생긴다. 혼자 살 때는 하기 싫어도 해야 하는 일들이 많고, 해야 하지만 할 수 없는 일들도 많다. 둘이 살면 생각보다 많은 부분이 상쇄된다. 각자가 잘하거나 쉽게 하는 부분이 조금씩(우리의 경우엔 극단적으로) 다르기 때문이다. 내가 고장난 스탠드를 고치거나 선풍기를 분해해서 닦는 걸 보면 동거인은 마치 이런 일을 하는 게 가능했냐는 듯 소스라치게 놀란다. 내겐 동거인의 요리가 그러하다. 마감 기간이라 자정을 훌쩍 넘겨 퇴근한 동거인은 다음날 점심 무렵 출근하는데, 출근 전에 무려 두 종류의 찌개와 국을 잔뜩 끓여놓고 나가기도 한다. 자기 마감 기간 동안 나 혼자 밥 먹을 때 먹으라고. 마감만 해도 정신 없을 텐데 싶어 한사코 만류하는 내게 동거인은 대수롭지 않다는 듯 말한다. "요리는 나한테 스트레스 푸는 일이고 놀이라니까." 손이 커서 2인분을 만들려다 6인분을 만들곤 하는 동거인은 그간 자기 혼자 먹을 음식을 만드는 건 재미도 없고 남은 음식 처치도 곤란했다는데, 해주면 매번 놀라워하며 먹는 상대가 생기니 신이 난 듯하다. 내가 동거인의 자연재해에 놀랐던 것처럼 동거인은 식재료가 거의 없이 텅텅 빈 내 냉장고가 신기했을 것이다. 혼자를 잘 챙기는 삶은 물론 바람직하고 존경스럽다. 그러나 역시 남에게 해주는 기쁨을 누리는 삶이 더 재미있고 의욕적인 것 같다.

새해 첫날

 SUNWOO　　　　새해 첫날 점심, 2주 전쯤 두 층 아래
로 이사온 이웃 이아리, 김한성 부부를 우리집에 초대했다. "떡국
을 2인분 끓이는 것과 4인분 끓이는 건 큰 차이가 없으니까!"라는
게 전날 나의 호쾌한 초대 메시지 내용이었다. 하지만 호쾌함이 쭈
그러드는 데는 반나절도 걸리지 않았다. 늦잠을 자다가 정오가 다
되어서야 허둥지둥 일어난데다, 냉동실을 탈탈 털어 꺼내놓은 떡
은 2인분을 간신히 넘는 양이었기 때문이다. 짠 하고 멋지게 식사
를 준비해서 대접하고 싶었는데 모자란 재료를 손 벌리는 걸로 모
자라 음식을 준비하는 동안 옆에서 기다리게 해야 할 판이었다. 어
쩌겠나, 그들의 이웃은 손이 크고 초대를 좋아하는 대신 허술한 데
가 많은 사람이니 아래층 친구들도 일찍 익숙해져두는 편이 좋을
것이다 수셰프인 동거인에게 달걀 지단을 부치고 김을 써는 중책
을 맡겨둔 다음 나는 다시마로 육수를 내고, 마늘부터 빻았다. 참
기름에다 기름기가 적은 소고기 국거리를 볶다가 국간장과 다진

마늘로 간을 하고, 다싯물을 부어 끓이며 거품을 걷어낸다. 그러면 소고기가 다 한다. 다만 소고기가 주재료가 되는 국을 끓일 때 나만의 비결 하나는 마지막 간을 까나리액젓으로 맞춘다는 것이다. 아, 그보다 앞서는 비결은 고기가 많을수록 좋다는 것.

이웃 부부는 약속한 시간에 오렌지색 리본을 묶은 가평 잣막걸리 두 병, 손질한 과일, 내가 요청한 떡국떡을 손에 들고 나타났다. 손님을 초대해놓고 음식 준비가 덜 되어 기다리게 할 때는 고양이가 네 마리나 된다는 사실이 꽤나 유용하다. 그중 활기차고 낯을 덜 가리는 애들이 앞에서 알짱대며 접대를 맡아주니까. 공수된 떡을 이어 투입한 다음에는 몇 분 더 끓이기만 하면 돼서, 집에 있는 면기를 모두 꺼내 담고 고명을 올리는 마무리 작업은 금세 완성되었다. 양 조절에 실패해서 5인분쯤으로 완성된 떡국은 맛이 있었다(라고들 해줬다).

우리는 하얀 떡국과 하얀 막걸리로 새해를 축하하고, 연말에 먹은 것들과 서로의 일 같은 것들을 얘기했다. 전날 밤에 조금 남은 참소라 숙회를 곁들였는데, 김한성은 신기하게도 이게 홈플러스에서 6900원에 판매하는 상품이라는 사실을 알아봤다. 자신이 어제 몇 번 살까 말까 하다가 내려놓은 물건이라며. 두 집의 생활 반경과 취향이 참소라에서 교집합을 이뤘다. 우리집에는 전날 뚝 떨어져서 아래층에서 갖고 올라온 원두로 커피를 내려 마시고, 이웃은 두 시간쯤 머무르다가 두 층 아래 자신들의 집으로 돌아갔다.

사실 김하나와 나는 전날인 12월 31일 밤에 약간 다툰 뒤였다. 새해 카운트다운을 하고, 새로운 한 해를 맞을 때 조금은 성스러운 분위기로 지난 1년을 돌아보고 이야기를 나누고 싶었던 동거인, 그리고 집중력이 떨어져서 짧은 대답 뒤로 자꾸 폰을 들여다봤던 나의 충돌이었다.

변명을 덧붙이자면 이렇다. 장을 봐오고 샐러드를 준비하느라 저녁을 먹기 시작한 게 이미 9시가 다 되어서였고, 내내 적당한 익힘의 정도로 고기를 굽고 또 타기 전에 부지런히 먹는 일이 내 책임이었기 때문에 12시가 가까워질 땐 이미 포만감, 기름 냄새와 더불어 피로가 엄습했다. 각종 단톡방에서는 새해를 맞는 인사 문자들이 이어졌으며 회사의 90년대생 후배들은 나이든 부장과 카운트다운의 기쁨을 나누고 싶기라도 한지 자정 언저리로 자꾸만 새해 인사들을 보내왔다. 그리고 부정하기 힘든 사실은 많은 현대인처럼 내가 SNS 중독이라는 점이다. "12시 전후로 30분만이라도 좀 홀리하게 보낼 수 없겠어?" 이렇게 말하는 동거인의 기대가 무엇인지 이해하면서도 사실 고깃기름이 배어난 불판과 계속 울리는 폰을 앞에 두고 그러기는 쉬운 일이 아니었다. 생활의 적나라한 장면이 펼쳐진 공간에서 그 구구절절한 시간의 맥락과 훅 단절하려면 공들인 연출이 필요하다. 지금 되짚어보면 적어도 8시에는 식사를 시작해서 11시에 마치고, 테이블의 고깃기름을 닦아낸 다음 환기를 하고 초 몇 개만으로 어둑한 조명을 켜는 준비 정도가 있었으면 좋았을 것이다.

손님들을 보내고 나서 동거인과 나만 남자 자연스럽게 살림 활동이 시작되었다. 먹은 그릇들을 설거지하고, 빨래를 돌리고, 고양이 화장실을 치우고 청소기를 미는 매일의 일과. 그리고 여기에는 새해 첫날의 특별한 몇 가지가 보태졌다. 2년 남짓 사용해 낡은 수건들을 전날 미리 빨아 말려두었던 새것으로 싹 교체하고, 칫솔이며 비누, 샤워볼, 샤워커튼, 수세미, 실내화 같은 기물들을 버리고 바꾸는 작업 말이다. 생활의 아주 작은 부분, 비싸지 않은 집기를 한꺼번에 새것으로 바꾸는 일은 몸에 닿는 감각을 상쾌하게 만들고 1월 1일의 새로 시작한다는 기분을 극대화해주었다.

그리고 한 해의 첫해가 슬슬 넘어갈 즈음 우리는 라디오를 켰다. 동거인이 MBC 표준FM의 〈잠깐만〉 캠페인에 일주일 동안 출연하게 되어 녹음을 하고 왔기 때문이다. 동거인의 세번째 책인 에세이 『힘 빼기의 기술』서문에서 발췌한 내용으로, 새해에 너무 대단한 결심을 품고 계획을 세우기보다 '만다꼬'라는 질문을 던져보고 정말 자신에게 중요한 것들에 집중하자는, 홀륭한 이야기였다. 집에서 나란히 파자마 차림으로 시시한 농담을 주고받던 동거인이지만 이렇게 공적인 자리에서 말과 글로 접할 때면 꽤나 멋있다는 걸 인정하지 않을 수 없다.

　오후 나절을 이렇게 사람들을 만나고 일상을 돌보는 활동을 하며 보내면서 기분이 한결 나아졌다. 어둠 속에 초를 밝히고 한 해의 기쁨을 다시 밝혀보고 슬픔은 떠나보내는 의식적인 행위가 주는 성스러움이 있겠지만, 수건을 개키고 고양이들 발톱을 깎아주며 일상을 돌보는 일이 사람을 굳건하게 지탱해주는 그런 방식의 거룩함도 삶에는 작용한다.

　식사를 직접 준비해 먹어보면 끼니가 얼마나 자주 돌아오는지 놀라울 지경이다. 헌 수건들과 벌어진 칫솔, 때묻은 슬리퍼 같은 것들과 작별한 우리는 저녁에만은 가사노동에 시달리지 않기로 하고 새해 첫날에도 문을 연 동네 기사식당으로 향했다. 휴일 밤의 사방은 차가운 겨울 밤공기 속으로 가라앉은 듯 고요했다. 아파트 출입구를 돌아서 모퉁이를 돌자 정면에서 눈에 들어온 것은 크고 환하고 둥근 달이었다. 자석에 이끌리듯 저절로 두 손을 모으고 소원을 빌었다. 새해 첫날이니까. 한 해를 지나면서 실패하고 실수하며 생채기를 많이도 내겠지만 지금은 저 달처럼 온전하게 둥글고 꽉 찬 365일을 선물같이 받아든 1월 1일이다. 간절하게 지키고 싶은 것들이, 멋지게 이루고 싶은 일들이 여럿 떠오르는 1월 1일 말이다.

　그날의 성스러움은 우리 각자에게 아마 다른 시간에 찾아온 모양이다. 그리고 나는 결심했다. 내년 12월 31일에는 집안에서 굽고 먹는 대신 반드시 외식을 하겠다고.

행복은, 빠다야!

HANA　　　　　　　　얼마 전 집에 가구를 두 세트 설치하
려던 날이었다. 벽에 나사를 박아 설치하는 선반 세트였다. 기사님
두 분이 와서 콘크리트 드릴로 벽을 뚫어대니 온 집이 울리는 소
음이 엄청났다. 먼지도 굉장했다. 얼른 두번째를 끝내고 정리를 했
으면 좋겠다고 생각하던 차에, 기사님이 갑자기 두번째 가구는 설
치를 못 하겠다고 했다. 두꺼비집이 있는데 벽 뒤로 전선이 지나갈
지도 모르니 뚫다가 자기가 감전되어 죽을 수도 있다는 거였다. 사
람이 죽을 수도 있다는데 억지로 해달라고 할 수는 없는 노릇이었
다. 그러나 물건을 팔기 전에 벽에 두꺼비집이 있냐고 미리 물어보
고 설치가 불가능할 수도 있다고 말해주었더라면 좋지 않았을까?
기사님들은 반품에 드는 비용은 소비자가 부담해야 한다며 가버
렸다.

　　이제 소음과 먼지를 조금만 더 참으면 가구가 완성되고 물건
을 정리할 수 있으리라 기대했던 우리는 졸지에 망연자실해졌다.

옮겨놓은 기존 가구와 꺼내서 부려놓은 집기들, 그리고 새로 설치하려다 못한 조립 전 가구가 이리저리 널려 난장판이었다. 청소를 할 상황도 못 되는데다 고심 끝에 고른 가구를 반품하고 다시 가구를 보러 다녀야 한다는 생각에 스트레스가 컸다. 동거인과 나는 탈진 상태가 되었다. 그러다 배가 심하게 고파져서 고구마를 구워 이즈니 버터를 발라 먹었다. 지치고 심란해서 둘 다 아무 말도 없이 고구마를 먹던 중에, 버터 애호가인 동거인이 난데없이 외쳤다.

"행복은, 빠다야!!"

너무 뜬금없는데다 동거인이 참으로 행복하게 웃고 있었기 때문에 나도 크게 웃고 말았다. 이 친구는 참고로 "나는 버터를 펴 바르지 않아!"라는 명언을 날린 적도 있다. 버터란 자고로 덩어리 째로 올려 먹는 것이지 쪼잔하게 펴 바르는 게 아니라는 뜻이다. 나는 스트레스 상황에서 "행복은 빠다야!"를 듣고 한순간에 기분이 좋아져버렸고, 역시 동거인은 단순하고 튼튼하고 밝은 사람이 최고인 것 같다고 생각했다. 그런데 사실, 동거인의 동거인은 나니까, 나부터 단순하고 튼튼하고 밝은 사람이 되어야겠다고 다짐했다. 그리고 빠다처럼 나를 확실히 행복하게 하는 게 뭔지를 평소에 알아두는 것도 좋겠다 싶었다.

제주에 있는 매력적인 책방 '만춘서점'의 이영주 사장은 언젠가 이런 말을 했다. 집에서 꽤 멀리 떨어진 아주 맛있는 식당에서 해장국을 먹을 때마다 '아…… 지금 먹고 나면 언제 이걸 또 먹지' 하고 생각했었는데, 어느 날 해장국이 포장된다는 걸 알게 된 것이다! 그걸 집에 사 와서 냉장고에 넣어둔 날, 이런 깨달음을 얻었다고 한다.

'행복은 보장된 미래.'

미래에 맛있는 해장국이 보장된 오늘과 그렇지 않은 오늘은 분명 다를 것이다.

동네에 동거인과 내가 좋아하는 스시집이 있다. 점심에 가면 그리 비싸지 않기 때문에 곧잘 가는데, 그날은 내가 사기로 했다. 왜냐하면 내 계좌에 큰돈이 들어오는 날이었기 때문이다. 전날 미리 예약을 해놓으니 그 저녁 내내 둘 다 기분이 좋았다. 아침에도 눈이 반짝! 뜨였다. 스시가 '보장된 미래'였기 때문이다. 맛을 이미 알고 좋아하는 곳에 일찍 예약을 해두는 건 그만큼 행복의 시간을 늘리는 것이기도 했다. 그런데 정작 스시집으로 출발하기 전 계좌를 확인해보니 기대와 달리 그리 큰돈이 아니었다. 반토막도 안 되는 돈이 들어와 있었다. 확인해봤더니 내가 계약을 잘못 기억하고 있었던 거였다. 실망감이 컸고 계약 사항도 제대로 기억 못 하는 스스로가 한심했지만 그래도 괜찮았다. 우리에겐 스시라는 보장된 미래가 있었기 때문이다. 스시는 참으로 맛이 있었고, 돈이 반토막 난 내가 기분좋게 계산을 했다. 이렇게 실망스러운 일이 발생

할 걸 미리 예상이라도 한 것처럼 스시집을 예약해두다니, 정말 기특하군! 그 예약 자체가 큰돈이 들어올 것을 예상하고 잡았던 것임은 이미 다른 얘기가 되어 있었다.

스시집을 나와서는 늘 좋아하는 카페 '미카야'*에 가서 디저트로 커피와 레어치즈케이크를 먹었다. 우리가 좋아하는 바로 그 맛이었다. 행복이란 무엇일까? 그것은 빠다일 수도, 포장된 해장국일 수도, 예약해둔 스시집이나 변함없이 맛있는 디저트일 수도 있다. 쓰다보니 어째서 먹을 것만 잔뜩인 걸까? 그러고 보면 우리는 먹을 것이 행복에 중요한 사람들인가보다. 이처럼 여러분도 스스로를 행복하게 하는 것에 대해 잘 생각해볼 일이다. 그런 것을 발견했다면 "행복은, ○○야!"라고 한번 외쳐보길 바란다. 그걸 알아두면, 힘든 상황에서도 비교적 더 빨리 회복할 수 있을 테니까. 설령 돈이 반토막 났다 하더라도 말이다. 으윽. 새삼 속이 쓰리니 고구마에 빠다라도 얹어 먹어봐야겠다.

---

* 개정판 작업중인 2024년 8월, 20년 동안 한결같은 맛을 유지했던 카페 미카야가 영업을 종료했다. 가장 좋아했던 빙수와 케이크를 먹을 곳이 없어져 슬프다. 그동안 감사했습니다.

500원짜리 컨설팅

 40대가 되어서도 진로 고민을 하게 될 줄은 몰랐다. 게다가 20대 때보다 더 치열하게 말이다. 1990년대 중반 학번인 나는 지금만큼 경쟁이 촘촘하지는 않은 시기에 큰 어려움 없이 취업할 수 있었다. IMF 직후라 채용의 폭이 확 좁아지긴 했지만 당시만 해도 큰 잡지사에는 공채 제도가 존재했다. 상식과 작문 같은 몇 가지 시험을 보고 면접을 거쳐 인턴기자로 합격했다. 요즈음 잡지업계 후배들은 어시스턴트나 아르바이트로 일하며 실무를 바로 접하고, 외국어나 SNS, 영상 편집 능력도 요구받는다. 게다가 일단 회사의 구성원으로 받아들여지고 나서 안전한 울타리 안에서 천천히 배우고 실수하며 성장할 시간을 얻는 대신 우선 일에 던져져서 스스로를 증명하는 시간을 한참 견뎌야 견고한 벽 안으로 들어설 수 있는 경우가 많다. 생활이 곧 시험이자 매 순간을 평가받는 이런 살벌한 환경 속에서도 내가 같은 분야에서 일할 기회를 얻고 커리어를 쌓아갈 수 있었을까 생각하면 영 자신이 없다. 해외 어학연수나 공모전, 무슨 자격증같이 이력서에 쓸 스펙도 별로 없고 자기소개서에 적을 만큼 뚜렷한 경험도 없이 고지식하기만 하던 당시의 내가 요즘의 취업준비생이라면 잡지 에디터라는 직업을 아예 시작조차 하기 어려웠을지 모른다. 적성에 잘 맞는 일을 찾아 재미있게 20년 가까이 일할 수 있었던 건 세대로나 개인으로나 확실히 운이 좋았기 때문이다.

"앞으로 100세 시대에는 한 사람이 두 번쯤 결혼하고 직업은 세 개쯤 가지는 게 보편적인 일이 될지도 몰라." 〈W Korea〉에서 함께 일했던 이혜주 편집장님이 이런 얘기를 한 적이 있다. 다른 사람들의 사정은 알기 어렵지만, 내 경우에는 마흔을 넘기면서 슬슬 고민이 시작되었다. 결혼은 한 번도 하지 않은 상태였지만, 두 번째 직업을 선택해볼 때라는 직감이 툭툭 나를 건드렸다.

새로운 세계에 대한 호기심이 많고 사람 만나 이야기하는 걸 좋아하며 그걸 글로 정리하는 걸 즐기는 나에게 패션잡지의 피처 에디터는 적성에 잘 맞는 일이었다. 잘한다고 인정도 받았고 매달 결과물을 만들어내는 성취감도 컸다. 하지만 물리적으로 들어가는 강도 높은 노력과 정신적 긴장을 언제까지 지속적으로 투입할 수 있을까 하는 회의가 들었다. 월간지를 만들다보면 보통 한 달에 열흘 정도는 마감을 하고, 한 번 이상은 반드시 주말에 출근을 하며, 이어지는 야근 끝에 하루이틀은 새벽까지 밤을 새운다. 뽀얗게 새벽이 밝고 세상이 새 하루를 맞이할 때에야 퇴근해서 간신히 침대에 몸을 눕힐 때면 삶이 어디엔가 꽁꽁 묶인 듯한 숨막힘을 느꼈지만, 다음달 기획회의까지 마친 뒤에 느슨한 평일 휴가를 보낼 때면 지난 괴로움을 다 잊은 채 또 새달의 자발적 노예가 되었다. 잡지 생활은 마치 살벌하게 싸우다가도 달콤하게 다정한 연인 같았다. 얼었다 녹았다 울다 웃다 하며 정신없이 한 달을 보내고 나면 한 해 한 해가 훅 지나 있었다. 그렇게 더이상 젊다고는 할 수 없는 나이가 된 나는 지금까지 몸에 익은 리듬과 다르게 살아보고 싶어졌다. 사랑하지만 헤어진다는 말을, 사람이 아니라 일에 대해 깊이 실감했다.

새 회사로 이직하면서 걱정은 두 가지였다. 밤늦게 일하는 만큼 아침 시간이 비교적 느슨하던 잡지사에서 해보지 않은 엄격한 정시 출근을 지킬 수 있을까 하는 두려움, 그리고 워드파일과 텍스트에만 익숙한데 혹시 엑셀을 써야 하면 어떻게 하나 하는 근심. 그리고 두 달을 보내고 나니 그 두 가지 다 별문제가 아니었던 것으로 밝혀졌다. 나는 의외로 조금 여유를 두고 출근해서 아침을 일찍 시작하는 걸 좋아하는 사람이었고, 대표님은 엑셀 파일 보는 걸 나보다 더 싫어하는 분이었다. 마흔이 넘어서도 이렇게 자신에 대해 새로 발견할 점이 있고, 남에 대한 선입견은 쓸데없을 때가 있다.

새 회사와 새 일은 확실히 생활에 새 리듬을 부여했지만 내가 금세 거기 맞춰 그럴싸한 춤을 추는 건 불가능했다. 출근 시간과 엑셀이 아니라도 새로운 업무와 규칙, 기술과 조직문화를 익히느라 몸도 마음도 기우뚱대고 버둥거렸다. 결혼한 친구가 시댁에 명절을 지내러 가서는 "어른이 되어 남의 집에 입양된 기분이야"라는 말을 한 적이 있는데, 너무 오랜만에 회사를 옮겼더니 딱 그런 기분이 들었다. 고향을 떠나 외국어를 사용하며 낯선 사람들 속에서 존재를 증명하려 애쓰는 이방인의 기분이 몇 달 이어졌다.

하지만 큰 다행은 그렇게 보내는 시간의 끝에 내 하루를 경청해주는 사람이 있다는 사실이다. 게다가 나만큼 사회생활을 오래했고 세상사에 대해 믿을 만한 통찰을 가진 그 사람의 조언을 들을 수 있는 건 대단히 귀한 일이다. 동거인이 라디오 프로그램 〈별이 빛나는 밤에〉 화요일 고정 게스트로 고민 상담 코너를 맡고 있을 때는, 심야방송에 출근하기 전 어떤 사연이 도착해 있는지 내가 미리 듣고 같이 궁리해서 의견을 말해주기도 했다. 이렇게 둘이 머리를 모아 나오는 해결책들은 혼자일 때보다 한결 낫다.

'남의 제사상에 감 놔라 배 놔라 한다'는 말이 성립하는 건 당연하게도 그게 내 일이 아니라서다. 거리를 두어야 눈에 들어오는 형체가 있고, 너무 뜨거울 때는 삼키지 못하는 덩어리들이 있으니까. 남의 연애에는 서두르지 말라든가 미련을 버리라든가 잘도 충고할 수 있는 사람들이 막상 모두 사랑의 달인인가 하면, 결코 그렇지 못하다. 그래서 우리는 누구나 컨설턴트가 필요하다. 좋아하는 일이지만 그만두어야 할 시점을 고민할 때, 면접을 보고 와서 새로운 가능성을 그려볼 때, 울렁거리며 중요한 발표를 연습할 때, 우리집에 같이 사는 내 컨설턴트는 같이 모색하고 명쾌하게 길을 알려준다. 흥분을 잘하는 성격답게 가끔은 저멀리 혼자 달려나가기도 하지만 나도 고집이 이만저만이 아니라 따르지 않을 때가 많다.

사실 가장 든든한 건 이 컨설턴트가 그 어떤 경우에도 보여주는 나에 대한 믿음이다. 내가 충분히 능력이 있고, 성실한 품성을 지녔고, 전력을 다해 스스로를 발전시키려 한다는 믿음은 아주 가끔 내 자존감이 쪼그라들 때조차도 티 없이 단단해서, 계속해나갈 힘을 준다. 거꾸로 생각해보면 나 역시 동거인에 대해 그런 신뢰를 갖고 있다. 책을 같이 쓰기로 하면서도 이미 네 권이나 책을 낸 김하나 작가가 나보다는 더 큰 몫을 해내리라는 믿음이 있으니까. 컨설턴트가 상담료는 특별히 동거인 가격으로 1회 가격 500원에 해주겠다고 했는데, 아무래도 1000원 정도로는 더 써야지 싶다.

우리는 다른 세상에 산다

나: 이게 무슨 소리지?

동거인: 무슨 소리가 나?

나: 지직지직 하는 소리 말야. 이 소리, 되게 크게 들리는데?

동거인: 그래? 난 전혀 안 들리는데.

소리의 진원지는 주파수가 제대로 맞춰지지 않은 채 켜져 있는 라디오였다. 라디오를 끄자 황선우가 말하길, 건강검진을 했을 때 나는 청력이 100이 나오고 자신은 80이 나왔다고 했다. 나는 그때 크게 깨달았다. 우리는 은연중에 모두가 세상을 객관적으로 지각한다고 가정한다. 거기서 느끼는 감정은 주관적이고 다르더라도 감각 자체는 같을 거라고. 그러나 아니다. 세상 자체가 저마다 다르다. 나는 시력이 아주 좋은 편이다. 황선우는 마이너스 5.5 디옵

터다. 안경을 쓰지 않으면 1미터 떨어진 내 얼굴이 흐릿해 보인다. 렌즈를 껴도 시력이 나보다 낮다. 나는 항상 거울에 튄 물자국이나 테이블 위의 얼룩 같은 걸 보며 '왜 이걸 보고도 닦지 않을까?'라고 생각했는데 그게 아니었다. 안 보이는 거였다. 내겐 그게 너무도 또렷하게 보이고 말이다.

그러고 보니 예전 에피소드들이 기억났다. 작년 2월 말, 친구들과 통영에 놀러갔을 때의 일이다. 아직 바람이 찬 계절이었지만 남해안에 면한 통영은 서울보다 훨씬 포근했다. 일행과 걸어가다가 내가 문득 외쳤다. "와~ 꽃향기가 나!" 친구들은 "꽃향기가 나?"라며 이리저리 둘러보았지만 꽃은 어디에도 보이지 않았다. '내가 착각했나?' 하며 고개를 드니 저 높은 바위 위에 작은 매화나무 한 그루가 눈부시게 하얀 꽃망울들을 터뜨린 게 보였다. 그 작은 나무에서 내려앉은 그윽한 꽃향기가 길 가던 나를 불러세운 것이었다. 친구들은 대단한 개코라며 놀라워했다.

맛에도 마찬가지다. 난 음식 까탈을 부리는 걸 무척 싫어하고 나 스스로가 맛과 향에 대해선 잘 모른다고 생각하고 있었는데, 먹다가 무심결에 "무화과 맛 같은 것도 나네" 하고 툭 내뱉으면 만들어준 사람이 "정말 조금 넣었는데!"라며 깜짝 놀라는 식이다. 종합하면 나는 놀랍게도 눈·코·입·귀가 다 예민한 사람인 것이다! 잘 때 고양이가 문을 긁으면 화들짝 깨어버리기 때문에 귀마개를 꼭 끼고 자는 것도 나다. 세상에. 난 같이 살기에 정말 피곤한 타입일 것 같다. 온갖 안테나가 발달해서 상대는 인지하지도 못하는 것들에 다 반응하는. "소리 좀 줄여줄래?" "왜 이상한 냄새가 나지?" "천장에 묻은 저 얼룩은 뭘까?" 걸핏하면 이런 소리를 하는 사람이랑 같이 산다고 생각해보라. 으으. 일본의 소설가 와타나베 준이치는 『둔감력』이라는 책을 쓴 적이 있다. 둔감력이란 모든 상황 앞에 너무 예민하게 굴지 않고 그냥 넘겨버릴 수 있는 능력을 뜻하는 말이다. 내 생각엔 같이 사는 사람은 둔감력이 강한 사람이 좋은 것 같다. 나도 둔감력을 키우고 싶지만 잘 안 된다.

지직대는 라디오로 인해 크게 깨닫기 전까지 나는 마흔이 넘도록 내가 예민한 사람인 줄 몰랐다. 어느 날 테이블 위의 책 무더기 중에 『예민함이라는 무기』라는 책이 놓여 있었다. 동거인이 생전 처음 아주 가까이서 지내게 된 예민한 자를 이해해보려고 산 책이었다. 나는 그 책을 크게 공감하며 읽었고 내가 진행하는 팟캐스트에서도 다루었다. 누군가와 함께 살면 나에 대해 더 잘 알게 되는 것 같다. 나와 상대의 다른 점이 더 또렷하게, 자주 콘트라스트를 이루므로. 그 다른 점을 흥미롭게 여기고 나와 상대를 있는 그대로 지켜보도록 노력하는 게 중요하겠다. 나에 대해 깨닫고 나자 오히려 동거인에 대한 이해의 폭이 더 넓어졌다. 우리가 세상을 똑같이 지각하는 게 아님을, 애초에 당신과 나의 세상이 다름을 알

게 되었으므로. 그러니 물때와 얼룩 지우기는 어쩔 수 없이 내 차
지인 것이다. 끙.

돈으로 가정의 평화를 사다

 SUNWOO "빨래는 대체 언제 개킬 셈이야? 속옷 하나, 수건 하나씩 그렇게 홀랑홀랑 빼서 쓰기만 하고 건조대는 언제까지 펼쳐둘 거냐고?"

여자 둘이 살며 가사 분담의 균형을 유지하던 우리집의 평화는 나의 이직을 기점으로 기울었다. 밤늦게 돌아오면 가방을 던지는 동작 그대로 소파에 쓰러지고, 폰만 들여다보다가 간신히 씻으러 가는 패턴이 몇 주째 이어지고 있었다. 평소에는 부족한 정리정돈과 청소 지분을 요리로 만회하는 편이었던 내가, 새 회사에서 하루 세 끼를 먹으며 야근하다보니 장을 보고 불을 피울 의욕이 주말까지도 살아나지 않았다. 혼자일 때는 게으름이 차곡차곡 쌓인 채로도 밖으로는 표 안 나게 지낼 수 있지만, 규율이 어그러진 단체 생활은 구성원 서로에게 스트레스가 되고 있었다. 줄어든 한 사람 손만큼을 더 감당하고 있던 김하나가 소리를 지르며 폭발한 것도 무리는 아니다. 그 폭발을 눈앞에서 목격하며 '집도 넓은데 건조대 좀 펼쳐두면 안 되나. 차례로 하나씩 입고 나서 또 새 빨래 해서 널면 귀찮지도 않고 좋은데……' 속으로 이렇게 생각했던 건 비밀이지만.

맞벌이 가정의 평균 가사노동 시간에 대한 한국여성정책연구원의 자료를 인용한 기사를 본 적이 있다. 남성은 하루 19분, 여성은 그보다 2시간 14분 길었다. 19분이라니, 소파에 누운 채 테이프클리너 한 번 굴리고, 누가 차려줘서 먹은 밥그릇 물에 담가놓고, 샤워하고 난 다음 빨래통에 옷 갖다 넣는 시간만 조각모음해도 19분은 될 것 같다. 똑같이 사회인으로서 한몫을 하는 맞벌이 부부 안에서도 내조의 대상은 남자들이다. 퇴근하면 정돈된 집에 밥이 차려져 있고, 다음날 입고 나갈 셔츠가 다려져 있고, 화장실에 휴지가 떨어지기 전에 채워져 있기 때문에 신경쓰지 않아도 되는 삶이 어디엔가 있다면 그 속으로 홀랑 들어가서 살고 싶다. 하지만 한편으로 그런 삶에 대한 거부감도 드는 건, 살림과 동떨어진 성인이 모자라다는 생각 때문이다. 자기 생활을 영위하기 위한 노동은 한 사람을 온전하게 완성하는 부분이다.

"니 마음 편하자고 쓰는 돈은 얼마든지 써도 된다." 돈으로 해결할 수 있는 문제는 그렇게 하라고 아빠가 가끔 얘기하셨는데, 이번에도 나는 돈을 써서 외주를 맡기는 데서 해결책을 찾았다. 가사도우미 서비스 앱을 다운받아 설치하고 방문청소를 신청한 것이다. 일상을 유지하기 위한 기본적인 노동을 타인에게 맡기는 일은, 또 맡겨놓은 채 나는 가만히 보고 있기란 예상보다 불편했다. 첫 주에는 어색함을 참지 못하고 아주머니와 같이 청소를 하기도 했다. 지금은 가사도우미분이 오시면 이번 주에 특히 집중해줬으면 하는 부분들을 알려드린 다음 외출한다. 누군가에게 의탁해 생활을 돌본다는 게 여전히 떳떳하지 못하게 느껴지는 면이 있지만 한번 그 안락함에 의지하기 시작하니 달콤한 쾌락이 찾아왔다. 외출했다 돌아오면 바닥에서 윤이 나고 빨래가 차곡차곡 개어져 있다니, 늘 새롭게 짜릿하고 중독적이다.

"살림은 우리에게 맡기고 좋아하는 일에 집중하세요." 가사도우미 앱의 카피 문구다. 남자건 여자건 지금 좋아하는 일에만 집중하고 있다면, 아내건 어머니건 동거인이건 누군가의 가사노동에 대해 죄책감과 고마움을 느껴야 마땅하다. 가사도우미가 방문하는 네 시간 동안 나는 밖에 나가 책을 읽고, 친구도 만나고, 술도 마신다. 1회에 4만 5천 원, 한 달 18만 원, 쇼핑 한 번이면 금세 사라질 금액으로 나는 주중에 지친 몸과 마음에 약간의 여유와 즐거움을, 그리고 가정의 평화와 동거인과의 원만한 관계를 샀다.

이 이야기에는 반전이 있다. 어느 날 집을 비웠다가 예정보다 일찍 돌아와보니 원래 네 시간 일하기로 약속이 되어 있는 도우미 아주머니가 세 시간이 조금 지난 시간에 집에 안 계셨던 것이다.

단톡방에 이 상황을 전하자 한 친구가 이렇게 말했다. "젊은 여자 둘이 사는 집이라서 만만했나보네." 아주 젊은 나이는 아니지만 결혼해서 아이가 있는 게 아니라는 카테고리로 아마 그렇게 분류되는 걸 테다. 고작 일주일에 네 시간 일을 부탁하면서 감시하는 뉘앙스는 주고 싶지 않아서 과일이나 시원한 물을 챙겨드리고 편하게 일하시라 집을 비워뒀는데, 결과적으로 만만하게 보인 걸까 하는 자책도 좀 들었다. 혼자여도 둘이어도, 결혼 안 한 여자들에게 세상은 이런 식이다.

안사람과 바깥양반

김민철과 정일영 부부 중 '안사람'은 남편인 정일영이고 '바깥사람'은 아내인 김민철이다. 김민철은 둘이 처음 만났을 적부터 지금까지 회사를 다니고 있어서 늘 집밖으로 나서는 사람이고, 정일영은 오랫동안 석박사 과정을 밟느라 김민철에 비해 집에 있는 시간이 많았기 때문이다. 정일영은 집을 돌보고 때론 도시락을 싸주는 등 전통적인 '안사람' 역할을 충실히 했다. 여자가 안사람이고 남자가 바깥사람인 전통적인 성역할을 뒤집어 부르는 게 재미있다.

철군 부부를 만나 얘기를 나누다 우리집의 안사람과 바깥사람을 생각해보니 당연하게도 내가 안사람이고 황선우가 바깥사람이었다. 나는 프리랜서라 집에서 일하는 경우가 많고, 황선우는 20년째 성실하게 출근하는 직장인이니까. 이날 이후로 우리는 서로 "우리 안사람 잘 있었나" "바깥사람 오늘도 잘 다녀와!"라며 장난 섞인 인사를 하곤 했는데 어느 날 황선우가 얼결에 스스로를 높여 "바깥양반 오늘도 갔다 올게"라고 하는 바람에 '안사람'보다는 '바깥양반'이 어째 조금 우세한 지위를 차지하게 되었다. 왜 안양반은 없고 바깥양반만 있는 걸까?

그런데 문제는, 안사람인 나는 내 직업적 일을 집에서 하는 것이니 놀고 있는 게 아닌데도 집안일이 왠지 내 몫인 것만 같은 압박감을 느끼게 된다는 점이다. 나는 내내 집에 있으니 쓰레기도 내가 버리고 고양이 화장실도 내가 치우고 청소기도 돌리고 설거지도 하고 빨래도 개고……가 되어버리는 것이다. 이상했다. 집안일은 끝이 없고 집에 있으면 계속 할 일이 눈에 들어오니 자연스럽게 나는 집안일을 하는 사람이 되어 있었다. 말끔한 집으로 퇴근한 동거인은 가방을 아무렇게나 내려놓고 나랑 수다를 떨고 트위터를 좀 하다가 자러 들어간다. 다음날 아침이면 동거인은 샤워를 하고 머리를 말리고 준비를 한 뒤 출근한다. 그러면 나는 동거인의 가방을 정리하고 떨어진 머리카락을 치우는 김에 청소기를 돌리고 고양이 화장실을 치우고 쓰레기통을……이 되는 것이다. 자꾸만 그렇게 된다. 동거 초반에는 이것 때문에 내가 스트레스를 많이 받았다. 왜냐하면 집안일은 욕조 수챗구멍부터 신발장 먼지까지 하려면 끝이 없으니 생각보다 많은 시간이 투여되고, 동거인은 그런 디테일을 전혀 알아보지 못하는 사람인데다 원래 이 집안일이라는 게 최선의 결과래봐야 '평소와 다름없는 모습을 유지하는' 것이어서 열심히 해봤자 티는 안 나고 조금만 손을 놓으면 바로 드러나기 때문이었다.

게다가 동거인은 '자신의 동선을 단서로 남기는 유형'이다. 헨젤과 그레텔이 빵조각으로 길을 표시해두거나 고려장을 가던 할머니가 가지를 꺾어 아들에게 온 길을 알려주듯이. 나는 동거인이 집을 떠나고 나면 '아, 오늘은 황선우가 여기서 약을 먹었군.'(약봉지가 뜯어진 채 선반 위에 놓여 있다. 바로 밑에 휴지통이 있는데.) → '황선우가 렌즈를 꼈구나.'(일회용 렌즈 껍질이 세면대에 놓여 있다. 30cm 옆에 휴지통이 있는데.) → '음, 황선우가 가위를 썼구나.'(무언가 잘린 흔적이 있고 가위가 날이 벌어진 채 테이블 한가운데 놓여 있다.) → '황선우가 읽을 책을 골랐구나.'(가지런히 정리되어 있던 책더미가 흐트러져 있고 몇 권은 바닥에 떨어져 있다.) 이렇게 동선을 그대로 파악할 수 있다. 그런데 나는 또 어떤 타입이냐면, 일하기 전에 주변 정리부터 하는 사람인 것이다. 동거인의 동선을 따라다니며 정리하고, 집안일을 하고, 게다가 이상하게 주방을 반짝반짝 깨끗이 유지하려는 욕망까지 겹쳐, 정작 내 일을 시작하기도 전에 이미 녹초가 되어 있곤 했다. 집요정이자 안사람 도비는 내버려두는 게 잘 안 되는 게 문제였다.

바깥양반은 나가서 돈 벌어 오는 사람이고 안사람은 그 돈으로 살림을 운용하는 사람이라면 또 모를까, 우리는 생활비 통장에 둘이 같은 금액을 넣어놓고 떨어지면 또 같은 금액을 넣어서 쓰는 식으로 정확히 반반씩 분담하므로 이런 생활 방식은 형평에 맞지가 않았다. 그렇다고 바깥양반 말처럼 '그냥 둬'버리면 고양이 넷이 있는 집안은 순식간에 엉망진창이 되고, 그래도 아무렇지도 않은 바깥양반에 비해 안사람은 스트레스를 많이 받았다. 해결책은 두 가지였다. 첫째, 내가 밖에 나가 일하기 시작했다. 일하기 적당한 카페를 찾아 출퇴근을 했다. 집안일을 안 하는 방법은 집안에 안 있는 거였다! 둘째는 돈이었다. 내가 집안일을 많이 한 주에는 가사 비용을 청구했다. 바깥양반은 군소리 없이 돈을 입금했다. 나의 스트레스도 '돈 받고 하는 일'이 되자 훨씬 나아졌다. 역시 명시적인 보상이 필요하다!

최근엔 바깥양반이 주말에 집안일 보상 차원으로 가사도우미를 부르기 시작했다. 평소 황선우의 지론은 '돈으로 해결할 수 있는 건 큰 문제가 아니다'이므로 가사 불균형의 문제도 일단 돈을 투자해서 해결할 수 있는지를 실험해본 것이다. 가사도우미가 첫 출근 하는 날, 나는 나보다 나이 많은 분이 우리 집안일을 하는 데 옆에서 같이 하기도, 하지 않기도 어색할 것 같아서 철군의 집으로 피신했다. 황선우는 "난 괜찮아"라며 집에 있겠다더니 결국 어색함을 견디지 못하고 도우미분과 함께 청소를 했다고 한다. 하하 꼬숩다. 바깥양반이 자발적으로 도우미를 부르고 가사 불균형을 맞춰

보려고 시도하는 것만으로도 꽁해 있던 나의 마음은 풀려버렸다. 게다가 도우미가 다녀간 깨끗한 집에 들어서는 건 안사람이자 집 요정 도비인 나에게 정말이지 큰 선물이다. 자…… 각 집안의 바깥 양반들이여, 돈을 써라!

술꾼 도시 여자들

 싱글에게 삶의 질을 결정하는 조건은 의식주 다음으로 동네 친구다. 그냥 집에 들어가기 아쉽지만 회사 사람들과 시간을 더 보내고 싶지는 않은 퇴근길에 부담없이 밥 먹을까 청할 수 있는 친구, 맨얼굴에 추리닝 바람으로 뒹굴거리다가도 겉옷만 걸치고 나가 한잔하고 쿨하게 헤어질 수 있는 친구, 한마디도 하지 않아서 혀가 입천장에 붙어버린 것 같은 주말에 동네 극장에서 같이 영화를 보고 감상을 떠들 수 있는 친구, 따릉이 정류소에서 만나 자전거를 타고 슬슬 공원 한 바퀴 돌고 올 수 있는 친구. 도보 15분의 생활 반경 안에 이런 존재가 있을 때 삶은 훨씬 상냥하게 느껴진다.

하지만 이런 친구는 원한다고 해서 생기지도 않으며, 소개팅으로 만날 수도 없다. 근거리에 있는 만남 상대를 추천해주는 데이팅 앱도 친구를 알아보는 데 쓸 용도는 아니다. 우연히 서로의 거주지가 가깝다 해도 각자 주량이 어떤지, 얼마나 외로움을 쉽게 견

디며 어떨 때 타인을 필요로 하는지, 친구보다 애인을 우선하지는 않는지, 야근은 얼마나 잦은지 등 다양한 변수가 맞아떨어지는 경우는 흔치 않아서 이런 동네 친구는 상상 속의 동물 유니콘 같은 존재라고 전해져온다. 그런데, 우리집에 유니콘이 산다.

잘 통하는 친구가 한동네에 살 때 별 부담 없이 만날 수 있다면, 그 친구가 아예 같은 집에 산다는 건 부담이 거의 0에 수렴하는 일이다. 좋은 동네 친구가 있는데, 서로 집의 거리가 0m인 셈이다. 보고 싶은 개봉 영화가 있을 때 같이 보자고 제안했다가 거절당할까 신경쓸 필요 없이 바로 물어보면 되고, 소파에 앉은 채로 IPTV로 영화를 같이 보고서 감흥을 바로 이어 수다를 떨 수도 있다. 단점도 있다. 집에 오면 언제든 좋은 술친구가 있다는 이유 때문에 술 마실 일이 배로 늘어난다. 술을 좋아하는 사람들에게 보통 마시고 싶은 상황은 두 가지 경우다. 힘들어서, 아니면 기분이 좋아서. 이제 마실 일은 두 배로 늘어났다. 내가 마시고 싶을 때, 아니면 동거인이 마시고 싶을 때.

우리의 이삿날, 앤 패디먼의 『서재 결혼시키기』처럼 서재에서는 서로가 가진 책들을 합치는 대작업이 벌어지는 한편으로 거실에서는 두 사람의 술 컬렉션 수십 병이 한 군데 모였다. 다른 점이 있다면, 서재에서 서로 겹치는 책은 미련 없이 중고서점에 내다팔거나 친구들에게 나눠준 반면 술은 양보 없이 고스란히 합쳐졌다

는 거다. 탱커레이, 헨드릭스, 몽키47, 봄베이 사파이어…… 진토
닉도 종류별로 다양하게 만들어 마실 수 있게 되었으며 싱글 몰트
위스키가 출신 지역별로 다채롭게 모였다. 발렌타인이나 글렌피
딕, 맥캘란은 각기 다른 연산별로 줄 세울 수 있었다. 코냑을 그리
즐기지 않던 나는 동거인의 헤네시나 카뮈 XO를 맛보면서 위스키
와는 또다른 향과 맛의 세계에 눈을 뜨기도 했다. 물론 이런 독주
들을 평소에 자주 마실 수는 없으니 데일리용 와인과 맥주는 떨어
지지 않도록 따로 구비해두어야 한다. 요즘 문화에 밝은 동거인의
어머니는 우리집에 오셨다가 이 굉장한 술 컬렉션과 맞닥뜨리고
는 일갈하셨다. "너네들이 바로 그 '술꾼 도시 여자들'이로구나!"

　언제부턴가 나는 더이상 단골 바bar라고 할 만한 곳이 없어졌
다. 혼자 살던 시절 동네 친구와도 약속을 잡기가 귀찮을 때면 나
를 환대해주던 장소들이 여럿 있었는데 말이다. 친구가 운영하는
술집도 있었고, 오래 일해 자주 봐온 바텐더와 이야기를 나누거나
안면이 있는 다른 단골들과 마주치기도 하는 그런 따뜻한 공간들
은 사람은 아니지만 분명 친구 역할을 해줬다. 그런 시절을 지나서
이제 최고의 단골 바는 우리집 거실이 되었다. 가장 좋은 술친구
와 내가 사장이고, 우리 취향의 음악을 선곡하는 DJ고, 입맛에 딱
맞게 안주를 요리해서 서빙하는 그런 곳. 한번은 둘이서 기세 좋
게 마시다가 술이 모자라서 밖으로 나갈까 고민한 일이 있다. 동거

인은 단호하게 외쳤다. "무슨 소리야, 한번 브라자를 푼 사람은 다시 찰 수 없어!" SNS에 이 이야기를 썼더니, 평소 와인 수십 병을 보유하고 있는 철군낮별네에서 흔쾌히 술을 보내주겠다는 연락이 왔다. 브라자를 아직 차고 있던 내가 냉큼 나가서 동네 친구의 이런 호의를 받아 오면서 그날의 술자리는 해피엔딩으로 끝났다. 이러니 집밖으로 나갈 이유가 없다.

우리의 노후 계획:
하와이 딜리버리

우리는 서울 사람일까, 부산 사람일까? 둘 다 대학에 진학하면서 서울로 왔으니 이젠 부산에서 산 기간보다 서울에서 산 기간이 더 길다. 집에서 둘이 대화를 나눌 때는 서울말과 부산말을 7:3 정도의 비율로 섞어서 쓴다. 둘 다 처음 수도 서울에 왔을 때는 무척 설레고 행복했다. "아~ 역시 서울이 좋구나." 서울에서만 누릴 수 있는 많은 것들에 열광하고, 또 그것들을 부지런히 누리며 살아왔다. 그런데 언제부턴가 점점 답답한 느낌이 커졌다. 서울에서 얻을 수 없는 뭔가가 있었다. 그건 바다였다. 결코 한강으로 대체할 수 없는 그 탁 트이고 시원한 수평선.

겨울에도 여름에도 부산에서 며칠간을 꼭 보내고 돌아오는 우리는, 부산에서 바다를 마주하자마자 이런 탄식을 내뱉는다. "아~ 역시 부산이 좋구나." 서울의 혹독한 날씨와 한강으로 해결되지 않는 답답함에 지칠 무렵, 여름엔 시원하고 겨울엔 따뜻한 부산으로의 휴가는 우리에게 중요한 행사가 되었다. 바다를 보며 자연스레 "나이들면 부산 와서 살까?" "내가 하려던 말이야" "부산에선 뭐해서 먹고살지?" "바닷가에 술집을 차리면 되지" "그때 되면 체력이 달릴 텐데 어떡하지?" "튼튼한 젊은이들을 고용하면 되지. 아님 일주일에 사흘만 열든가." 이런 대화 속에 우리는 막연히나마 함께 우리의 노후를 그려보는 것이었다.

둘이서 술을 마실 때면 우리는 꼭 음악을 튼다. 둘 다 음악을 아주 좋아한다. 나도 음악을 적잖이 들은 편이라 할 수 있는데, 황선우에게는 댈 바가 아니다. 황선우가 듣는 음악의 범위는 아주 넓다. 팝, 록, 재즈, 클래식까지 다종다양한 음악에 해박하다. 그런데 우리에겐 정말 잘 통하는 부분이 있다. 술맛을 돋운다고 느끼는 음악의 결이 비슷한 것이다. 그리고 생일이 반년 차이이기에 몇 살쯤 어떤 음악을 처음으로 들었는지의 역사가 거의 같다. 그래서 술을 마실 때 "아, 이 노래!" "이걸 좋아했다면 틀림없이 이것도 좋아할 거야!" "와, 이거 나도 좋아했어!"라고 서로 추임새를 넣어가며 음악을 튼다. 한 사람이 음악을 들려주면 중간에 상대방이 "이거 들으니까 생각나는 노래가 있어!"라며 서로가 서로에게 음악을 들려주고 싶어 안달이 나기 때문에 급기야 각자가 블루투스 스피커를 하나씩 따로 연결해두고 번갈아 디제잉을 하는 지경에 이르렀다. 술안주로 듣는 것이니 진지하게 들어야 하는 음악보다는 가볍게 몸을 흔들며 들을 수 있는 곡들이 대부분인데, 살짝 경박한 느낌이

감도는 곡들이 나오면 더 흥이 오르는 것도 둘 다 비슷하다. "어디가서 이 곡 좋아한다고 말하긴 부끄럽지만…… 나는 좋아해"라며 서로 틀어주는 곡들은 늘 "바로 이거야!!"라는 반응을 얻는다. 우리 귀엔 우리가 트는 음악이 제일 좋기 때문에 걸핏하면 "이런 음악 나오는 술집 있으면 진짜 술맛 나겠다"고 떠들곤 했다.

그러던 어느 날이었다. 내가 하루에 한 곡씩 번갈아가며 우리의 선곡 리스트를 쌓아보자고 제안했다. 몇몇 플랫폼을 고민해봤지만 아무래도 우리에게 익숙한 트위터를 이용하는 것이 좋을 듯했다. "매일 번갈아 한 곡씩 선정해서 간단한 코멘트와 함께 트윗하는 거야." 동거인은 사정이 생기는 날도 있는데 매일 하는 건 어렵지 않겠냐고 물었지만, 예전에 하루에 하나씩 아이디어를 발견해서 연재한 적도 있는 나는 일단 해보고 안 되면 말지 뭐, 라며 노트북을 두드려 계정을 새로 만들었다. 즉석에서 정한 계정 이름은 하와이 딜리버리(@hawaii_delivery). 그때 마침 테이블 위에 놓여 있던 열쇠고리에 적힌 말이었는데, 둘 다 흔쾌히 동의했다.(소공동의 '맨케이브 샵'에서 산 귀여운 열쇠고리였다.) 프로필에는 "20년 뒤 바닷가에 오픈할 칵테일바의 음악을 하루에 한 곡씩 리스트업해 두는 계정입니다"라고 썼다. 그리고 몇 분 정도 인터넷을 뒤져 네온으로 그려진 야자수 위로 'Cocktails'라고 적힌 그림을 찾아 대문에 걸었다. 같은 이름의 유튜브 플레이리스트도 만들었다. 왜 이

우리의 노후 계획인 '하와이 딜리버리'의 이름은
이 열쇠고리에서 따왔다.

렇게 일사천리로 진행되었냐면, 내가 그때 원고 마감을 앞두고 있었기 때문이다. 사람은 마감해야 할 일이 있으면 기를 쓰고 평소에 안 하던 일을 하게 되는 법이다. 이어서 내가 첫 곡을 올렸다. 해럴드 멜빈&더 블루 노츠의 1975년도 곡 〈Hope That We Can Be Together Soon〉이었다.

이날, 그러니까 2017년 2월 28일 이후로 지금까지 우리는 거의 하루도 빼놓지 않고 성실하게 음악을 올렸다. 한 사람이 너무 바쁘면 순서를 바꿔주기도 했으므로 꼭 홀짝으로 나눠지지는 않는다. 지금까지는 계정 운영자가 누구인지 비밀에 부쳐두었다. 하와이 딜리버리 리스트가 우리의 취향을 모두 반영하는 것은 아니다. 너무 난해하거나 너무 고요하거나 너무 시끄러운 곡들은 배제하고, 조금씩 몸을 흔들 만하고 바닷가의 술집에 어울릴 만한 곡들로 좁혀 선곡한다. 하루에 한 곡씩 노래를 올리는 것은 생각보다 다양한 효과를 발휘한다. 서로가 고른 곡을 들으며 서로를 조금씩 더 이해하게 되고, 같은 음악 리스트를 공유하며 다른 장소에 있어도 비슷한 시간의 결을 쌓는다. 하루 한 곡씩의 대화와도 같다.

2019년 1월 27일 현재 하와이 딜리버리 트위터 계정의 팔로워는 7063명이고 667곡이 쌓여 있다. 나름대로 팬도 많다. 하와이 딜리버리의 음악 리스트는 집 청소를 하거나 드라이브를 하거나 술을 마실 때 BGM으로 깔면 진가를 발휘한다. 이 글을 읽는 여러

분도 유튜브에서 'hawaii delivery'를 검색해 실험해보기 바란다. 많은 곡들이 어딘지 모르게 바닷가를 연상시킨다. 얼마 전 우리 하와이 딜리버리 듀오는 하와이로 여행을 다녀왔다. 그 열쇠고리도 가져가서 기념사진을 찍었다. 매일 리스트에 올릴 음악을 한 곡씩 선정해서 더할 때마다 언젠가 부산 또는 어딘가의 바닷가에 생길 흥 나는 술집을 떠올려본다. 서울의 일상에 한 곡 분량 정도의 바다가 끼어든다. 미래를 구체적으로 그려볼 때마다 그 미래에 한 걸음씩 다가가는 것이라고 하지 않던가. 어찌 보면 이것도 우리의 노후 계획이다. 사람들은 연금보험, 부동산, 자식에게 투자 등 각자의 방법으로 노후를 준비한다. 우리는 하루에 한 곡씩 음악을 쌓으며 노후를 그려본다. 그 술집이 실제로 생기든 그렇지 않든, 매일 그곳을 그려보며 즐거워하고 있으니 이미 남는 장사다.[*]

---

[*]   하와이 딜리버리 트위터 계정은 2021년 4월까지 운영했다.

망원 스포츠 클럽

 동거인과 나는 공통적으로 좋아하는 대상이 여럿 있고, 뭔가에 빠지면 서로에게 열렬히 전파하곤 한다. 그 대상 가운데 최근에는 『우아하고 호쾌한 여자 축구』라는 책이 있었다. 축구 팬인 저자 김혼비가 경기를 보는 데서 그치지 않고 직접 아마추어 여자 축구단에 입단, 피치 위를 뛰고 구르고 슛을 쏘며 경험한 피 땀 눈물에 대한 에세이다. 동거인이 먼저 읽고서 도저히 내가 피해 갈 수 없도록 열광의 덫을 놓은 이 책에 우리는 한동안 푹 빠져서 만나는 사람들마다 권하고 다녔다. 다양한 연령대와 직업, 성격과 캐릭터의 여성들이 좋아하는 운동에 미쳐서 함께 훈련하고, 경쟁하고, 이기고 또 지지만 다시 이기려 하는 모습을 만나는 간접경험은 너무나 짜릿했다.

요즘은 달라지는 분위기 같지만 나의 세대에 엘리트 체육 선수들이 아닌 평범한 여성들은 운동과 거리가 먼 성장기를 보내는 경우가 많았다. 다른 영역은 조기 교육과 재능 계발이 활발하면서 유독 체육은 과락만 하지 않으면 되는 잉여의 교과 취급을 받았다. 초등학교 시절 운동장은 대부분 남자아이들이 차지했고, 가정과 학교에서는 뛰어노는 즐거움에 대한 권장과 격려보다는 '여자다움'의 범주를 확인받으며 염려를 들어야 했다. 중고등학교 시절에는 시험 점수를 위한 체력장 외에 꾸준히 즐길 만큼 운동 교육을 재미있게 받을 기회도 드물다. 나는 아직도 여학생들에게 관습적으로 주어지곤 한 단체 체육활동이 어째서 피구였는지에 대해 강한 의문을 품고 있다. 게임 내내 공에 맞을까 전전긍긍하며 피해 다니다가 결국 맞으면 선 밖으로 나가야 하는 맥없는 룰을 가진데다, 흰 배구공에 대한 막연한 공포나 심어주며 사회에 나와서 써먹을 일도 없는 이런 게임 말고도 여럿이 진지하게 할 수 있는 다양한 활동들이 있었을 텐데 말이다. 예를 들어 정말로 축구나 농구라도 말이다. 팀의 일원이 되고, 같이 땀을 흘리고, 목표를 성취하는 작은 경험들이 여자들에게는 더 많이 필요하다.

상황이 이렇다보니 여성들은 성인이 되고 나서야 스스로 운동에 대한 흥미를 찾아가는 경우가 많다. 나 역시 비실대던 20대를 체육과는 담 쌓고 살며 허비하고 나서 30대 초반에야 운동을 시작하게 됐다. 어깨를 삐끗하면서 도저히 움직일 수 없게 되어 정형외과에 찾아갔더니, 회전근개 건증과 부분 파열 진단이 나왔다. 의사는 이제 슬슬 노화와 퇴행이 일어나기 시작할 나이라는 충격적인 이야기를 세상 제일 심드렁한 태도로 전했다. 노화라고는 피부 노화밖에 모르던 나였는데! 근육이 튼튼해야 또 여기저기 관절을 다치는 일이 없을 거라는 그날의 진단 때문에, 약을 복용하고 주사를 맞듯 재활하는 웨이트트레이닝이 시작되었다. 그리고 10년쯤 지난 지금은 깨닫는다. 그때 바닥을 치고 올라오지 않았더라면, 물에 젖는지도 모르고 서서히 가라앉았을 거라고. 몸을 강하게 만들 필요를 알고 또 몸을 사용하는 재미를 느끼는 길에 늦게라도 접어든 것은 다행스럽다. 지금은 돈만큼이나 근육을 모으는 일이 중요한 노후 대비라고 여기게 되었고, 무엇보다 운동의 즐거움을 귀찮음과 겨뤄볼 만하다는 걸 아니까.

혼자력이 정점을 찍은 나의 30대에는 운동도 혼자 할 수 있어 좋았다. 트레이너와 일대일로 약속을 잡거나 혼자 기구를 사용해할 수 있는 웨이트트레이닝, 그리고 아무때나 운동화 끈만 묶고 달려나가면 되는 러닝처럼 누군가와 시간을 맞추거나 편의를 배려하지 않으면서 효율을 추구할 수 있는 운동들 말이다. 그러다 같이 하는 불편함의 즐거움을 가르쳐준 종목은 테니스였다. 누군가와 공을 주고받으며 랠리를 하는 재미. 그건 혼자서도 할 수 없고 어떤 AI와도 나눌 수 없는, 팔다리를 움직이는 타인의 신체만이 줄 수 있는 쾌감의 영역이었다.

김혼비씨의 축구클럽처럼 진지하지는 않지만 우리에게도 좀 느슨하고 헐렁하게 같이 운동하는 친구들이 있다. '망원 스포츠 클럽', 줄여서 망스클이라는 그룹이다. 이 중심에는 동거인이 있는데, 뭐든 그때그때 혼자 빠르게 해버리는 걸 편하게 여기는 닌자 스타일의 나와 달리 김하나에게는 귀찮고 번거로워도 사람들과 함께하는 걸 즐기는 대장 기질이 있다. 내가 김하나와 제대로 처음 얘기를 나눠본 일도 그가 주축이 된 '캐치볼 위클리'에서였으니까. 경복궁 주변을 산책하고 공이나 던지자고 만났던 모임이었다. 또 지금 망스클 멤버들 가운데 다수가 동네 친구들이자 김하나가 서촌 시절부터 오래 이어온 가벼운 세미나 모임 '얕은 지식' 멤버와도 겹친다(지금은 맛있는 것을 먹으러 다니는 '얕은 미식'으로 2기를 시작했다). 사실 별일 없이도 만나 같이 노는 친구들 사이지만 망원동에 이사를 오고 나서 왠지 지역사회 인프라를 활용하면 좋겠다는 생각에 과외 활동을 시작해본 것이다. 우리집에서 넘어지면 무릎 닿는 거리에 있는 마포구민체육센터에서 같이 볼링을 친다거나, 그 체육센터 바로 옆에 있는 정류소에서 따릉이를 빌려 자전거 라이딩을 한다거나, 멀지 않은 망원 한강공원에 있는 수영장에 모여 수영을 한다거나 하는 것이 망스클의 대표적인 활동이다.

늘 보는 얼굴, 늘 던지는 농담의 패턴에 몸의 움직임이 보태지면 웃을 일이 더 많이 생긴다. 모두가 아마추어고 서투르지만 서로가 서로를 가르치기 때문에 수영 모임에서 누군가는 턴을, 누군가

실력이나 점수보다는
몸개그와 뒤풀이에 강한
망원 스포츠 클럽의 다양한 활동상.

는 자유형 호흡을, 누군가는 잠영을 배우기도 했다. 친구들끼리 서로 자기가 조금씩 나은 재주를 가르쳐주고 나눈다. 망스클에서 분위기를 종종 흐리는 사람은 바로 나인데 쓸데없이 승부욕이 많아서, 놀자고 치는 볼링이건만 점수가 안 나왔다거나 하는 일로 시무룩해지기 때문이다.

툭하면 열광하는 동거인이 나에게 전파해준 것 중 가장 고맙고도 유용한 한 가지는 수영이다. 12월 초에 이사를 하고 집 코앞에 있는 체육센터 말고도 15분 거리에 구민들을 위한 수영장 시설이 있다는 걸 알게 된 김하나는 초급 수영 강좌에 등록했다. 그 추운 2월에, 물속에 들어가야 하는 수영을, 게다가 이른 아침 수업밖에 없는 초급반을 다닌 것이다. 언제나 무리될 법한 상황에는 '만다꼬'라는 반문을 잊지 않는 김하나로서는 예외적으로 고생스러운 이 도전은 열 달을 쉬지 않고 내리 계속되었다. 한동안 이 초보 수영인은 집에서도 물속인 양 살았다. 내내 유튜브로 온갖 수영 강좌를 찾아봤으며, 수영장에서 코에 들어간 물 때문에 고생하기도 하고, 다음날의 수영 수업을 위해 술을 절제하는 성숙한 모습을 보이기도, 잠옷을 입은 채 거실 벽에 기대거나 벤치에 엎드려 발차기며 스트로크 동작을 연습하기도 했다. 그런 동거인에게 나는 '망원동 올챙이'라는 별명을 붙여주었다. 그렇게 쉬지 않고 꾸준히 보낸 몇 달의 결과, 망원동 올챙이는 평영과 자유형, 배영을 다 익히더

집에서도 수영을 연습하던 망원동 개구리의 올챙이 시절.

니 접영까지 조금은 할 줄 아는 개구리로 거듭났다. 그리고 거기서 그치지 않고 나를 비롯해 주변 친구들에게 수영을 가르쳐주기 시작했다.

혼자 다니는 닌자 스타일이자 또 언제나 스스로가 뭘 더 해낼 수 있을까에만 전전긍긍하는 범생 기질의 나로서 동거인에게서 발견한 또 한 가지 신기한 부분이 있다. 바로 누군가 나아지는 모습을 보면서 진심으로 기뻐하고, 돕는 데 헌신하는 성향이다. 각기 국어와 역사를 가르친 교사 출신 부모님의 피가 흘러서인지, 마음만 그런 게 아니라 뭔가를 참 요령 좋게 잘 가르쳐준다. 지난봄에는 친구들 네 명과 함께 태국 후아힌으로 여행을 갔다. 수영을 할 줄 아는 사람은 그중 세 명으로 50%의 비율. 수영장이 딸린 숙소에서 사흘 밤을 묵는 동안 그 비율은 100%로 올라갔다. 어린 시절의 경험으로 공포증이 있어 얼굴을 물에 잠그는 걸 두려워하는 친구까지도 넓디넓은 리조트 수영장에서 헤엄을 치게 된 여행 마지막 날에는 딱히 누구의 것이라고 할 수 없는 뿌듯한 벅참이 밀려왔다. 톨리반 선생! 우리는 헬렌 켈러의 스승 설리반 선생에 김하나의 별명 톨을 합쳐서 새 이름을 붙여주었다. 여행을 다녀온 지 한 달 뒤에 있었던 스승의 날, 그때 수영을 배운 친구들은 카네이션과 함께 편지를 건네주었다. "톨리반 선생님 사랑합니다."

운동에 대해 내가 롤모델로 삼는 사람은 인스타에 가득한 몸

'톨리반 선생님'의 교습을 받고
물을 무서워하던 친구들까지
수영을 즐기게 되었다.

짱 트레이너도, 어떤 프로 운동선수도 아닌 김하나의 어머니다. "느그, 늙으면 자신감이 어디서 나오는지 아나? 체력이다." 김하나의 어머니는 체구가 작고 언제나 몸이 약해서 늘 누워 계셨다는데, 40대 이후에 꾸준히 요가와 수영을 해오면서 지금은 이렇게 말씀하시는 정도가 되었다. 언젠가 우리를 부산역에 데려다주시면서 어머니는, 40대에 한창 수영을 배울 때 처음 잠영에 성공했던 이야기를 들려주셨다. "어떤 사람이 수영장 레인 끝에서 끝까지 숨을 참고 단번에 헤엄쳐 가는 거야. 저 사람은 참 대단하고 멋있구나 싶었는데 나는 그리 못 할 거 같았어, 절대로. 숨을 도저히 못 참을 거 같더라고. 그런데 어느 날 한번 결심을 하고 나도 되는 데까지만 가보자, 했더니만 끝까지 갈 수가 있더라고. 숨 한 번도 안 쉬고 말이야. 어찌나 기분이 좋던지, 응? 그러니까 뭐든 안 된다고 생각하지 말고 한번 해보는 것도 좋아."

40대인 지금 나에게도 안 해본 운동들, 써보지 않은 근육이 아주 많을 것이다. 어쩌면 수영장 레인 끝까지 가는 잠영처럼 엄두를 못 내다가 새로 할 수 있게 되는 일들도 있을 테고. '노화'에 대한 선고를 처음 듣고 운동을 시작한 지 10년쯤 된 지금은, 이런 다양한 시도들을 해보며 아주 오래 내 몸을 잘 사용하고 싶다는 생각을 한다. 칠순인 요즘 본인 인생 최고의 체력을 누리고 있다는 이옥선 여사님처럼 말이다. 혼자서는 더 빨리 갈 수 있지만 멀리

가려면 같이 가야 한다. 그래야 지루해지지 않으니까. 나의 다음 목표는 망스클 친구들과 테니스를 치는 것인데, 아무래도 김하나를 먼저 강습받도록 보낸 다음에 친구들에게 가르치게 하는 편이, 일이 순조로울 것 같다.

남자가 없어서 아쉬웠던 적

 때는 2017년 3월 10일 오전. 박근혜씨
에 대한 탄핵 심판이 벌어지던 날이었다. 이정미 헌재소장 권한대
행이 긴 낭독을 하는 동안 우리는 귀를 쫑긋 세우고 경청했다. 이
나라 국민이라면 모두가 그랬겠지만, 우리가 더욱 귀를 쫑긋해야
만 했던 이유는 따로 있었다. 천장으로부터 거실 복판으로 물줄기
가 큰 소리를 내며 계속 떨어지고 있었기 때문이다. 나라도 위기고
집도 위기였다. 살면서 이렇게 드라마틱한 날이 또 있었을까.

전날 함께 저녁식사 후 술도 한잔하고 밤늦게야 집에 돌아온
동거인과 나는 현관문을 열었다가 기절초풍하는 줄 알았다. 거실
바닥에 물이 흥건했고 천장에서 물이 줄줄 쏟아지고 있었다. 급히
수건들로 닦아내고 위층에 올라가 벨을 눌렀다. 위층의 중년 부부
는 얘기를 듣더니 자기네는 보일러든 수도든 아무것도 사용하고
있지 않으며, 절대 본인들 문제가 아니라고 말했다. 아래층에 내려
와 상황을 본 윗집 아주머니는 커다란 대야와 걸레를 갖고 와 수

습을 도와주었다. 우리는 밤새 천장에서 떨어진 물이 금속 대야에 부딪치는 소리를 들으며 잠을 이루지 못했다. 소리뿐 아니라 이사 한 지 석 달밖에 안 된 집에 이 무슨 심란한 사건이란 말인가. 너무 속이 상했다. 몇 시간에 한 번씩 대야의 물을 비워냈지만 물은 잦 아들 기미 없이 계속 차올랐다. 게다가 천장의 도배지가 불룩해지 도록 고였다가 떨어지는 물은 바른 지 오래되지 않은 도배풀을 머 금어 끈적하고 희끄무레했고, 천장과 바닥의 낙차로 인해 사방으 로 튀어 문이며 가구에 자국을 남기고 있었다. 미칠 노릇이었다.

"대통령 박근혜를 파면한다."

이정미 헌재소장 권한대행이 여러 번의 '그러나'로 온 국민 과 주식 그래프를 뒤흔들며 낭독을 이어가는 동안 심장을 부여잡고 있던 우리는 마침내 마지막 한마디에 전율했다. 사필귀정. 저 탐욕 과 무능과 부패의 시대를 이젠 종식시킬 수 있다! 그러나 우리집 의 위기는 도대체 무엇이 원인이고 어떻게 종식시켜야 할지 감도 잡히지 않았다. 곧 누수 탐지반과의 약속 시간이 되어 위층으로 올 라갔다. 누수 탐지반 두 분은 이미 도착했는데 초인종을 눌러도 아 무도 나오지 않았다. 위층 아주머니께 전화를 드리니 "어머 아저씨 가 안 계세요? 가만있어봐, 내가 연락해볼게요" 하더니 아저씨가 곧 올 거란다. 한참을 기다리니 아저씨가 느적느적 왔다. 누수 탐 지반은 이 비용 결제는 위층에서 부담하는 게 맞다고 말했고, 결제를 약속해야만 작업에 들어갈 수 있다고 했다. 아저씨는 대답을 않고 말을 빙빙 돌리며 시간을 끌었다. 본인이 예전에 이 아파트 관리소장이었어서 아는 곳이 있다며 이곳저곳에 괜시리 전화를 걸더니 "그게~ 물이 떨어진다는데 우리는 잘못한 게 없거덩~" 어쩌구 떠드는데 울화통이 치밀었다.

그 시간 동안 우리집에는 쉼 없이 물이 쏟아지고 있었다. 한참을 뭉개던 아저씨는 작업을 해달라고 말했고 누수 탐지반 두 분은 기계를 켜고 탐지에 들어갔다. 의심 가는 곳들을 살펴나가던 중 기계가 가리킨 곳은 윗집의 싱크대 아래쪽이었다. 걸레받이를 떼어내고 보니 그 안에 물이 흥건했다. 원인은 윗집이 싱크대 아래에 있는 밸브를 잘못 건드려 물이 아래로 줄줄 흘렀던 거였고 바닥에 스며든 물이 우리집 천장으로 내려와 도배지 사이에 고였다가 터져서 도배풀물이 되어 쏟아진 것이었다.

누수의 원인이 명백히 자기네에게 있다는 걸 인지하는 순간 아저씨의 태도는 180도로 바뀌어 이상한 너스레를 떨어댔다. "허허허! 하이구~ 참 뭐 이런 일이 다 있어~ 살다보니까 참 나…… 그게 왜 열려~ 아이구 미안하게 됐슴다. 역시 누수 탐지 전문가시네! 기계가, 응? 귀신겉이 알아맞히네~ 참 야, 요즘은 신기해! 역시 전문가시다. 아유 그 밸브가 어쩌다 열린 거야~ 선생님, 그거, 단단히! 다~시는 열리지 않도록 단단히 봉해주십쇼! 아이구 이것

참……"

일단 물은 잠갔고, 고인 물이 다 빠져나오도록 기다리는 수밖에 없었기 때문에 물은 그러고도 며칠을 더 떨어졌다. 누수 탐지를 한 다음날 위층 부부는 우리집을 찾아왔다. 들어서면서부터 아저씨는 외쳤다. "아이구 죄송합니다. 저희가, 이거 싹~ 다! 완~~~벽하게 원상 복구해드리겠습니다! 이거 새로 이사온 집에 너무 속상하겠어요. 미안합니다. 우리가 다행히, 보험을 들어놨더라구. 보험회사에서 나와서 이거 다 조사하고, 비용이 나올 테니까 이거 완벽하게 다 수리하세요. 우리도 여러분만한 딸들이 있는데, 나가서 지들끼리 사는 우리 딸들 생각이 나서 그래요." 보험을 믿은 아저씨는 큰소리를 탕탕 쳤다. 본인이 호인이라서 선심 써서 해주는 것인 양.

보험조사원이 나와 견적을 냈다. 물 떨어진 곳 마루가 다 불어서 들뜨고 터져 있어, 마루를 교체한다면 가구들은 보험회사와 계약된 업체가 다 알아서 옮겨가며 시공해준다고도 했다. 그런데 아저씨가 이상하게 굴기 시작했다. 자기가 아는 업체를 써서 하겠다며 차일피일 시간을 미루더니, 나중엔 이 아파트 지을 때 지하에 보관해둔 마룻장이 있으니 그걸로 보수를 해주겠다는 소리도 했다. 그 말은 곧 13년 동안 지하실에 있었던 마룻장이란 소리다.

기가 막혔다. 또 동거인에게 전화를 걸어 자기가 줄 수 있는 최대 금액은 얼마다, 그 이상은 절대 줄 수 없다는 말도 했다. 보험회사 견적의 60%가 안 되는 금액이었다. 아래윗집 사이에, 일부러 그런 것도 아닌데, 서로 얼굴 붉혀서 좋을 것 없으니까, 싶어서 지금껏 새집 천장이 다 뜯어진 채로 몇 달을 조용히 기다려줬는데 돌아오는 건 적반하장이었다. 나는 그 통화 내용을 듣고는 드디어 머리 뚜껑이 열려서 당장 전화를 해서 소리를 질렀다. 나는 평소엔 목소리나 말투가 점잖은 편이지만 복식호흡으로 폭발하면 파바로티 같은 성량을 자랑한다. 아저씨는 자기는 책임이 없다며 도중에 전화를 끊어버렸다. 이런 미친 ×이!

알고 보니 보험금이 전액 다 보험회사에서 나오는 줄 알았던 아저씨가 그렇게 큰소리를 탕탕 쳤는데, 나중에야 자기부담금이 있다는 걸 알게 되어서 태도를 또 뒤집은 거였다. 자기부담금이래 봤자 그리 큰 금액도 아니었는데, 그걸 아끼겠다고 안면몰수하고 나왔다. 윗집 남자의 치졸함과 비열함의 절정은, 어느 날 우리 우편함에 서울서부지방법원 소인이 찍힌 내용증명이 날아든 거였다. 거기엔 우리의 요구가 애초에 서로 약속했던 수리 범위에 비해 터무니없으며, 그렇기에 자기는 그에 대한 책임이 없다는 내용을 본인이 직접 작성하여 보낸 거였다. 우리는 뒷목을 잡았다. 윗집 운이 정말 더럽게 없었다. 천만다행인 것은, 동거인이 이에 대비해 윗집 남자가 우리집에 들어서자마자 '모든 걸, 마루까지 포함해 완~벽하게 원상 복구해드리겠다'고 호탕하게 외쳤던 것을 녹음해두었다는 것이었다. 우리는 차분히 "어처구니없는 내용증명은 저희가 가진 육성 녹음 파일과 상이한 내용이네요"라고 문자를 보냈다.

여기에 다 쓸 필요는 없을 지리멸렬한 과정 끝에, 윗집 부부는 끝내 자기부담금은 내놓지 못하겠다며 우리더러 이면계약서를 쓰게 했다. 그에 응할 필요는 없었지만, 응하지 않으려면 소송을 걸어야 했고 그런다면 우리는 천장이 뜯어진 채 온갖 법률적 스트레스를 받으며 한참을 더 살아야 했을 것이다. 윗집의 태도에 너무 화가 나서 그딴 이면계약엔 응하지 않겠다는 동거인에게, 나는 이걸 수락하는 대신 그 비용을 원고료 삼자고 말했다. 이 사건과 윗집의 치졸함에 대해 글을 쓰고, 그 소재 제공에 대한 비용으로 생각하자는 뜻이다. 그래서 이 글을 쓰고 있다.

누군가 우리에게 "집에 남자가 없어 아쉬울 때는 없어?"라고 묻는다면, "딱 한 번 그런 적이 있지"라며 이 사건에 대해 말해줄 것이다. 만약 우리집에 저 코딱지만한 윗집 남자보다 더 건장하고 젊은 남자가 있었다면 과연 그가 우리에게, 13년간 지하실에 있었던 마룻장으로 보수를 해주겠다는 소릴 할 수 있었을까? 보험회사 견적의 60%가 안 되는 금액을 제시할 수 있었을까? 자기는 책임이 없다고 쓴 내용증명을 보낼 수 있었을까? 나는 절대 그렇게 생각지 않는다. 내가 누수 탐지를 위해 윗집에 올라갔을 때, 그 집 벽에는 윗집 부부가 딸들과 함께 세계 곳곳에서 찍은 사진이 잔뜩 붙어 있었다. 따로 산다는 그 딸들도 세상 살기 참 힘들 거예요, 바로 당신 같은 사람들 때문에.

나의 주 보호자

 동거인과 내가 둘 다 좋아하는 소설가 정세랑이 쓴 장편 『피프티 피플』은 경기도 어디의 종합병원을 배경으로 한 소설이다. 에피소드마다 다른 주인공이 등장하는 50개 남짓한 이야기들은 의사부터 환자, 간병인이며 시신을 이동시키는 사람까지 병원의 곳곳을 구성하는 사람들 하나하나 저마다 다른 삶을 들여다본다. 책을 재미있게 읽을 때만 해도 이런 거대한 병원 시스템은 나와는 관계없는, 그래서 더 흥미진진한 세계라고 여겼다. 사람은 건강할 때 건강에 대해 잊어버리게 마련이니까. 그리고 3월의 어느 날, 나는 미세먼지가 누렇게 내려앉은 도시 풍경을 내려다보며 5인실 병동의 침상에 누워 있었다. 커다란 종합병원을 구성하는 미세한 일부가 되어.

각자 하나씩 손목밴드를 받아 찬 동거인과 나는 록페스티벌에 가면 종종 그러듯 팔목을 크로스한 채, 주 보호자와 환자의 활기를 한껏 끌어모아 사진을 찍었다. 입원실이 완벽한 남향으로 배

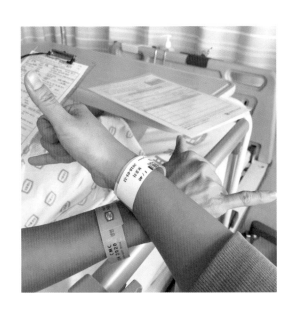

입원복을 입고 환자와 주 보호자 팔찌를 찼지만 음악 페스티벌 스타일로 인증샷을 찍어보았다.

치된 건 아마도 환자들이 쾌적하게 지내라는 배려인 듯했고, 병실 창가 자리는 과연 그랬다. 저멀리 우면산까지 시선이 가닿는 침대에 앉아서 아주 천천히 저녁이 내려앉는 걸 봤다. 이렇게 아무것도 하지 않고 또 무엇도 할 수 없어서 멍하니 보내는 시간이 얼마 만인지 몰랐다.

입원을 한 건 13년 넘게 다닌 회사에서 퇴사한 바로 이틀 뒤였다. 3박 4일 입원, 3주 정도 진단이 나오는 간단한 수술인데도 회사를 다니는 동안은 도저히 그 정도의 병가를 내고 쉴 엄두가 나지 않았다. 그동안 논현동의 사무실에서 친숙한 풍경 속으로 저녁이 내려오는 걸 얼마나 무수히 봤는지. 병원 공간의 낯선 풍경, 낯선 삶의 속도만큼이나 어색한 건 두툼하고 빳빳한 환자복 속의 나였다. 병원의 지시사항에 따라 액세서리나 콘택트렌즈도 빼두고, 알록달록하게 칠했던 젤 네일도 모두 제거한 뒤였다. 화장도 못 하고 제대로 못 씻은 채 병동을 오가는 환자들은 사실 공통점이 별로 없을 텐데도 다들 엇비슷해 보였다. 며칠 전 사무실에서는 나만이 잘할 수 있는 일이 있고, 내가 오래 만들어온 잡지들이 있고, 내 개성과 능력을 인정해주는 사람들이 있으며, 또한 한 달 병가를 못 낼 만큼 이상한 근면함으로 스스로를 몰아붙이던 직업인으로서의 내가 있었다. 하지만 한 인간을 이루는 안팎의 개성을 잠시 제거한 채, 여기 병동에서 내가 가진 거라곤 오직 성별과 병명과 나이가 적힌 이름표 한 장뿐이었다.

"좀 아파요, 후~ 하고 호흡 내쉬세요." 수술 전날 관장을 해야 한다는 안내를 받았을 때 나는 당연히 건강검진 때 대장내시경을 준비하던 것처럼 장을 비워주는 용액을 마시고 화장실에 가면 되겠거니 여겼다. 하지만 맙소사, 거꾸로 항문에 주사기를 꽂아 관장약을 주입하는 방식일 줄이야. 그 과정은 단호하고 능숙하며 무덤덤한 간호사에 의해 거침없이 집행되었다. 마치 은행에서 차례를 기다렸다가 금액을 말하고 환전을 받아 나오듯 사무적으로. 다만 그 업무 처리의 대상이 달러나 유로화가 아니라 내 몸뚱이일 뿐이었다. 용무를 보기 전 10분쯤 장에서 반응이 일어나기를 기다리는 동안 아랫배에서 서글픈 굴욕감이 부글거렸다. 가벼운 질환, 한 해 동안 병원에 머물다 갈 수천 명의 환자 가운데 한 사람일 뿐이니 사무적으로 다뤄지는 건 당연하다고 수긍하면서도 그 과정에서 내가 사라지는 것 같은 기분이 드는 건 또다른 문제였다.

수술 이후, 입원 중후반부는 더 빠르게 지나갔다. 마취에서 깨고 난 뒤의 통증과 진통제 기운에 몽롱해서 정신을 차릴 수 없었기 때문이다. 존엄이니 굴욕이니 하는 생각도 수술 전의 사치라고 여겨질 만큼 먹고 배출하고 회복하는 게 전부인 단순한 며칠이 시작되었다. 간호사는 하루에 세 번쯤 혈압과 체온을 재고 수액에다 진통제를 꽂아준 다음, 가스가 배출되었는지 공개적으로 물어보았다. 호흡기를 통해 전신마취를 했기 때문에 수술 직후 중요한 건 심호흡으로 폐를 펴는 연습이라고 했다. 입원 기간 내내 곁을 지킨 동거인이, 들숨으로 플라스틱 공을 띄우게 되어 있는 의료용 구를 사다주고는 반복해서 내 입에 물렸다. 평소의 나는 생수통을 혼자 번쩍 들어 바꿀 수 있는 사람인데 약에 취하고 금식으로 기력이 쇠해 있는 상황에서 그 몇 그램짜리 공을 띄우는 일이 어이없을 만큼 힘들어서 웃음이 났다. 음식은 왜 또 그렇게 안 넘어가던지. 맵고 짠데다 단백질 반찬이 거의 없는 회사 근처 점심 메뉴를 늘 욕해왔는데, 간이 슴슴한 병원 밥은 간이 딱 좋고 영양의 균형도 잘 맞아서 가능하다면 앞으로도 와서 사 먹고 싶을 정도였다. 하지만 맛과 상관없이, 도무지 반의반도 넘길 수가 없었다. 조금씩 움직이는 연습을 해야 한다고 해서 수액을 매단 채 걷는데, 병동 한 층의 절반을 동그랗게 돌고 나면 기력이 떨어져서 주저앉고 싶어졌다. 러닝 앱으로 기록한 달리기 거리가 1200km를 넘긴 나인데 말이다. 식욕이 넘치고 기운차고 운동을 좋아하던, 그리고 나의 그런 나다움에 애착을 갖고 있던 나는 병자로서의 내가 너무 낯설었다.

　신기하게도 조금씩 기운이 올라와 간신히 퇴원을 하던 날, 집으로 가기 위해 짐을 꾸리는 동거인을 보면서 며칠 전 입원하던 날이 떠올랐다. 속옷과 세면도구, 슬리퍼 같은 준비물을 배낭에 챙겨넣던 동거인은 외쳤다. "병원이지만 둘이 같이 가니까 여행 같아. 가방에 셀카봉 넣을 뻔했네!" 갑자기 떠오른 그 기억은, 수술 뒤에는 웃으면 배가 당긴다는 교훈을 처음 알려줬다. 여행까지는 아니라도 혼자가 아니라서 견딜 만한 시간이었다. 통증으로 혼미하던 수술 당일, 그리고 바이털 사인을 체크하는 새벽마다 잠귀 밝은 동거인은 좁은 간이침대에서 웅크리고 있다가 나보다 먼저 발딱 깨어 필요한 것들을 챙겨주곤 했다. 그렇게 웅크리고 누운 뒷모습을 보다가, 규칙적으로 코를 고는 소리에 마음이 짠해졌는데 알고 보니 그 코골이의 출처가 커튼 너머 옆 병상 아저씨였던 일도 있었다. 이제는 그 불편한 밤들에 대한 공통의 기억이 우리 둘에게 오래 이야깃거리가 될 터였다.

그리고 나는 간병인의 역할을 훌륭하게 수행했던 동거인이 나의 주 보호자로서 베풀어준 가장 큰 부분을 잊지 못할 것이다. 플라스틱 공 하나 띄우려 애쓰고 있는 내가 사실은 하프 마라톤을 몇 번이나 완주한 사람이라는 걸, 진통제에 멍해져 있지 않을 때는 재미있는 농담을 할 줄 아는 사람이라는 걸, 방귀 뀌는 게 가장 중요한 임무인 지금의 내가 전부는 아니라는 걸 누구보다 잘 아는 사람이 곁에 있다는 것. 그 사실은 겨우 3박 4일이지만 가장 무력하고 약해졌을 때 내가 사라지지 않게, 또 최선을 다해 나로 돌아갈 수 있게 단단히 붙잡아주었다.

우리는 사위들

HANA

언젠가 황선우가 어머니와 안부전화를 하는데 내가 옆에서 "어머니! 열무김치 너무 맛있었습니다!"라고 소리를 친 적이 있다. 황선우는 급히 전화기를 가리며 내게 '쉿!' 하는 제스처를 취해 보였다. '왜?'라고 입모양으로 묻는 내게 다시 한번 조용히 하라는 신호를 보냈지만 어머니가 들으셨는지 동거인은 "아…… 하나가 옆에서 열무김치 맛있다네. 응. 그러면 좋지. 아니, 조금만. 정말 조금만 보내면 돼. 엄마, 진짜 조금만!"이라더니 전화를 끊었다. "우리 엄마는 손이 너무 커서…… 뭐 맛있다고 하면 감당이 안 되거든." 동거인의 말에 응 그런가 싶었는데, 다음날 아침에 바로 어머니로부터 '열무김치 보냈다'는 메시지가 왔다. 집에 도착한 거대한 스티로폼 택배 상자를 열어본 나는 그제야 황선우가 왜 내게 '쉿!' 하는 제스처를 보였는지 이해했다. 한 사단을 먹일 수 있을 정도의 열무김치와 각종 반찬들, 식재료, 미숫가루 등이 꽉 차게 들어 있었다. 우리집 냉장고가 순식간에 가득

차버렸다. 당신 딸내미도 아니고 옆에 있던 나의 한마디에 이렇게 정성껏 대규모로 부식을 보급해주시다니 정말 고마웠고 어머니의 출중한 능력에 눈이 휘둥그레졌다.(하지만 맞다. 감당은 안 됐다.)

해운대구 송정해수욕장 바로 앞에 우리 아빠의 조그만 집필실이 있어서, 우리는 곧잘 그곳에 놀러가곤 한다. 그러면 열쇠도 주고받고 우리가 쓸 수건이나 집기 같은 걸 본가에서 전해 받는 김에 오빠네 부부와 조카들까지 온 가족과 식사를 할 때가 종종 생긴다. 나의 부친은 가족이 모인 식사 자리면 반주가 길어지곤 해서 식구들이 타박을 한다. 그런데 황선우는 아빠가 권하는 잔을 넙죽넙죽 잘 받아 마시고 또 잘 따라드려서 아빠는 황선우를 매우 탐탁히 여기게 되었다. 인상이 좋고 싹싹해서 마음이 간다는 둥 칭찬도 여러 번 하더니, 지난번 부산에서 강연이 있어 나만 혼자 갔을 때는 "아니…… 와 선우는 안 왔노?"라며 아쉬워했다. 아빠는 황선우를 자신의 술친구 정도로 생각하는 모양이었다. 그 말을 전했더니 황선우가 "나 약간…… 사위 같아"라며 껄껄 웃었다. 딸내미 친구라고 고기도 못 굽게 하니, 구워주시는 고기 받아 먹으면서 아버지와 건배하며 농담 따먹기만 하면 칭찬을 받는다는 거다. 게다가 계산도 부모님이 한다.

생각할수록 각자의 가족에게 우리의 지위는 '꿀'이었다. 우리가 각각 결혼을 했다면 시댁 어른들과의 자리가 그렇게 편할까?

사위는 대접받지만 며느리는 오히려 대접을 해야 할 것 같은 느낌이다. 게다가 우리의 위치는 사위보다도 더 편했다. '딸내미랑 같이 사는 친구'는 각자의 부모님께 의무는 없이 호의만 받는 자리다. 내가 어머님이 보내주신 열무김치를 맛있게 먹었다 해서 효도여행을 기획하거나 집안의 가전제품을 바꿔드려야 할까 고민할 필요는 없다. "어머니께 맛있다고 전해드려!" 정도가 끝이다. 우리는 각자의 부모님을 좋아한다. 오랜만에 뵈면 반갑고 베풀어주시는 호의에 감사한다. 그건 아마도 우리가 친구의 부모님께 뭘 해드릴 의무가 없기 때문일 것이다. 당연하게도 효도는 셀프니까.

얼마 전 엄마와 연락을 하다 엄마가 실수로 안경테를 부러뜨렸다는 걸 알게 되었다. 지금 동거인이 다니는 회사는 감각적인 아이웨어 브랜드인 젠틀몬스터인데, 그곳에선 직원들에게 정해진 개수의 안경을 무료로 제공한다. 동거인은 자신에게 할당된 안경 개수 중 하나를 우리 엄마에게 드릴 선물로 사용해주었다. 모델을 골라보라며 엄마에게 홈페이지 링크를 보내자 생각보다 높은 안경 가격에 엄마는 이런 걸 받아도 되는지 한참을 망설였다. 어차피 무료라며 설득했더니 엄마는 안경을 골랐고, 받은 뒤엔 인증샷을 찍어 보내며 무척 고마워했다. 만약 딸내미 친구가 아니라 며느리가 안경을 보냈다면 그렇게까지 망설이거나 그렇게까지 고마워하지는 않았을지도 모른다. 며느리가 그렇게 하는 것은 은연중 도리의 영역에 포함되고 딸내미 친구가 하는 것은 전적으로 호의의 영역에 들어가기 때문이다.

호의. 이게 '원래의 마음' 아닐까? 관습과 가족관계와 책임과 의무로 짓눌려버리기 이전의, 좋아하는 친구를 낳아주신 부모님께 갖는 친근한 마음. 내 자식과 함께 사는 친구에게 잘 대해주고 싶은 부모의 마음. 이 나라 모든 며느리, 사위, 장인·장모, 시부모들에게도 원래의 마음은 이와 같을 것이다. 그리고 왜곡 없이 이 원래의 마음만을 그대로 유지한 채, 열무김치와 고기를 넙죽넙죽 받아먹는 우리가 역시 위너인 것 같다.

상당히 가까운 거리

동거인과 나는 서로를 보는 시간의 70% 이상이 잠옷 차림이다. 집밖에서 만나기도 하고 집에서도 외출복을 입고 있을 때가 있지만, 대체로 집에 머무르며 쉴 때면 잠자는 시간 외에도 파자마를 입고 있기 때문이다. 분홍색 체크무늬, 하늘색에 자동차 패턴, 차르르한 감색 실크…… 우리는 둘 다 파자마를 좋아해서 여러 벌씩 갖고 있다. 언젠가 동거인이 파자마를 예찬하는 칼럼에 '휴식을 위한 수트'라고 쓰기도 했듯이 집에서 아래위 한 벌로 질 좋은 소재의 잠옷을 갖추어 입고 있으면 편안하고도 기분이 좋다. 우리는 잠옷을 입은 채 밥도 먹고 책도 읽고 글도 쓴다. 물론 화장 안 한 모습에, 머리를 안 감는 날도 있다. 1년에 한 번 어쩌다 만나는 모임의 일원에게는 화려하게 차려입은 말쑥한 모습으로 기억될 가능성이 있지만 매일 같이 사는 사람에게는 이렇게 가장 못생긴 모습을 허용할 수밖에 없다.

회사에 매일 출근하는 나보다는 집에서 일하는 김하나가 더

긴 시간 잠옷을 입고 있다. 어떤 날은 아침에 집을 나서는 나에게 손을 흔들어주었던 그 잠옷 차림 그대로 퇴근해서 집에 왔을 때 맞아주기도 한다. 나보다 체력이 약한 동거인은, 내가 보기엔 상당히 오랜 시간 와식 생활을 한다. 작가로, 팟캐스트 진행자로, 화려한 포트폴리오를 가진 카피라이터로, 매력적인 사회인으로서의 총기 어린 모습을 마주하는 사람들은 짐작하기 어렵겠지만 밖에서 사용하는 그 에너지를 충전하는 것처럼 집에서는 종종 멍하니 뒹굴댄다. 정점을 찍는 건 술을 많이 마신 다음날인데, 종일 모습을 보기 힘든 채 잠옷 바람으로 침대에서 안 나오거나 해장을 하자마자 소화되기 전에 그대로 다시 방에 들어가 눕기도 한다. 같이 살기 때문에 나에게만 숨기지 못하고 목격당하는 게으른 면모다. 하지만 동거인에게서 신기한 점은, 골골대며 뒹굴거리는 대부분의 시간 동안 손에서 책을 놓지 않는다는 거다.

동거인의 에세이 『힘 빼기의 기술』에 나는 이렇게 추천사를 썼다. "설거지나 고양이 구경을 주된 일과로 파자마 차림인 채 하루를 보내나 싶다가도 김하나의 생각은 아주 멀리까지 다녀온다." 함께 살면서 밀착해 있기에 남들은 모를 나태함이나 느슨함을 발견하게 된다면, 거꾸로 그렇게 근거리에서 관찰하기 때문에 매일의 묵묵한 성실함도 목격하게 된다. 특히 책을 주제로 한 팟캐스트 진행을 맡으면서 동거인이 격주마다 게스트로 초대되는 작가들과의 대화를 위해 그들의 거의 모든 책을 다 읽는 걸 보고 놀랐다. 열광을 잘하는 성품답게 그중 재미있는 구절은 나에게 흥분해서 읽어주기도 하고, 공감하기 어려운 작가의 글에 대해서는 어떻게 대화를 풀어가야 할지 고민도 오래 한다. 그 프로그램이 재미있다는 청취자들의 반응을 접하면서 나는 팟캐스트 진행을 잘한다는 게 그저 말솜씨나 재치의 문제가 아니라, 양질의 대화를 나누기 위한 성실한 준비에서 나온다는 걸 알았다. 『거의 정반대의 행복』을 쓴 난다 작가를 초대했을 때, 동거인이 차근차근 다 읽고 난 『어쿠스틱 라이프』 10권이 넘는 전질 페이지마다에는 수도 없이 많은 포스트잇이 붙어 있었다.

　"인생이란 멀리서 보면 희극, 가까이에서 보면 비극이다"라는 이야기가 있는데, 이렇게 바꾸어도 말이 될 것 같다. "사람은 멀리서 보면 멋있기 쉽고, 가까이에서 보면 우습기 쉽다." 충분한 거리를 둘 수 없기 때문에 서로 한심하고 웃기는 순간도 목격하지만 그럼에도 나에게 동거인은 여전히 멋있는 사람이다. 눈속임이 불가능할 만큼 가까이에서 삶에 대한 근면함을 보고 있기 때문이다. 역으로 내가 시간을 사용하는 방식이나 생활을 대하는 태도 역시 낱낱이 동거인에게 목격될 거라는 자각은, 너무 방만하게만 살지 않도록 나를 다잡아준다. 그 증거로 오늘 글 한 편은 쓸 거라고 큰소리를 치다가 미루고 미룬 밤에 거실 테이블에 앉아 노트북을 편건 동거인에게 너무 한심하게 보이고 싶지 않은 긴장의 발로였다. 내가 키보드를 두드리는 테이블 건너편 자리에서는 동거인이 역시나 잠옷을 입은 채 연재하는 수필을 위한 삽화를 그리느라 애쓰고 있다. 비염이 심해져서 콧물을 막기 위해, 한쪽 콧구멍에 티슈를 길게 말아 꽂은 채로 말이다. 오늘도 내 동거인은 아주 우습고 또 존경스러운, 딱 그만큼의 거리에 있다.

혼자 보낸 일주일

 SUNWOO 동거인이 일주일 남짓 집을 비우게 되었다. 제주도에서 강연 요청을 받아 출장을 가면서, 그 다음주 어머니 칠순맞이 가족 여행 일정 사이에 비는 며칠을 이어 그곳에서 보내기로 한 것이다. 열 달쯤 같이 살아오면서 나는 해외 출장으로, 여행으로, 혹은 고향에 내려가느라 집을 비운 일이 종종 있었지만 거꾸로 동거인이 집을 비우고 내가 혼자 남게 된 경우는 처음이었다. 둘이 살기에도 꽤나 넓은 집을 고양이들과 나 혼자 차지하게 된 것이다. 처음에 나는 조금 들뜬 기분을 티 내지 않으려 애쓰는 한편으로 그러는 내가 신기하기도 했다. 그동안 둘이 같이 있어 불편하다고 느낀 적은 없었지만, 오랜만에 혼자 지내는 상황에 놓이게 되니 설렌다는 게 오히려 내가 결혼한 사람이라도 된 듯 느꼈기 때문이다.

20대 중반에 결혼해서 15년 넘게 결혼 생활을 이어오고 있는 내 친구 김승현은 몇 년 전, 생일선물로 뭘 받고 싶으냐는 남편의

말에 이렇게 대답한 적이 있다. "나를 귀찮게 하지 말고 다 나가줘. 집에 혼자 있고 싶어." 내내 가족들과 함께 지내며 특히 아이들을 돌봐야 하는 기혼 여성인 친구는 선물로 옷이나 가방, 보석이 아니라 집에 혼자 있는 시간을 원했다. 성격이 내성적인 사람들일수록 누군가를 만나지 않고 혼자 조용히 지내는 시간에서 에너지를 얻는다고 하는데, 아이들까지 있는 가족의 주 양육자인 여성이라면 그렇게 충전할 시간을 갖기가 쉽지 않을 것이다. 휴식의 공간이어야 할 집에서도 내내 다른 가족 구성원을 위해 움직이며 일하느라 제대로 쉬지 못할 가능성이 높다. 1인 가구, 그리고 가족이 있는 사람 사이에서는 말하자면 고독의 빈익빈부익부가 벌어지고 있다. 좁은 집이나마 누구와 나눠 쓰는 일 없이 독차지하고 그 안의 시공간에 대해서는 무한정 자유롭게 사용해온 나로서는 '집에 혼자 있는 시간'이 선물처럼 간절해진다는 것이 상상 저편의 신기한 무언가였다. 그런데 이제 내가 비슷한 처지에 놓였다. 간절히 원한 적까지는 없지만, 깜짝선물처럼 혼자 있는 시간이 주어진 거다.

　　퇴근해서 집에 오자마자 스포츠 채널을 켰다. 우리 둘 다 '구도' 부산 출신으로 같은 팀을 응원하고 주변 친구들도 롯데 자이언츠 팬이 많기 때문에 가끔은 함께 경기를 보며 맥주를 마시기도 하지만, 동거인에게는 트라우마가 있다. 지나치게 격정적인 야구 팬인 아버지와 함께 20여 년 생활한 영향으로 거실에서 시도 때도 없이 야구 중계가 흘러나오는 것을 불편해하는 것이다. 이기면 이 겼다고 기분이 좋아서, 지면 졌다고 기분이 나빠서 흥분하며 주변을 괴롭게 만드는 야구 팬들을 많이 봐왔기 때문에 충분히 이해할 수 있었다. 반면 나는 집중해서 화면을 보지 않는 경우에도 중계를 틀어놓는 걸 좋아하며, 경기의 흐름에 따라 해설자의 음성이 높았다 낮아지고, 관객들의 함성이 커졌다 작아지는 소리를 백색소음에 가깝게 즐기는 편이다. 혼자만의 첫 저녁, 나는 우리 팀 경기 중계를 다 보고 나서 다른 팀 경기를, 그도 끝난 후에는 야구 뉴스쇼와 하이라이트까지 틀어놓으며 중계를 과식했다. 한 사람의 휑한 빈자리를 오랜만의 TV 소리가 채웠다.

긴 추석 연휴를 앞둔 기간이라 일정이 많은 한 주였다. 동거인이 없는 사이 다른 친구들과 약속을 잡을 법도 했지만 종일 인터뷰를 하거나 업무 통화로 바쁘다가 집에 돌아오면 녹초가 되어서 누굴 만날 마음도 들지 않았다. 회사에서 지치도록 말을 해야하는 직업이기 때문에, 돌아와 아무와도 말을 하지 않아도 된다는게 오랜만에 홀가분하기도 했다. 혼자서 TV를 마주보며 대충 저녁을 먹고, 고양이들의 식사와 화장실을 보살피고, 간단한 청소나 집 정리를 하고 나면 하루가 훌쩍 지났다. 야구도 하루이틀이지 금세 시시해졌다. 깔끔한 성격의 동거인이 없는 동안에는 아무렇게나 좀 어지럽히며 지내야지, 생각했지만 막상 그런 일탈이 신나지도 않았다. 집을 같이 잘 사용하기 위해 주로 동거인이 세워놓은 규칙을 따르는 것은 그리 번거로울 것도 없는 일이었고, 그 규칙은 이미 내 몸에 익어 있었다. 착착착, 효율적으로 최소한 움직여 가사를 돌본 다음 대부분의 시간은 누워서 보냈다. 집에 있는 동안 누구도 나를 귀찮게 하지 않고 아무도 나를 걱정해주지 않는 평온한 시간이 예측 가능하게 흘러갔다. 혼자 지내온 그전 20년처럼. 그 주간을 보내며 나는 평소에 잘 걸리지도 않던 감기몸살을 호되게 앓았다.

출장과 가족 여행까지 모든 일정을 마친 동거인이 마침내 올라오던 날, 김포로 마중을 나갔다. 도착을 알리는 전광판에는 어지럽게 '지연'이 줄줄이 써 있었다. 제주공항에서 타이어 파손이 생긴 항공기 때문에 활주로가 폐쇄되고, 이후 항공편이 연이어 회항하거나 출발이 지연된 것이다. 도착층의 플라스틱 벤치에 앉아 한참을 기다리며 생각했다. 지난 열 달간 누군가와 같이 살며 나에게 생긴 변화에 대해, 그리고 최근의 일주일간 나에게서 다시 사라졌던 그것에 대해. 타인이라는 존재는 서로를 필연적으로 귀찮게 하게 마련이며 가끔은 타이어 파손으로 인한 항공편 지연 같은 예측 불가능한 사고를 만들기도 한다. 동거인이 없는 일주일 동안 내 생활은 아주 매끄럽고 여유로웠으며 효율적으로 돌아갔다. 하지만 아주 중요한 상실은, 웃을 일이 사라졌다는 거다. 나는 일이 많고 고된 주간을 보내면서 힘들어서 감기에 걸렸다고 생각했지만 다른 가설이 머릿속을 비집고 들어왔다. 어쩌면 혼자 거친 식사를 하고 내내 긴장한 채로 지낸데다 늘 유쾌하게 밝혀 있던 농담의 스위치가 꺼지는 바람에 면역력이 약해졌던 건 아닐까? 살면서 쌓이는 스트레스와 긴장, 걱정을 해소시켜주는 건 대단한 뭔가가 아니라 사소한 장난, 시시콜콜한 농담, 시답지 않은 이야기 들이다. 워너원의 노래 〈갖고 싶어〉에는 "매일 하루의 끝에 시답지 않은 얘길 하고 싶은데" 하는 가사가 나온다. 누구나 반드시 필요한 이야기만 나누는 사이가 아니라 쓸모없고 시시한 말을 서로 털어놓을 수 있는 상대를 한 사람쯤은 갖고 싶은 것이다.

수학여행에서 돌아와 와자지껄하게 해산하는 중학생 무리 틈에서 마침내 키가 걔네들과 엇비슷한 동거인의 동그란 얼굴을 발견했다. 자전거를 타다 넘어져 무릎을 깼을 때도 울지 않던 내가 이상하게 훌쩍이고 있었다. 다시 하루의 끝에 바보 같은 농담을, 시답지 않은 얘기를 할 수 있는 사람이 돌아왔다.

파괴지왕

 손닿는 모든 것을 황금으로 바꾸는 능력을 지닌 그리스 신화의 인물 미다스가 있다면, 손닿는 모든 것을 망가뜨리는 나 같은 사람도 있다. 내 인생을 사자성어로 요약하면 주성치의 영화 제목이 된다. 〈파괴지왕〉. "슬프다/내가 사랑했던 자리마다/모두 폐허다" 하는 황지우 시의 구절도 생각난다. 일부러 못쓰게 만들려는 건 물론 아니지만 다만 몇 가지 품성이 화학작용을 일으켜 매번 파국으로 치닫고 만다. 부주의한 사람이 성격은 급한데다 힘까지 세니 번번이 마음이 앞서서 뭐가 어떻게 되는지 잘 모르고 용을 쓰다가 망가뜨리고 마는 것이다.

정리정돈이 안 되는데다 기계치라서, 애써 사놓은 물건을 잘 관리할 줄을 모르고 망치는 일도 잦다. 동거인과 살림을 합치면서 우리집에는 공기순환기인 소형 보네이도가 두 대로 늘어났는데, 나는 여름이 지나면 이걸 분해해서 먼지를 닦아내고 다시 조립해 보관해야 한다는 걸 동거인을 보며 처음 깨닫게 되었다.

막연히 그래야 할 것 같긴 했지만 언제나 여름이 끝나고 나면 다른 일들로 너무 바빴고…… 보네이도를 미처 청소하기도 전에 어느새 다음 여름이 와 있곤 했다. 그런 식으로 내 곁에 머물다가 미처 천수를 누리지 못하고 고장난 많은 가전제품들의 명복을 빈다. 고양이들의 오줌이 묻어서 고장난 것으로 추정되는 제습기, 무슨 이유에선지 모르지만 작동이 안 되는 무선 청소기 등이 이사 뒤 동거인의 주도하에 정리된 물품들이며, 다시 열어보지 않으면서 갖고만 있는 노트북 몇 대는 아직도 처분을 못 하고 있다. 물건을 잘 망가뜨리는데다 버리지도 못하다니, 글을 쓰면서도 뭐 이런 사람이 다 있나 싶은데 그게 바로 나다. 동거인은 어떤가 하면 나와는 정반대로 꼭 필요한 물건만 사서 잘 관리하며 오래 사용하는데다 『도구와 기계의 원리』 같은 책을 탐독하며 진심으로 즐거워하는 사람이다. 이런 동거인과 함께 생활하며 나는 많은 것을 배우지만, 입장 바꿔 생각하면 동거인에게는 이거 참 못 할 노릇일 거다.

겨울을 맞아 우리는 집에 난로를 한 대 들였다. 나는 전기로 충분하다고 생각했지만 동거인은 석유를 주장했다. 전기 저항으로 일으키는 가짜 불과, 진짜 불꽃이 넘실대는 불은 느낌부터 다르다는 것이었다. 기계를 고르고 구입하는 데는 동거인의 의견을 따르기로 마음먹었기 때문에 나는 금세 설득되었다. 과연 놀랍도록 따뜻했다. 석유난로에 대한 약간의 두려움이 있었지만 조심해서 사용하고 환기를 잘 시키니 문제될 것도 없었다. 내가 이 난로에 대해 사랑하게 된 점이 두 가지 있는데 그중 하나는 난로를 켜기만 하면 주변에 모여들어 느긋하게 몸을 뻗고 온기를 즐기는 고양이들의 모습, 나머지 하나는 뜨거운 상판 위에 뭐든 올려서 구워 먹을 수 있다는 점이다. 주전자를 놓고 물을 끓이면 폭폭 증기가 피어오르며 낭만적인 겨울집의 풍경을 완성하고, 귤을 껍질째 올렸다가 몇 번 굴려주면 따끈하고 구수한 군고구마 맛이 나는 별미가 된다. 그리고 고구마야말로 이 난로에 올리기에 가장 어울리는 품목이다. 쿠킹포일로 감싼 고구마를 두어 개 올려두고 잊었다가 30분쯤 후에 집어다 먹으면 따끈하게 살살 녹는 겨울 최고의 간식이 되어 있다.

어느 저녁 언제나처럼 난로 위에서 고구마를 익히는데 어째 탄 냄새가 난다 싶었다. 쿠킹포일이 조금 모자라서 아슬아슬하게 고구마를 감쌌는데, 그 틈으로 찐득한 물이 새어나온 것이다. 냄새를 감지한 동거인이 물었다. "타는 냄새 나는데, 고구마에서 뭐 흐르는 거 아니야?" 거기서 왜 곧이곧대로 말하지 않았는지 나도 모르겠지만 잘못을 저질렀을 때는 일단 뭔가 숨기고 보려는 인간의 습성이 튀어나오지 않았나 싶다. 일단 고구마를 지키고 보려는 동물적 본능이었는지도 모르겠다. 아무튼, 나는 그렇게 곧 탄로 날

거짓말을 했다. 우선 고구마를 먹고 나서 들키기 전에 닦아놓으려 했지만…… 고구마의 맛에 취해 난로가 더럽혀져 있다는 사실조차도 잊어버릴 만큼 허술한 파괴지왕에게 완전범죄란 가당찮은 얘기였다. 난로의 눌어붙은 자국은 내가 몰래 닦아내기 전에 동거인에게 먼저 발각되고야 말았다. "이거…… 혹시 아까 발견하고도 나한테 말 안 한 거니?" 나중에 동거인의 회상에 따르면 그 순간 내 동공이 좌우로 심하게 흔들렸다고 한다.

동거인은 별말 없이 조용히 키친타올에 물을 묻혀 와서 난로의 그을음을 닦아내기 시작했다. 내가 하겠다고 나서봤지만 나는 파괴지왕보다 한 단계 더 나쁜 사람, 거짓말을 해서 신뢰를 잃기까지 한 파괴지왕이 되어 있었다. 이러지도 저러지도 못 하고 동거인이 난로와 씨름하는 동안 옆에서 마음으로 벌을 서며 조용히 앉아 있는 수밖에 할 수 있는 게 없었다. 한참을 애쓰던 동거인은 그을음을 완전히 제거하지 못한 채 베이킹소다와 식초를 가져와서 그 자리를 적셔두고는 욕실로 들어갔다. 치카치카, 규칙적으로 반복되는 양치질 소리가 안절부절못하는 나에게는 어쩐지 분노에 찬 것처럼 들렸다. 그래도 마땅하지. 욕실에서 나온 동거인은 아까 적셔놓은 자리로 돌아가 다시 난로를 문지르기 시작했다. 이번에는 그 소리가 또 귓전을 사포로 문지르는 양 까슬하게 울려퍼졌다. 그래도 할 수 없지. 순간이 그렇게 길게 느껴질 수가 없었다.

주방에서 뭔가 태웠다면 여러분, 베이킹소다와 식초의 조합을 꼭 기억하기 바란다. 이 화학작용의 도움으로 고구마 탄 자국은 깨끗하게 지워졌고 나는 깨끗이 용서받았다. 또 생활의 지혜를 하나 배우기까지 했다. 나의 동거인은 깔끔한 청소왕인데다 마음이 넓기도 하다. 벌칙으로 걸레 한 번 빨기, 혼자 있을 때 앞으로 난로에 음식을 구워 먹는 일을 금지당하는 정도로 고구마 사건은 일단락되었다. 다행스럽고 홀가분한 마음 한편으로 나는 평행우주에서 혼자 살아가는 나를 상상해본다. 그곳에는 깔끔한 동거인이 없고, 조금 쓸쓸하게 혼자 고구마를 구워 먹는 파괴지왕이 있으며, 고구마를 구워 먹다 흘린 자국이 눌어붙은 채로 점점 더께가 쌓여가다가 제명을 다하지 못하고 버려지는 난로가 있을 것이다. 아, 그 평행우주의 겨울 풍경은 너저분하고 스산하다.

같이 살길 잘했다

HANA 혼자 살 적에는, 자려고 누워 있을 때
간혹 가구의 목재가 벌어지면서 나는 딱 소리나 현관에서 누군가
의 발걸음 소리가 들리면 잠이 확 달아나곤 했다. 모든 문과 창문
은 다 잘 잠갔는지, 고양이들은 잘 있는지 재차 확인하고 다시 잠
을 청하려 해봤자 이미 리듬은 깨어진 후다. 다음날을 위해 자려고
노력하면 할수록 머릿속엔 잠생각과 불안만 더해갈 뿐이었다. 내
가 벌인 크고 작은 실수를 떠올리며 이불킥을 하거나 내일 할 일
이 잘못되면 어떡하나 지레 겁을 먹기도 하고 아까 청소하다 빠뜨
린 부분을 떠올리며 자책도 했다. 잠은 점점 달아나고 그런 생각은
꼬리를 물며 점층법으로 전개를 이어갔다. 지금 사귀는 사람과 언
제까지 함께할 수 있을까, 나는 몇 살까지 일을 할 수 있을까, 내가
아프면 고양이들은 어떡하나…… 언젠가 읽은 뇌과학 서적에 따
르면 이런 부정적인 생각들은 두뇌 속 폐쇄회로 같은 곳으로 유입
되어 사라지지 않고 쳇바퀴 돌듯 이어진다고 한다. 게다가 더 많은

부정적인 생각들을 쳇바퀴로 끌어들인다고 했다. 그런 밤이면 새벽까지 잠들지 못했고 다음날은 종일 뻑뻑한 눈으로 피곤을 달고 지냈다. 나는 친구들에게 "건넌방에 '잠만 잘 분'이라도 있었으면 좋겠다"고 토로하기도 했다. 집안에 나 혼자만 있고, 집의 안위가 전적으로 나만의 책임이라는 사실은 불안과 피로를 가중시켰다. 마치 사시사철 어디엔가 보일러가 돌아가고 있는 것처럼, 혼자 살면 불필요하게 계속해서 에너지를 소모하게 되는 부분이 있었다.

　누군가와 같이 살게 되면서 가장 좋은 점 중 하나는, 타인이 강력한 주의 환기 요인이라는 사실이다. 지나치게 골똘해지거나 불안에 잠식당할 확률이 현저하게 줄어든다. 과일 깎아 먹으며 나누는 몇 마디 얘기로도 어떤 울적함이나 불안은 나도 모르게 털어버릴 수 있고, 함께 살면 그 현상이 수시로 일어나 부정적 감정에 사로잡힐 겨를이 없어지기도 한다. 집안 어디엔가 누군가 있다는 사실만으로도 얻게 되는 마음의 평화 같은 것도 있다. 아니, 꼭 집안에 있을 필요도 없다. 누군가 집으로 항상 돌아온다는 사실만으로도 그렇다. 처음에도 밝혔지만 나는 오랫동안 혼자 사는 것을 정말 좋아했고 종일 TV 한번 켜지 않고도 혼자 있는 시간을 잘 보내는 편이었는데도 말이다. 마치 혼자 여행 다니다가 누군가와 함께하게 되면 마음이 놓이면서 그제야 이전에 얼마나 긴장한 채, 신경을 잔뜩 곤두세우고 다녔는지를 깨닫게 되는 것과도 비슷했다. 동거를 시작하자 놀랍게도 나의 불면은 씻은듯이 사라졌다. 너무 잠이 늘어서 걱정일 정도였는데, 그것은 동거인도 마찬가지였다.

그런데 주의 환기가 되는 것까지는 좋지만 나의 동거인은 나의 주의를 모조리 앗아가버릴 때가 잦다. 황선우는 손닿는 것마다 망가뜨리거나 더럽히거나 고장내는, 그 이름도 두려운 파괴지왕이기 때문이다. 집안에서 이리 쿵 부딪히고 저리 쿵 뭘 쏟으며 돌아다니는 황선우는 꼭 아직 덜 자란 골든 리트리버 같다. 덩치 크고 해맑고 단순한 남자친구를 가리키는 '대형견 남자친구'라는 표현이 있는데, 나는 '대형견 여자친구'와 함께 사는 것 같다. 물건을 망가뜨리는 건 그러려니 하는데 이 대형견은 스스로를 다치게 하기도 해서 마음이 아프다. 한번은 동거인이 베란다에 있는 고양이 화장실을 치우고 일어나다 낮게 달린 수도꼭지에 허리를 픽 부딪히고 데굴데굴 구른 적이 있다. 그래서 나는 테니스공에 칼집을 내고 수도꼭지에 끼워 안전장치를 마련했다. 그리고 황선우가 부딪힐 수 있는 이곳저곳의 날카로운 모서리를 테니스공을 이용해 안전하게 마감했는데, 우리집에선 이 작업을 가리켜 '윌스닝'이라고 부른다. 작업의 재료가 윌슨 테니스공이기 때문이다.

그런데 윌스닝을 해둘 수 없는 집밖에서도 파괴지왕의 셀프 파괴 사고가 일어나곤 한다. 함께 제주 여행을 갔을 때 하프 마라톤 출전 연습을 한다며 아침 일찍 올레길을 뛰러 나간 황선우가

윌스닝

황선우는 꼭 아직 덜 자란 골든 리트리버 같다.

나는 '대형견 여자친구'와 함께 사는 것 같다.

너무 오래 돌아오지 않아 불안해졌을 무렵, 숙소 문을 두드리는 소리가 났다. 문을 열려고 했더니 문틈이 10cm 정도만 열리도록 막아서며 황선우는 놀라지 말라고 경고했다. 문을 열어보니 몸의 반이 흙투성이에 피범벅이 되어 있었다. 순간 너무 놀라 눈물이 주르륵 흘렀다. 빗물이 덜 마른 흙자갈길로 접어들면서 미끄러져 넘어지는 바람에 무릎이 움푹 파이고 이곳저곳이 쓸린 거였다. 그날부터 우린 아침마다 절뚝이며 서귀포의 동네병원에 들러 드레싱을 하는 것으로 일과를 시작해야 했다. 이후로 그런 일은 거의 없을 줄 알았다. 우린 뛰어다니다 넘어지곤 하는 아이들이 아니니까. 그러나 웬걸, 황선우는 자전거를 타다 넘어져 무릎을 깨고, 회사 화장실 문에 발목을 다쳐 열한 바늘을 꿰매는 등 잊을 만하면 또 나의 모든 주의를 앗아갔으며, 그때마다 나는 놀라서 울었다. 성인이되어서까지 넘어지고 부딪혀서 다치는 사람이 있을 줄은, 또 친구가 다쳤다고 울게 될 줄은 몰랐다.

그렇게 다치는 것만 빼면, 황선우는 내 삶의 가장 바람직한 주의 환기 요인이 되었다. 나는 언제나 몸을 움직이는 사람들이 좋았다. 그 활기와, 상기된 얼굴로 내비치는 건강한 에너지가. 집안이곳저곳에 쿵쿵 부딪치며 스트레칭이나 근육운동을 하고, 레깅스를 입고 뛰러 나가고, 집 앞 체육센터에서 발레, 체력 단련, 요가 등을 배우는 리트리버 아니 사람이 있다는 건 옆 사람에게도 그 활기를 전염시킨다. 같이 살면 좋겠다 싶었던 이유 중에는 늘 몸을 움직이고 있는 황선우의 건강한 에너지장 안에서 영향을 받고 싶었던 것도 있다.

15년 넘게 서촌과 삼청동 등 사대문 안에서만 살던 내게 활력 넘치는 동거인과 쭉 뻗은 한강 변이라는 새로운 환경이 조성되자, 내게도 변화가 이어졌다. 늘 책이나 끼고 살고 천천히 골목길 걷는 것만 좋아하던 내가 수영을 배우고 자전거를 본격적으로 타기 시작한 것이다. 모종의 사건으로 수영을 중단하기 전까지 나는 접영을 하는 상급반까지 진출했고 자전거는 한강변을 따라 30~50km를 가뿐하게 달릴 정도가 되었다. 역시, 사람의 변화는 의지만으로 되는 게 아니다! 누구와 함께 사느냐, 또 어디에 사느냐는 사람의 인생에 중요한 변수다.

그런데 여기서 잠깐, 언젠가 내가 자전거를 타던 날의 이야기. 동거인에게서 전화가 와 자전거를 잠시 세우고 받았다.

"자전거 타는구나? 어디쯤이야?"

이미 깜깜해진 터라 나는 여기가 어디지 싶어 주위를 둘러보다 저쪽 강 건너편에 '중앙대학교병원'이라는 네온사인을 발견하고 대답했다.

"응, 우리 비만 핀정 빚은 곳 근처야……"

활기차게 움직이고는 있으나, 그만큼 활기차게 먹기도 해서 동거 이후 첫 건강검진 결과 우린 나란히 비만 판정을 받고 말았던 것이다⋯⋯ 그만큼 우리는 잘 먹고, 잘 움직이고, 잘 자고 있다. 물론 조금 덜 먹고 더 많이 움직여야 할 것 같긴 하지만.

동거인은 체력이 좋은데다 천성적으로 성실하기까지 하다. 그리고 마흔이 넘으면 체력과 성실성은 직결된다. 아무리 성실하고 싶어도 체력이 뒷받침되지 않으면 그럴 수가 없다. 함께 술을 마신 다음날 내가 느지막이 일어나 해장하고 다시 침대로 기어들어가 골골댈 때도 동거인은 일찌감치 출근하고 없거나 휴일인 경우 먼저 쌩쌩해져서 집안일을 하고 심지어 러닝을 하러 나가기도 한다. 그래서 나는 좋은 의미로 눈치가 보인다. 이불 밖으로 나가기도 무서운 추운 아침에도 동거인에게 의지박약으로 보이고 싶지 않아 수영장으로 나섰다. 써야 할 원고를 모른 척한 채 종일 뒹굴대고 싶은 날에도 동거인 보기가 부끄러워 노트북을 켰다. 집안에 존경할 만한 사람이 사는 건 잔소리쟁이가 사는 것보다 천배는 동기 부여가 된다. 그렇게 동거인 눈치가 보여 꾸역꾸역 뭔가를 하더라도 결과는 모두 내 것으로 쌓인다. 더 나아진 체력, 더 많은 성과가 나에게 더 큰 뿌듯함과 동력이 되어 돌아오는 것이다. 나는 종종 나에게 본보기가 되는 동거인의 존재 자체가 고맙다.

동거인은 20년 동안 잡지계에서 일했고 그중 13년을 한 매체에 몸담았다. 창간호부터 13년을 꼬박꼬박 매달 한 권씩 책을 만들며 출중한 퀄리티의 기사를 쓰고 인터뷰를 뽑고 화보 또는 영상 촬영을 진행하며 꼼수 부리지 않고 진정으로 성실히 일했다. 내가 한 달 한 달 바로 곁에서 지켜보았으므로 이를 증언할 수 있다. 황선우가 〈W Korea〉의 디렉터 직책을 그만두고 두 달을 쉰 후(그 두 달 동안 함께 하와이와 후아힌에 가서 물놀이를 실컷 했다) 새 회사로 출근하는 첫날, 나는 자청해서 회사 앞까지 태워다주었다. 새로운 곳으로 걸어들어가는 뒷모습을 보며 나는 온 마음을 다해 박수를 보내고 싶었다. 성실하고 활기차고 믿음직한, 나의 대형견 동거인에게.

망원동 생활과 자전거

 SUNWOO   "달리다보니까 멈출 수가 없었어!"

한동안 내가 퇴근해서 집에 오면, 동거인은 오늘 자전거를 타고 얼마나 멀리까지 다녀왔는지 들뜬 얼굴로 보고하곤 했다. 그 거리는 성산대교 옆 망원동인 우리집에서 출발해 동작대교, 성수대교, 청담대교까지 점점 멀어졌다. 햇살이 너무 좋아서, 뺨에 와 닿는 바람의 온도가 딱 상쾌해서, 머리 위로 펼쳐진 구름의 무늬가 아름다워서, 프로젝트 하나 끝낸 기쁨에 겨워서, '하와이 딜리버리' 리스트의 음악이 마침 기가 막혀서…… 페달질을 도저히 멈출 수 없었다는 이유도 날마다 다양했다. "서울을 이용하는 법을 웬만큼 안다고 생각했는데 이제야 또 추가되는 게 있었어." 잠수교 중간의 언덕을 넘어서 양쪽으로 강물을 두고 좌아아 내려갈 때, 한강 한복판에 멈춰 서서 서쪽을 향해 노을을 볼 때 기분이 얼마나 근사한지 얘기하면서 동거인의 눈은 반짝거렸다. 웨이트트레이닝이나 러닝처럼 내가 생존을 위해 놓지 않는 '운동을 위한 운동'은 단조롭게 여기는 김하나지만, 자전거 타기에서는 이미 자기만의 기록을 계속해서 경신하며 나아가는 선수였다. 도구 탓을 하지 않는 장인처럼, 10년도 더 된 낡은 자전거는 아무 문제가 되지 않았다.

처음 이사오기로 하고 망원동과 낯을 익히는 시간을 가질 때, 이 동네에 개성을 부여하는 특징은 베이징이나 암스테르담에서나 본 것 같던 자전거의 흐름이었다. 이전에 내가 살던 상수동과 비교하면 망원동은 아주 면적이 넓고 대부분 언덕 없이 평지라 자전거를 타고 다니기에 좋은 환경이다. 게다가 동네 중심에 시장이 있어서, 아주머니나 할머니들도 바퀴가 투박하게 생긴 자전거를 유유자적 몰고 장을 봐 집으로 돌아가는 풍경이 흔하다. 어딘가 좀 찌그러진 앞바구니에 대파가 삐죽 나와 있거나 감자 덩이들을 잔뜩 실은 채로 느릿느릿 움직이는 낡은 자전거들은 망원동이 오래 살기에 괜찮은 동네라는 인상을 주었다. 나중에 이사를 오고 나서 보니, 세탁소 아저씨도 비닐에 싸인 외투며 셔츠들을 산처럼 어깨에 짊어지고서 곡예하듯 경쾌하게 한 팔로 자전거를 몰며 배달을 다녔다. 여긴 망원동이니까.

그러니 망원동에서 같이 산 지 1년이 되었을 때 맞은 김하나의 생일선물로 새 자전거보다 더 적절한 건 없었다. 원하는 브랜드를 정한 다음 그 상점으로 둘이 같이 택시를 타고 가서 모델을 고르고 내가 결제를 마쳤다. 윤이 반지르르 흐르는 까만색 티티카카를 손에 넣은 김하나는 어찌나 신이 났던지, 한 점의 망설임도 없이 나를 그 자리에 세워둔 채 쌩하고 바람을 일으키며 지하철역 네 개만큼 떨어진 집까지 곧장 그걸 타고 혼자 돌아갔다(김하나의 생일은 12월이고, 그해 겨울 한파는 정말 굉장했다).

같이 신나게 바람을 가르고 다니면 좋았겠지만, 내 경우엔 사실 자전거에 대해 약간의 두려움을 갖고 있는 상태였다. 김하나의 이전 자전거와 마찬가지로 10년쯤 된 내 미니벨로는 바퀴가 너무 작아 안정감이 없었고, 핸들을 조금만 꺾어도 지나치게 흔들렸다. 갑자기 골목에서 자동차가 튀어나오거나 동네 꼬마들이 뛰어서 내게로 돌진할 때 부드럽게 피하기보다 덜컥 멈춰 서야 했다. 게다가 그걸 타고 해장국을 먹으러 가다가 한 번 대차게 고꾸라져 무릎을 깨먹은 이후로는 더 조심스러워졌다. 그러니 다른 의미에서 그 다음해 봄 내 생일선물로 역시 새 자전거만큼 자연스러운 건 없었을 거다. 그리고 이상스럽게 몇 달을 미룬 끝에 제발 선물 좀 받으라는 동거인의 재촉에 이끌려, 지하철역 네 개만큼 떨어진 바로 그 자전거 가게에 가서 비슷한 모델의 티티카카를 골랐다. 쌩하니 타고 돌아올 자신이 없었기 때문에 접힌 채로 차에 신고서.

새 자전거가 생긴 그해 가을, 나는 늘 내가 '솔직히 좀 별나고 유난스럽지 않나' 생각해온 부류의 사람이 되어 있었다. 바로 자전

우리는 반년 차이가 나는
서로의 생일에 자전거를 선물했다.

자전거 출근을 위해 헬멧을 쓰고
집을 나서는 바깥양반.

거 출퇴근자 말이다. 알고 보니 자전거는 우리집에서 회사까지 가장 빠른 이동 수단이었다. 마을버스를 타면 30분이 걸리고, 너무 가까워서 출근 시간엔 콜택시도 잡히지 않는 거리인데 자전거는 15분 만에 나를 회사에다 데려다놓았다. 게다가 나는 장인도 뭣도 아닌 초심자였기 때문에 실컷 도구 탓을 할 수 있었다. 성능 좋은 새 자전거로 바꾸고 나니 라이딩에 대한 두려움이 없어졌다. 장애물이 나타나도 속도를 조절해 수월하게 피해 갈 수 있었고, 약간의 언덕길도 7단 변속기어와 함께라면 가뿐하기만 했다. 오르막에서 폭발적인 힘을 뿜어내는 내 튼튼한 허벅지가 더 사랑스러워졌다. 아니 왜 이 좋은 걸 그동안 안 했을까. 마치 누울 수 있는 침대가 있는데 앉아서만 생활해온 사람 같았다.

운전을 할 때, 마을버스를 탈 때, 세상은 제각기 다른 속도와 프레임으로 시야에 들어온다. 그 가운데도 새 자전거가 주는 감각은 돌비 애트모스 같은 선명함과 생생함이다. 출근길을 비추는 아침햇살이 그렇게 따사로울 수가 없고, 신호 대기에 멈춰서 맞는 가을바람은 더없이 청량했다. 다음날 아침 자전거를 탄다는 생각을 하면 출근이 기다려질 정도였다. 나는 깨달았다. 아, 이래서 멈출 수가 없었던 거구나. 청담대교까지 막 40km를 달리게 되고 마는 거구나. 자전거보다 값비싼 선물은 얼마든지 많겠지만 이보다 더 이야깃거리가 풍성한 선물은 없을 것이다. 우리는 한강을, 동네 골

한강 가까이 살아서 달리러 나가기도, 자전거를 타기도 좋다.

목들을, 좋은 날씨를, 단단한 허벅지를, 즐거운 출근을, 약간 별나
고 유난스러운 서로를 이해하는 마음을 주고 또 받았다.

우리가 헤어진다면

 김하나와 크게 싸우고 나서 미처 화해하기 전, 분이 풀리지 않으면 내가 몰래 하는 짓이 있다. 부동산 앱에 들어가서 매물들을 살펴보는 것이다. "나 혼자서도 잘살았다구. 정 힘들면 갈라서지 뭐!" 씩씩대며 지금 사는 집보다 더 작은, 혼자 살기에 적당해 보이는 20평대 이하의 아파트들을 훑는다. 언젠가는 그런 날이 올 수도 있다. 정말로 크게 싸워서거나, 누군가 결혼을 하게 되거나, 서로의 인생행로가 달라지는 일이 생겨서 따로 살게 되는 날. 그럴 때를 위해 잘 헤어지기 위한 원칙 같은 걸 세워두면 좋을 것 같다. 언젠가 닥칠 죽음에 대비해 주변을 정리하는 유언장을 미리 써두면 좋겠다는 생각처럼, 아직은 생각으로만 간직하고 있지만.

함께 살기 시작하면서 겹치는 것들을 정리하고 하나씩만 남긴 물건들은 원래 속했던 사람에게 돌아가면 될 테다. 목수였던 황영주가 만든 책장은 김하나에게로, 하얀 프레임이 더 예뻐서 내 것만 남겼던 TV와 이사를 축하하며 우리 엄마가 사준 냉장고는 나에게로, 김하나의 어머니가 사주신 공기청정기는 다시 그쪽으로. 예산을 함께 부담해서 장만한 가구며 같이 선물 받은 물건들의 행로는 조금 더 고민스러워진다. 거실의 테이블과 안락의자 세트, 같이 고른 조명이나 떡갈고무나무 같은 것들에는 공통의 취향과 함께 우리의 생활에서 보태진 에피소드와 이야기가 깃들어 있다. 아마도 그 물건을 더 사랑하고 더 아끼는 사람이 하나씩 나눠 가져야 하지 않을까 생각하면서도, 이야기들이 별안간 결말을 맞는 광경을 상상해보면 부도난 집에 차압 딱지 붙은 모습의 클리셰만큼이나 쓸쓸하다.

"먼저 일방적으로 깨는 사람이 있을 거 아냐. 서로 참다가 못 견디겠다거나, 운명적인 사랑에 빠졌다거나. 그렇게 먼저 나가겠다고 주장하는 그 사람은 집기에 대한 권리는 깨끗이 포기해야지!"

이 글을 쓰면서 의견을 물어봤더니 김하나는 명쾌하게 말했다. 본인은 절대로 먼저 깨는 쪽이 아닐 거라고 확신하는 모양이다. 물건에 대한 집착이 나보다 훨씬 덜한 사람이라 그럴 수도 있다. 어쨌거나 우리 둘 다 이 집에서 누군가는 떠나고 누군가는 남아 하우스메이트를 새로 구하는 식으로 생활을 이어나갈 마음은 없는 게 분명하다. 구입할 때 그랬던 것처럼, 집을 처분해서 금액을 절반으로 나눠 가지고 각자 살 집을 찾을 것이다.

물건이야 어떻게 되건, 어디에든 써넣어야 마땅할 가장 중요한 한 가지 원칙에 대해서는 공감하고 있다. 서로 언제든 고양이들을 볼 수 있는 거리에 살아야 한다는 점이다. 이것은 사람을 위한 원칙이기도, 고양이들을 위한 원칙이기도 하다. 몇 년을 가족으로 지내면서 고양이들과 사람 사이의 관계도 깊어져서 김하나의 고양이였던 하쿠와 티거, 내 고양이였던 고로와 영배는 이제 각자에게도 더없이 소중한 존재다. 사람의 사정으로 인해 서로를 못 보게 된다면 인간에게도 큰 슬픔이지만, 설명도 들을 수 없는 고양이들에게는 매우 의아한 일이 될 거다. 여행이나 출장으로 자리를 비우게 될 때 서로의 주변에서 고양이들을 돌봐줄 친구들이 있긴 하지만 몇 년의 역사를 곁에서 지켜본 우리 둘만큼 최적의 대리 집사는 없다. 이 고양이가 방광수술을 받았다는 걸, 그래서 욕조에 들어가 앉으면 목이 마르다는 뜻이니 넉넉히 마실 수 있도록 물을 틀어줘야 한다는 걸, 사료를 많이 주면 급하게 먹고 토한다는 걸, 엉거주춤한 자세로 걸을 때는 변을 잘 못 봐 불편하다는 걸 서로만큼 잘 알고 돌봐줄 수 있는 사람들은 없다.

새로운 동네의 아파트 가격을 살피다보면 부동산 시세는 언제나 비싸고, 이사의 과정이 얼마나 귀찮은지도 생각나고, 이것저것 새로 사야 하는 물건들도 떠오르고…… 결국 다 귀찮아져서 역시 김하나랑 다시 잘살아봐야겠다는 마음이 생겨난다. 화해를 하고 나면 더 그렇다. "좋을 때는 아주 좋습니다." 결혼 생활에 대한 하루키의 말처럼, 우리도 좋을 때는 정말 좋다. 별것 아닌 농담에 웃고, 서로의 취향을 넓히는 음악을 번갈아 틀어놓은 채 바보 같은 춤도 같이 추고, 기운 빠지는 하루의 끝에 나를 다독여 여전히 괜찮은 사람이라고 확인해주는 누군가를 또 만날 수 있을까 모르겠다. 사람의 인생에 그런 행운이 여러 번 찾아오기도 할까? 아니 누구를 만나더라도 다시 이렇게 서로에게 맞추고 싸우고 짐을 합치고 버리고 못 버려서 싸우고…… 조율하며 살아나갈 일을 생각해보면 역시 엄두가 안 난다. 무엇보다 고양이들이 둘씩 헤어져 하쿠와 티거가 고로와 영배를, 영문도 모른 채 영영 못 보게 된다면 그건 어떻게 설명한단 말인가? 안 될 말이다.

우리에게도 끝이 언젠가 오겠지만, 최대한 미루고 싶다. 나는 우리집 집기들에 대한 지분을 포기할 마음이 없다.

가족과 더 큰 가족

HANA

고양이가 넷이라고 여러 번 이야기했지만, 사실 넷이 다가 아니다. 구루도 있고 모모도 있다. 우리집 두 층 아래 사는 이아리네 고양이들이다. 몇 걸음 떨어진 곳에 사는 일러스트레이터 김호씨네 망고도 있다. 고양이뿐만 아니라 개도 있다. 황영주네 닥훈이, 동네에 사는 한의사 홍예원네 야꼼이. 얼굴과 성격을 아는 반려동물들이 가까운 거리에 있다. 여행 가느라 집을 비우면 가서 고양이 화장실을 치워주고 강아지를 산책시켜줄 네트워크가 된다. 여행을 자주 가는 철군낮별 부부가 집을 장기간 비우면 우리는 그 집에 가서 식물들에게 물을 준다. 우리가 집을 비우면 한 아파트 사는 이아리나 김민철이 우리 고양이들을 돌봐준다. 황영주가 나이든 닥훈이를 데리고 일주일에 한두 번씩 병원에 갈 때 내가 차로 태워다준다. 시바 믹스견 아기인 야꼼이가 동물보호단체 카라를 통해 홍예원 원장네 집에 왔을 때 그 귀여움에 온 동네가 술렁였던 것도 우리의 역사다. 이 모든 사람들은 동네 술집 바르셀로나에서 걸핏하면 마주친다.

　동네 카페 이야기도 빼놓을 수 없다. 내가 망원동에서 가장 좋아하는 두 카페는 스몰커피와 대루커피. 작고 멋진 곳들이다. 스몰커피 사장님이 뜬금없이 김을 주신 적이 있다. 그 김으로 밥을 싸 먹으며 동네가 참 따뜻하고 정겹다고 생각했다. 한번은 합정에 있는 식당에 황선우를 내려주고는 근처에 주차할 곳이 없어 가까운 쇼핑몰에 차를 대고 걸어 나오던 길이었다. 쇼핑몰로 들어가던 분들이 인사를 하길래 봤더니 대루커피 사장님 부부였다. "근처 처음 가는 라자냐 집에 밥 먹으러 왔다가 차 대고 가는 길이에요" "아 거기 맛있어요!"라며 이야기를 좀 주고받은 뒤 헤어졌다. 식당에서 식사를 기다리고 있자니 누가 다가왔다. 대루커피 사장님 부부였다. "작가님 쇼핑몰에서 뭐 굳이 사지 않으셔도 돼요"라며 본인들의 영수증을 주고는 사라지셨다. 주차비를 내지 않아도 되게끔 배려해주신 거였다. 세상에 이렇게 고마울 데가.

　우리집 여섯 식구는 외따로 있는 게 아니다. 망원동에서 엮어가는 호의적이고 느슨한 연결망 속에 W_2C_4라는 하나의 모듈로서 있다. 핏줄이라는 이유만으로 가끔 얼굴을 보는 친척들보다 더 친근하고 반갑다. 그리고 핏줄이라는 이유만으로 끌어주고 챙기는 것보다 더 담백하고 따뜻하다.

　얼마 전 철군이 출근길에, 시부모님이 농사지은 감자와 양파를 많이 보내셨다며 '엘베택배'로 올려줬다. '엘베택배'란 철군네와 우리집 사이에 물건을 주고받는 방식으로, 사람 없이 물건만 엘리베이터에 태워 보내는 시스템이다. 언젠가 늦은 저녁 집에 돌아오다 선물 받은 조각케이크를 철군네에 전해주고 싶었는데 편안한 차림으로 쉬고 있을 사람들을 방해할까봐 "지금 엘리베이터로 올려 보낼게, 꺼내 가!"라며 케이크만 올려 보냈던 게 시초였다. 이후 수시로 과일, 와인, 반찬, 빌려 갔던 책 등이 엘리베이터로 오르내린다. 철군으로부터 지금 올라간다는 문자를 받은 뒤 우리 층에 도착한 엘리베이터 문이 땡! 하고 열리니 감자와 양파가 잔뜩 든 비닐봉지가 놓여 있었다. 김민철의 부탁은 이것을 우리가 좀 갖고 나머지는 술집 바르셀로나에 갖다주라는 것이었다. 김민철과 황영주는 바르셀로나가 생기기 전부터 내가 서로를 소개해 이미 십수 년 차 친구다. 자전거를 타고 감자와 양파를 배달하고 나서 이틀 뒤 황영주로부터 연락이 왔다. 그걸로 카레를 엄청나게 끓였으니 와서 먹으라는 거였다. 김민철의 시부모님이 보내신 감자와 양파는 황영주의 카레라이스가 되어 동네에서 순환하고 있었다.

아파트 친구로는 철군 부부 말고 또다른 부부가 있다. 앞서 말한 이아리, 김한성 부부다. 별명을 따 '아리세옹' 부부라고 부른다. 아리세옹 부부가 동료들과 함께 운영하는 디자인 스튜디오 '바톤'은 나와도 함께 일하는 곳이다. 그들도 예전에 서촌에 살았었기 때

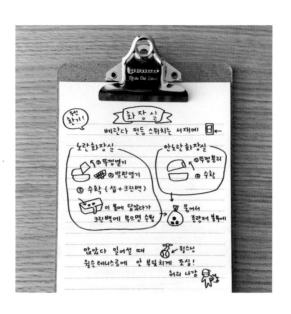

집을 비울 때 이웃들에게 남긴 매뉴얼.
'고양이를 부탁해.'

문에 오가며 친해졌는데, 나와 알기 전부터 이아리는 황선우와 친구였다. 그래픽디자이너 이아리는 내가 퇴사한 후 TBWA 코리아에서 인턴을 했던 적이 있어 김민철과도 아는 사이였다. 이아리 또한 철군네 아파트를 보고 맘에 들어 이사온 케이스. 한 동짜리 아파트에 세 가구가 친구들인 셈이다. 아리세옹 부부와는 '엘베택배'를 이용할 필요도 없다. 같은 라인인데다 층도 두 층밖에 차이가 안 나기 때문이다. 그래서 그들과는 '문고리택배' 시스템을 사용한다. "문에 걸어뒀어"라고 문자를 보내는 식이다. 아리세옹에게는 고양이도 두 마리가 있으므로 여행 시 고양이들을 부탁할 때 마음이 든든하고, 집이 가까우니 부담이 덜하다.

아리세옹 부부의 사무실은 바르셀로나가 있는 건물에 있다 (직원이 늘어서 곧 옮길 예정이라고 한다). 어쩌다 이렇게 되었냐면 그 건물주가 나의 선배이고 우리 모두는 술친구라서 서로 알기 때문이다. 술친구들은 내 친구 네 친구를 딱히 구분하지 않는다. 황영주의 카레라이스를 먹으러 바르셀로나에 갔을 때도 아리세옹 부부가 일행과 함께 술자리를 갖고 있었다.

지난 토요일, 낮별님이 출장을 갔다길래 나와 동거인은 철군에게 저녁 혼자 먹지 말고 우리와 함께 먹자며 꼬셨다. 셋이서 동네를 휘적휘적 걸어가서 만두전골을 먹은 뒤 바르셀로나로 갔다. 그날 내게 기분좋은 일이 있어 와인을 쏘고 싶었기 때문이다. 결국

'더 큰 가족.' 기쁨은 나누면 배가된다.
이 책이 나오면 우리는 또 파티를 할 것이다.

너도나도 돌아가며 와인을 사는 바람에 늘 그렇듯 자리가 길어졌다. 밤이 깊어지자 일을 마친 아리세옹 부부가 슥 나타났다. 우리는 자연스럽게 합석해서 술을 마셨다. 새벽 1시쯤 술자리가 파한 뒤 황영주 사장에게 인사를 하고 한 아파트에 사는 우리 다섯은 걸어서 20~30분쯤 걸리는 집을 향해 걷기 시작했다. 참으로 날씨 좋은 가을밤이었고, 술이 알딸딸하게 취한 채 친구들과 함께 걸어가니 기분이 무척 좋았다. 택시 태워 보내지 않고 정말로 집 앞에서 헤어지는 사이라니, 한 마을에 사는 옛날 사람들처럼 정다웠다. 시골에서 올라온 감자와 양파는 카레가 되어 동네에서 나눠 먹고, 한 주의 일을 끝낸 동네 사람들은 자연스레 만나 서로의 등을 두드려준다. 서로의 고양이와 강아지를 돌보고 작은 것들을 챙겨준다. 인생의 좋은 시절을 함께 보내고 있는 것 같다. 나는 지금 김민철의 시부모님이 보내주신 고소한 땅콩을 까먹으며 이 글을 쓰고 있다.

지금 곁에 있는 사람이 내 가족입니다

 SUNWOO 겨울에 접어들 무렵, 회사 관리부서에서 전체 메일을 받았다. 의료비 지원 혜택이 있으니 11월 안에 독감 예방주사를 맞으라는 내용이었다. 독감에 걸려 아프게 되면 앓는 동안 생산성이 떨어질 뿐 아니라 다른 직원들에게까지 전염될 수 있으므로 예방하자는 차원이다. 우리 회사의 경우 인플루엔자 예방접종비를 직원 본인 외에 한집에 사는 가족들에게도 지원하는데, 함께 생활하며 접촉으로 옮을 수 있는 질환인 만큼 가족들에게도 접종을 독려하는 건 합리적인 배려다. 회사에서 지정한 근처의 내과에서 주사를 맞고 얼얼한 팔뚝으로 돌아오면서 나는 동거인에게도 이 예방접종을 해줄 수 있으면 좋겠다는, 그리고 그러는 게 옳겠다는 생각을 했다. 주민등록에 올라 있지는 않지만 나와 함께 살고 있는 실질적인 가족이니 말이다.

애인과 같이 사는 친구가 있다. 두 사람 다 결혼은 원하지 않지만 개 한 마리를 함께 돌보며 몇 년째 경제 공동체로 살아간다.

어느 새벽 애인이 심한 통증으로 응급실에 갔다가 그대로 입원해서 수술을 받아야 했을 때 친구는 보호자로 따라가 며칠 간병을 했다. 하지만 환자와의 관계를 묻는 서류에는 가족관계를 표시하는 항목뿐이었기 때문에 '지인'이라고 쓸 수밖에 없었다고 한다. 집으로 오는 등기우편물을 받을 때도 마찬가지로 호명할 수 없는 대상이 되는 친구는 사소한 일상에서 애매한 정체성에 놓인다고 한다.

이처럼 서류에서 분류되지 않는 관계가 분명 현실에 존재한다. 만일 내가 지금 어딘가 갑자기 아프거나 수술을 받아야 한다면 부산에 사는 연로한 어머니를 불러오기보다는 바로 곁의 동거인에게 보호자 역할을 맡길 것이며 나 역시 간병인 역할을 할 준비가 되어 있다. 병원에서 서류를 작성할 때 그냥 '친구'보다 서로 더 책임과 의무를 지는 관계를 설명할 수 있는 단어가 생겨난다면 우리와 친구의 경우를 다 포괄할 수 있을 것이다. 이를테면 '생활동반자' 같은 건 어떨까.

지정한 동반자에 대해 소득세 공제, 건강보험 피부양자 등록, 의료기록 열람권 등을 허용하는 생활동반자법이 이런 필요에서 논의되는 중이다. 결혼하지 않고 같이 사는 파트너들이 세금과 복지의 혜택을 받을 수 있도록 이미 프랑스에서 시행하고 있는 '시민 결합' 같은 제도다. 직장인들은 연말정산 때 1년에 10만 원까지

정치 후원금을 돌려받는데, 나는 나의 이익을 대변해서 일하고 있는 여성 정치인을 한 사람 정해서 10만 원씩을 후원하는 걸 매년 나만의 의식처럼 지켜오고 있다. 그리고 몇 해 전에는 생활동반자 등록법 발의를 추진하는 더불어민주당 진선미 의원에게 후원금을 보냈다. 생활동반자법이 기존의 가족관계를 부정하거나 흔드는 것이 아닌가 하는 질문에 진선미 의원은 이렇게 답했다. "기존 가족관계를 위협하는 건 특정한 제도가 아니라 가족 구성원이 서로 돌보며 살 수 없도록 하는 팍팍한 현실입니다. 생활동반자법은 사람들이 서로 돌보고 가족을 이루어 살도록 장려하는 가족 장려 법안입니다."

1인 가구는 점점 늘어나고 있고, 앞으로 더욱 그렇게 될 것이다. 사람들이 실제로 사는 모습은 법이나 제도, 관념보다 빠르게 변한다. 직장 한 군데를 정년까지 다니며 하나의 직업을 평생 고수하던 고용과 노동의 패러다임이 허물어진 것처럼, 아마 혼인이나 혈연으로 연결된 전통적인 가족의 형식에 들어맞지 않는 가구의 모습들이 늘어날 거다. 게다가 기대수명은 100세를 내다볼 정도로 점점 길어진다. 결혼을 하지 않고 함께 사는 커플뿐 아니라 결혼했다가 이혼이나 사별로 혼자 된 중년, 노인의 경우도 많아질 테고 나와 동거인처럼 동성 친구끼리 의지하며 살아갈 수도 있다. 그렇다면 복지 정책은 어떤 방향으로 나아가야 할까? 좀더 느슨한 형태로 모여 사는 파트너, 마음 맞는 누군가와 같이 생활하는 경우도 서로 보호자의 역할을 충분히 할 수 있도록 포용하는 쪽이 되어주면 좋겠다.

평생을 약속하며 결혼이라는 단단한 구속으로 서로를 묶는 결정을 내리는 건 물론 아름다운 일이다. 하지만 그러지 않더라도 한 사람의 생애주기에서 어떤 시절에 서로를 보살피며 의지가 될 수 있다면 그것 또한 충분히 따뜻한 일 아닌가. 개인이 서로에게 기꺼이 그런 복지가 되려 한다면, 법과 제도가 거들어주어야 마땅하다. 이전과는 다른 모습의 다채로운 가족들이 더 튼튼하고 건강해질 때, 그 집합체인 사회에도 행복의 총합이 늘어날 것이다.

그후 5년, 우리에게 무슨 일이 있었나

HANA　『여자 둘이 살고 있습니다』는 2019년 출간되자마자 화제가 되며 좋은 반응을 얻었다. 마치 한국 사회가 이런 책이 나오기를 기다리고 있기라도 했던 것처럼. 아니, 한국 사회를 넘어 나중에는 일본, 대만, 중국 본토에도 번역 출간되었다. 황선우와 나는 여러 일간지와 인터뷰를 했고 잡지 화보를 촬영했으며 일본 〈SPUR〉 매거진에 우리에게서 영감받은 패션 화보가 실리는 일도 있었다. 인세를 비롯해 책에 관한 활동을 통해 번 수익으로 출간 이듬해 주택담보대출금을 모두 갚았다. 쫄보 황선우는 비로소 보령머드축제 메인컬러 같은 흙빛 안색을 벗고 태양의 여인답게 환한 웃음을 되찾았다.

　책이 출간된 해에 전국 각지의 도서관이며 서점에서 초대를 받아 둘이 함께 북토크와 여행을 겸해 많이도 돌아다녔다. 북토크에 오신 분들의 면면은 다양했는데, 하나같이 우리에게 "행복하세요!" "분자 가족 파이팅!"을 외치며 덕담을 해주셔서 힘이 났다. 무슨 신혼부부라 한들 이렇게 전국을 다니며 가족의 행복을 응원받게 될 일이 있을까. 무인양품, 29CM, 하얏트호텔 등 예상치 못한 곳에서도 북토크를 했는데, 한번은 서울중앙지방법원 판사님들의 초대를 받았던 적도 있다. 판사님들은 우리의 삶에 대한 이야기를 경청해주었고, 끝난 다음의 다과 시간에 어느 분이 목소리를 살짝 낮추어 '사람 일은 모르는 거니까…… 만에 하나 둘이 헤어져서 재산을 나눌 경우 자필로 써둔 문건은 효력을 갖는다'며 친절하게 법률적인 조언까지 해주었다. 책을 내고 난 뒤에도 우리는 몇 번 정도 크게 싸웠지만 다행히 그 법률적 조언을 적용할 정도는 아니었다. 우리가 이 책을 쓰지 않았다면 죄를 짓거나 골치 아픈 일에 연루되지 않고서야 평생 서울중앙지방법원 안에 들어갈 일이 있었을까. 한마디로 『여자 둘이 살고 있습니다』는 우리에게 생각지도 못했던 가능성을 다방면으로 열어준 중요한 분기점이었다.

이후로 황선우는 회사를 그만두고 프리랜서가 되어 인터뷰집 『멋있으면 다 언니』, 일에 대한 생각을 담은 에세이 『사랑한다고 말할 용기』, 김혼비 작가와 주고받은 편지를 묶은 『최선을 다하면 죽는다』를 냈다. 나는 말하기에 대한 에세이 『말하기를 말하기』와 엄마인 이옥선씨와 함께 펴낸 『빅토리 노트』, 고전 읽기에 대한 책 『금빛 종소리』를 냈다. 한번은 황선우와 내게 특별한 출간 제안이 왔다. 호주 퀸즐랜드 주 관광청의 초대로 곳곳을 여행한 후 그에 대한 여행기를 공동 저자로 써보지 않겠느냐는 것이었다. 우리 둘 다 호주는 가본 적이 없었던데다 좋은 제안이라 흔쾌히 응했고, 여행은 무척 즐거웠다. 그 원고는 출간을 목전에 두고 예상치 못한 코로나 팬데믹이 닥치면서 하염없이 미루어졌다가 2022년 5월이 되어서야 『퀸즐랜드 자매로드: 여자 둘이 여행하고 있습니다』라는 제목으로 나왔다.

  그렇다, 우리는 코로나 팬데믹 기간을 함께 겪었다. 모든 외부 활동 계획이 취소되고 집안에 고립된 채 암울한 뉴스들 속에서 부대끼며 지내야 했다. 그 와중에 겨우 열두 살이던 둘째 고양이 고로를 갑작스레 떠나보내는 아픔도 함께 겪었다. 그 이듬해에는 나의 아빠가 돌아가셨다. 아빠의 술친구이자 '명예 사위'였던 황선우는 장례식장에 와서 아빠 사진을 보며 많이 울었다. 저마다의 충격과 슬픔, 우울이 물밑으로 지속됐다. 지금 다시 돌이켜봐도 어둡고 힘든 시기였다. 분명한 사실은 우리가 함께였기에 그 시기를 버텨낼 수 있었다는 것이다. 첫째 고양이 하쿠는 신부전 진단을 받아서 우리는 몇 년째 매일 수액주사를 놓아주고 아침저녁으로 약을 먹이고 있다. 우리가 처음 우당탕탕 집을 사고 고양이들을 합가시킬 때는 이런 여러 사건이 닥칠 미래를 머리로만 생각하고 있었던 것 같다. 모든 삶에는 고통과 상실이 스며 있다. 커다란 사건들을 함께 겪어내며, 이런 감정적 담금질을 통해 동거인과 나의 관계는 더

욱 단단해졌다고 믿는다. 동거인에게 고마운 게 참 많다.

책이 나온 뒤로 『여자 둘이 살고 있습니다』의 '그 여자 둘'로서 우리가 같이 하는 일이 늘어났다. 북토크와 인터뷰는 물론, 영화 GV를 함께 진행하거나 오디오북을 녹음했다. 우리는 마이크 앞에서 목소리 합이 좋고 대화의 결이 잘 맞았다. 2022년 4월, 팟캐스트 〈여둘톡: 여자 둘이 토크하고 있습니다〉를 시작했다. 2024년 현재 〈여둘톡〉은 100회를 훌쩍 넘겨 진행중이며, 우리는 내일도 마이크 앞에서 함께 대화를 나눌 예정이다. 팟캐스트 애청자 이름인 '톡토로'들은 우리의 가장 든든한 울타리가 되어준다.

동네 친구들과도 여전히 잘 지내고 있다. 2022년부터는 우리 둘과 동네 친구 둘, 합쳐서 넷이 '망탁클'이라는 스포츠 조직을 운영중이다. '망원 탁구 클럽'의 줄임말로서 일주일에 두 번씩 꼬박꼬박 함께 탁구 치는 모임이다. 탁구 실력은 좀처럼 늘지 않지만 허벅지와 우정은 좀더 탄탄해졌다. 친구들과 공을 쫓아 땀이 흠뻑 나도록 신나게 뛰어다닌 후 함께 먹는 점심은 그야말로 꿀맛이다. 얼마 전부터 황선우는 철군과 함께 도예 수업을 듣기 시작했다. 여전히 집에 있는 물건을 잘 망가뜨리고 깨는 동거인인지라 손으로 섬세하게 그릇을 빚는 도예 수업이 잘 맞을지 의심스러웠는데 의외로 선생님께 소질이 있다며 칭찬을 듣는다고 한다. 황선우가 자랑스럽게 보여주는 사진을 보면 제법 그럴듯하게 만들고 있다. 나는 멋지다고 큰 소리로 칭찬해주며 속으로 생각한다. '그래…… 이제 네가 만든 그릇을 깨라…… 내가 아끼는 것 말고.'

황선우와 나는 여전히 가장 좋은 대화 상대이자 술친구, 운동 메이트, 그리고 세 고양이의 돌봄 파트너이자 생업의 동료로서 서로를 믿고, 또 서로에게 책임감을 가지며 잘 지낸다. 한 사람이 집필에 열중해야 하는 시기를 맞거나 몸이 아플 때면 나머지 한 사람이 집안일을 더 많이 하고 상대를 돌봐준다. 상대는 그 고마움을 기억했다가 반대의 상황이 되면 최선을 다해 노력한다. 분명 혼자서 모든 것을 다하려 애쓸 때보다 효율적이고 바람직하다. 아직 생활동반자법 제정은 요원한 듯 보이지만, 혼인과 혈연 밖에서도 우리 같은 조립식 가족들은 끊임없이 탄생하고 있다.

2024년 7월 19일자 〈뉴욕 타임스〉에 우리의 인터뷰가 나왔다. 놀랍게도 사진과 함께 진짜 대문짝만하게, '한국에서 가족의 개념을 재정의하는 두 여성'으로 보도되었다. "책 『여자 둘이 살고 있습니다Two women live together』는 베스트셀러가 되었고, 팟캐스트 〈여자 둘이 토크하고 있습니다Two women talk together〉는 수많은 청취자들을 결집시키며, 결혼 제도 바깥에서 동거 형태로 살아가면서 전통적인 가족 구조에 도전하는 한국인, 특히 여성들에게 목소리를 부여하고 있다"라고 소개했다. 내가 황선우의 '자연재해급' 옷과 물건 더미에 당황하는 이 책의 최대 갈등 파트가 〈뉴욕 타임스〉에 영어로 'natural disaster size' 운운하며 쓰여 있으니 비현실적으로 웃겼다. 우리는 〈뉴욕 타임스〉에까지 등장한 조립식 가족DIY family이 된 것이다! 한국의 가족관계 변화에 대해 취재하던 기자님께 많은 사람들이 『여자 둘이 살고 있습니다』를 읽어보시라 권했다고 한다. 이 책을 사랑해주고, 우리가 이를 통해 전하려 했던 메시지를 잘 새겨준 독자님들께 깊이 감사드린다. 여자 둘이 앞으로도 잘살아보겠습니다.

고로를 떠나보내다

 고양이가 "냐옹" 하며 운다는 건 고양이를 잘 모르는 사람들 사이에 퍼져 있는 오해다. 실은 고양이는 "으앙" 하고 말을 건네오고 "으응?" 하고 인사하며 때로는 "엄마!" "언니?" "왜애~"라고도 외친다. 18살 생일을 지나온 우리 첫째 하쿠는 아침마다 "우어어어억!" 터져나오는 노여움으로 사람을 깨운다. '배고프다, 얼른 밥 내놔라!' 하는 뜻이라는 걸 누가 들어도 선명하게 알 수 있다. 하루 두 번씩 급여해야 하는 약과 보조제가 있기에 신부전 고양이용 습식 사료와 여러 간식을 섞여서 먹이는데, 매번 조금씩 재료에 변화를 주어야 흥미를 보인다. 그릇도 까탈스럽게 가려서, 납작한 접시 가장자리에 여백을 많이 두고서 적은 양을 소담하게 담아 바치지 않으면 냄새만 맡다가 차갑게 외면하기 일쑤다. 우리는 파인다이닝 코스 요리를 내는 셰프처럼 매일 신중하게 참치며 닭가슴살 파우치를 골라 스푼으로 으깨고, 먹음직스럽게 플레이팅한 다음 조개관자 육수 토핑을 끼얹어 내놓지만 "이거 아냐, 아니라고" 하는 악평에 좌절할 때가 많다. 그때마다 밥 위에 츄르를 조금 짜주기도 하고 바삭한 스낵을 부숴서 얹었다가 깨끗한 새 그릇에 옮겨 담아주기도 하면서 온갖 애를 쓴다. 돌아서면 어느새 고양이 식기 설거지 거리가 사람 밥그릇보다 많이 쌓인다. 나이든 고양이와 살아간다는 건 이처럼 내 시간과 노력을 작은 털친구에게 기꺼이 내어주는 일이다.

함께 산 지 8년째, 김하나와 나도 40대 후반의 중년이 되는 사이 고양이 식구들은 더 빠르게 나이를 먹었다. 하쿠는 18살, 티거 15살, 막내 영배가 13살. 사람 나이로는 모두 70~80대 할머니인 셈이다. 고양이들이 나이들어 아프다고 하면 사람들은 진심으로 안타까워한다. 특히 해외여행 계획이 없냐는 질문에 답할 때 그렇다. 하쿠에게는 매일 수액주사를 50mm 놔줘야 하는데 이걸 친구들에게 맡기기 어려워 두 사람이 동시에 1박 2일 이상 집을 비울 수가 없다는 사정을 말하면 정말 힘들겠다는 반응이 돌아온다. 경험해보지 않았다면 나 역시 고양이도 보호자도 가련하게만 여겼을 것 같다. 병든 고양이와 함께 지내는 생활 속에도 기쁨이 있고 웃음이 있다는 걸 미처 모르고. 막내 영배는 천식을 앓고 있는데, 좀처럼 가만히 있지 않는 아이를 품에 가만히 안고서 기침약을 호흡하도록 가만히 대고 기다리는 시간 나름의 평화와 충만함이 있다. 이렇게 고양이들을 돌보는 과정에서 행복감을 느끼는 건 아마

둘째 고양이 고로를 갑자기 떠나보냈기 때문일지 모른다.

고로의 죽음은 김하나와 내가 함께 살면서 겪은 가장 힘든 사건이었다. 출장에서 돌아와서 보고 싶던 고양이들을 차례로 껴안을 생각으로 현관에 들어섰는데, 그중 한 마리가 죽어 있는 걸 발견할 확률이 얼마나 될까? 이미 숨을 멈추고 몸이 굳은 채인 고로를 발견한 직후 몇 시간의 기억은 눈물 사이로 드문드문하다. 고양이들에게 밥을 주러 전날 밤 이웃이 다녀갈 때까지만 해도 평소와 다름이 없었다고 했다. 굳은 고로의 몸을 수건에 감싸안고 근처의 24시간 동물병원으로 달려갔다. 원래도 크고 무거웠는데, 사후경직이 와서 딱딱해지니 안고 있는 팔이 뻐근해서 부들부들 떨렸다. 이미 생명이 사그라든 뒤여서 되살릴 수도 없는 아이를 두고, 나는 사인을 알기 위해 부검이라도 해줄 수 없냐고 울면서 물었다. 멀쩡했던 애가 집을 비운 사이 갑자기 이렇게 됐어요, 이게 대체 무슨 일일까요. 동물병원 접수계 직원의 난감한 표정, 죽은 동물에게는 병원에서 해줄 수 있는 일이 없으니 반려동물 장례식장에 가보라는 사무적 대응…… 지금 생각하면 당연하다. 미친 여자처럼 보였을지도 모르겠다. 내가 대체 왜 그랬을까? 왜 그런 비이성적인 부탁을 했을까? 아무래도 이 갑작스러운 죽음을 납득하고 받아들이는 일이 불가능했던 것 같다. 4년이 지난 지금도 고로의 죽음을 생각하면 슬프기도 하거니와 아무것도 해주지 못했다는 죄책감에

마음이 아리다.

〈여둘톡〉 2주년 공개방송, 마지막 질의응답 시간에 어느 톡토로가 질문을 했다. "저도 고양이 두 마리를 키우는 집사인데 올해 초 둘째가 갑자기 고양이별로 갔어요. 두 분도 고로를 보내신 적이 있으시잖아요, 너무 보고 싶을 때는 어떻게 하시는지……?" 질문 마지막은 울컥이는 호흡에 묻혀 잘 들리지 않았다. 내가 먼저 답할 수밖에 없었다. 울보 김하나는 이미 눈물을 흘리고 있었기 때문이다.

"너무 보고 싶죠. 같이 살던 가족의 죽음이란 실존하는 신체가 사라지는 거잖아요. 사람이나 털복숭이 고양이 강아지나 똑같이. 그 존재의 빈자리를 몇 년이 지나도 받아들이기가 힘들고. 그 실체가 지금 여기에 함께 있어줬으면 좋겠다, 라는 생각밖에는 없는 것 같아요. 고로가 너무 그리울 때는 다른 고양이들을 한번 더 안아줘요. 물론 고로를 안을 때와는 느낌이 다르죠. 사람도 개별적으로 하나하나 다 다른 것처럼 네 마리 고양이의 덩치나 털 색깔이나 습성이나 영혼이 다 다르니까요."

고로가 떠나가고 나서 한동안은 집안 곳곳에서 환각을 봤다. 워낙에 덩치 큰 고양이가 사라져서였을까, 없는 아이가 거기 앉아 있는 듯한 가짜 존재감을 문득 자주 느꼈다. 주방 싱크대 모퉁이에, 현관 옆에, 욕조 안에서 샤워커튼을 열 때 갑자기 거기에 고로가 있는 것 같아서 괴로웠다. 시간이 흘러 환각이 사라진 대신 영배에게서 고로의 모습이 겹쳐 보인다. 어떤 자세로 누워서 그루밍을 할 때, 엎드려 쉴 때 고로의 모습이 영배에게 있다. 영배가 나이를 먹고 예전보다 살집이 두둑해진 변화도 있지만 아마 내 마음의 문제가 클 것이다. 집안 구석구석에서, 다른 고양이들에게서, 산책하는 강아지에게서, 흘러가는 구름이나 풀밭에 핀 꽃에서도 고로를 발견하게 되는 건 결국 계속 그리워하는 마음 때문이겠지. 그럴 때 슬프기도 하지만 고로가 내내 우리 주변에 머무르는 것 같은, 따뜻하고 안전한 기분도 든다.

하쿠는 점점 작아져서 3kg대 후반이던 몸무게가 이제 2kg 초반이 되었고 구내염이 심해 내내 침을 흘리고 다니는 바람에 몸에서도 집안 곳곳에서도 고약한 냄새를 풍긴다. 하지만 하쿠는 살아 있고, 강력한 의지를 담아 밥을 내놓으라고 외치는데 나는 그럴 때마다 몹시 귀찮으면서도 생명의 강한 힘을 느낀다. 살아 있는 무언가와 관계를 맺고 사랑한다는 건 결국 이 존재가 약해지고 병들고 소멸하는 과정까지 지켜보는 일이 아닐까? 18년 전에 조그만 아기 고양이를 처음 데려올 때는 상상하지 못했던 일상이다. 삶의 속도가 다른 종끼리 함께 살아간다는 건 처음부터 끝까지 느린 이별의 과정일 수밖에 없다는 것을 반복되는 하루 속에 배워가면서, 우리는 여전히 함께 있다. 고로처럼 갑자기 이별하지 않아서 다행이다.

상처와 아픔, 상실과 고통을 미리 예측하고 죄다 회피하는 게

최고로 행복한 삶의 추구는 아닐 거다. 오히려 그러다보면 삶 자체가 사라져버릴지도 모른다. 지금 병들고 늙은 고양이와 함께하는 어려움이 있고, 언젠가는 떠나보내게 되는 아픔이 있을 걸 안다고 해서 17년 전의 그 첫 만남으로 돌아갔을 때 이 고양이와 함께하는 삶을 포기할까? 헤어질 줄 알면서도 만나고, 기꺼이 사랑을 하고, 그 개별적인 존재의 어떤 특징을 생생하게 기억하는 시간들을 쌓고, 때로는 고통이 되기도 하는 그런 기억이 켜켜이 만들어내는 삶의 무늬 자체가 우리의 인생을 이루는 것 아닐까.

"고로를 떠나보낸 지 얼마 안 됐을 때는 진하고 깊은 상실감에 일상생활이 방해를 받을 정도였어요. 시간이 지나면서 슬픔은 조금씩 옅어지지만 사라지지는 않겠죠. 그냥 그 상실감과 함께 살아가는 것 같아요. 이 슬픔이야말로 우리가 어떤 존재와 특별한 관계를 맺었다는 사실이 남기는 흔적이 아닐까요? 다른 사람은 살아볼 수 없는…… 자기 자신만 가질 수 있는 삶의 이야기니까요." 공개방송 프로그램이던 리코더 연주 중에 침을 털어내던 손수건의 다른 면에 내 눈물이, 김하나의 콧물이 닦였다.

김하나와 나의 가슴속에는 같은 모양의 구멍이 뚫려 있다. 아주 멋지고 잘생기고 커다란 고양이, 고로 모양의 구멍이. 그 구멍은 우리 공통의 상실이기도, 추억이기도 하다. 우리가 사랑했던 자리다.

서울사이버음악대가 결성되다

HANA 초등학교 졸업선물로 부모님을 졸라
어쿠스틱 기타를 받았었다. 나 혼자 교본을 보며 연습해봤지만 어
려운 점이 많아 기타 학원에 등록시켜달라고 졸랐으나 부모님은
"학원은 만다꼬?('뭐하러?'에 해당하는 부산 사투리)"라며 내 요청을
심드렁하게 기각시켰다. 중학교를 거쳐 고등학교 때까지 나는 독
학으로 익혀 혼자 기타를 쳤다. '포켓 가요' 같은 대중가요 악보책
을 보고 멜로디를 속으로 흥얼거리며 코드를 튕기는 식이었다. 손
이 작아서 어려운 F코드를 짚을 때는 소리가 제대로 안 나곤 했지
만 나는 혼자 기타를 치는 그 시간을 좋아했다. 고등학교 졸업 후
기타를 본가에 두고 서울로 왔기에 나는 점점 악기 연주와 멀어
졌다.

대학교를 졸업하고 광고회사에 다닐 적의 어느 날, 야근을 하
다가 충동적으로 일렉트릭 베이스 기타를 인터넷으로 주문했다.
회사를 다니며 취미 하나 없이 나이드는 게 왠지 서글프게 느껴졌

거나 단지 야근 스트레스를 뜬금없는 악기 쇼핑으로 풀고 싶었는지도 모른다. 나는 항상 기타류의 발현악기(줄을 퉁겨서 소리내는 악기)를 좋아했고 음악을 들을 때는 베이스가 내는 저음의 리듬 파트를 즐겼으므로 그에 대한 로망이 있었던 것 같다. 길쭉하고 미끈한 베이스가 도착했고 이번에는 종로에 있는 학원도 내 월급으로 등록했다. 하지만 회사를 다니면서 무거운 베이스를 들고 버스에 올라 수업을 들으러 다니기란 힘든 일이었다. 게다가 더욱 치명적인 문제점이 있었으니, 키가 자그마한 내가 길쭉한 베이스를 메면 어째 세로 길이보다 가로 길이가 더 길어 보여 시각적으로 매우 측은해 보인다는 점이었다. 작은 손으로 길쭉한 베이스 지판을 짚는 것도 버거운 일이었다. 결국 나는 철군 부부에게 베이스 기타를 주고 로망을 접었다.

회사를 그만두고 프리랜서가 된 나는 출퇴근에서 벗어나 시간이 많아졌다. 이때 나는 내 인생에서 가장 오래 함께할 악기를 만나게 되었다. 기타의 가족이면서 베이스처럼 내게 버겁지 않은 사이즈의 악기, 바로 우쿨렐레였다. 햇살이 등에 따끔따끔 내리쬐는 봄날의 오후, 창가에 앉아 우쿨렐레를 퉁기고 있으면 그 음을 통해 느긋함과 낙천성이 더욱 또렷이 느껴졌다. 내 작은 키와 작은 손에 딱 알맞은 크기. 마음에 쏙 들었다.

동거인과 함께 살게 된 후 어느 날, 나는 문득 황선우에게 연주할 줄 아는 악기나 배워보고 싶은 악기가 있냐고 물었다. 아마도 하와이 딜리버리 플레이리스트를 틀어놓고 술을 마시며 나누던 수많은 대화 중의 하나였을 것이다. 우리에게는 언제나 음악이 중요했다. "클라리넷 같은 목관악기를 배워보고 싶어. 어렸을 때 리코더를 좋아했거든." 나는 이 말을 기억해두었다가 그해 크리스마스에 깜짝선물을 준비했다. 클라리넷처럼 크고 비싼 악기를 무턱대고 선물하기는 서로 부담스러우니, 작고 저렴한 리코더를 몰래 주문한 것이다. 12월 내내 우리집 고무나무 가지에 장식으로 걸려 있던 큼직한 크리스마스 양말 속에 몰래 넣어두고는 크리스마스 날 아침 식사를 한 후에 "음, 저기 뭐가 들어 있는 것 같던데?" 하고 시침 뚝 떼고 말했다. 동거인은 양말 속에서 리코더를 발견하고는 너무나 기뻐했다. 그러더니 갑자기 여러 곡들을 거침없이 연주하기 시작했다.

아, 그날의 광경을 뭐라고 표현해야 할까. 황선우는 피리를 물고 태어난 자였다! 전래동화 같은 데 나오는, 쇠잔등에 앉아 피리 소리로 뭇사람을 홀리며 논두렁을 지나가는 신선이 보였다. 비록 레퍼토리는 〈아기 공룡 둘리〉〈개구리 왕눈이〉〈모래요정 바람돌이〉 등 어릴 적 본 만화영화 주제곡들이었지만…… 음은 또렷했고 연주는 깨끗하며 정확했다. 악보가 없이도 생각나는 대로 노래하듯이 즉흥 크리스마스 자선 콘서트를 두 시간이나 이어가는 황

선우를 보며 나는 생각했다. 저 사람 안에 저런 훌륭한 기예가, 저런 아름다운 음악이 들어 있는 줄 하마터면 모르고 살 뻔했구나. 초등학교 졸업 후 30년 만에 다시 만난 리코더인데도 몸은 여전히 기억하고 있었던 것이다. 그날은 내 평생 가장 뿌듯한 크리스마스였다.

그러나 황선우는 그 두 시간의 즉흥 연주에서 너무 많은 예술혼을 쏟아낸 탓인지, 또는 너무 오래 연주한 바람에 리코더 소리에 스스로 질려버린 것인지 그로부터 1년간 리코더를 다시 잡지 않았다. 그러다 『여자 둘이 살고 있습니다』를 출간한 2019년 연말, 어느 아마추어 합창단의 공연을 보고 돌아와 흥이 난 나는 우쿨렐레를 메고 나와 황선우에게 크리스마스 캐롤 멜로디를 리코더로 연주해보라고 했다. 황선우가 〈루돌프 사슴코〉〈화이트 크리스마스〉〈실버 벨〉 등을 연주했고 나는 거기에 맞추어 우쿨렐레로 반주를 했다. 우리는 동그랗게 뜬 눈을 마주치며 놀라워했다. 우리는 함께 음악을 만들어내고 있었고, 그것은 매우 그럴듯하며 심지어 아름다웠다. 초등학생들도 쉽게 연주할 수 있는, 조금은 장난감 같은 악기 둘에 불과했지만 리코더의 멜로디와 우쿨렐레의 코드, 리듬 파트가 만나자 빈 곳이 별로 느껴지지 않을 만큼 조화롭고 풍성한 음악이 탄생했다. 나는 깨달았다. 나는 오랫동안 멜로디 파트를 채워줄 누군가를 기다려왔던 거구나. 여세를 몰아 즉흥적으로 인스타그램에 글을 올렸다.

"크리스마스 이브인 내일, 우쿨렐레와 리코더와 고양이 넷으로 이루어진 망원동 브레멘 음악대 인스타 라이브합니다! 오후 6시 반! 크리스마스 캐롤 달랑 세 곡…… 순식간에 끝날 예정입니다. 호호 할 줄 아는 곡이 많지 않다……"

다음날 우리의 인스타그램 라이브 연주회는 대흥행이었다. 많은 사람들이 연주가 생각보다 훌륭해서 놀랐다며 격려와 응원의 댓글을 보내주었다. 어느 분이 '서울사이버음악대'라는 밴드명을 제안해주었다. "서울사이버대학에 다니고 나의 성공시대 시작됐다~"라는 중독성 있는 CM송으로 유명한 대학교 이름을 패러디한 것이었다. 우리는 서울에 살고, 인스타그램 라이브라는 사이버 무대에서 활동하는 음악대였으니 딱 맞았다. 줄여서 '서사음'이라고 불리게 되는 우리 밴드의 우당탕탕 데뷔 무대였다.

이후로 서사음은 여러 번의 사이버 연주회를 가지며 아주 조금씩 성장했는데, 이런 우리에게 급격한 성장의 계기가 찾아왔으니 그것은 바로 코로나 팬데믹이었다. 외부 활동이 취소된 채 하루종일 집에 같이 있으니 합주 시간이 길어졌고, 코로나로 봉쇄된 여러 욕구가 각자의 악기를 통해 터져나온 것인지 서사음의 연주 실력은 팬데믹 기간 동안 그야말로 일취월장했다. 우리는 K팝 명곡인 레드벨벳의 〈피카부〉처럼 고난이도의 멜로디와 빠른 비트를 지닌 곡도 소화하게 되었다. 코로나 거리두기 기간이 지나고 서사음은 다양한 오프라인 무대에 초대되기 시작했다. 첫 무대였던 양재동의 '책방오늘'에서 시작해 『최선을 다하면 죽는다』 북토크에서 김혼비 작가의 목탁 연주와 함께 트리오로서 여러 무대에 섰고, 클래식 아티스트와 책방콘서트를 여는 쿨디가 서점의 제안으로 쇼팽, 엘가, 하이든 등의 클래식음악을 연주할 기회도 가졌다. 여둘톡 공개방송 〈톡토로 투게더〉에서는 500명의 청중 앞에서 연주했고 뜨거운 박수를 받았으니 제법 다양한 무대 경험을 쌓은 셈이다.

올해부터 황선우는 플루트를 배우기 시작했다. 리코더가 일깨운 목관악기에 대한 애정이 보다 음역대가 넓고 난이도가 있는 악기에 대한 도전 의욕으로 이어진 것이다. 리코더를 선물해 황선우 안에 잠들어 있던 음악인을 깨워낸 자부심을 느끼는 '음악적 후견인'으로서 나는 보면대며 악보 고정 집게, 플루트 거치대 등을 사다 나르며 의무를 다하고 있다.

합주는 말없이 나누는 대화다. 하나의 곡을 함께 잘 연주하고 나면 두 악기의 대화를 통해 조화롭고 아름다운 무언가를 만들어낸 것 같아 참 흡족하다. 좋은 대화는 서로의 세계를 넓혀준다. 클래식 애호가인 동거인을 따라 클래식 음악회를 다니던 어느 날, 나는 문득 소스라쳤다. 아니, 오케스트라에서 목관악기들이 이렇게나 아름다운 소리를 내고 있었는데 그동안 나는 왜 몰랐던가! 동거인의 리코더와 플루트 연주를 자주 접하다보니 목관악기의 소리에 그제서야 귀가 열린 것인지도 모른다. 얼마 전엔 우연히 김현철의 〈춘천 가는 열차〉를 듣다가 전주에 흐르는 익히 아는 선율이 플루트였음을 깨닫고 새삼스레 그 소리가 너무 좋아서 귀를 쫑긋거렸다. 내가 중학생 때 '포켓 가요'를 펴놓고 기타로 치던 노래니 30년 훌쩍 넘게 들어온 곡이었는데도 말이다. 어떤 아름다움은 우리 안에서 잠자고 있다가 홀연히 깨어난다. 좋은 대화는 그것을 이끌어준다. 우리가 함께 나누는 음악적 대화가 오랫동안 이어지기를 바란다. 서울사이버음악대를 만나고 시작된 우리의 성공시대가.

여자 둘이 토크하고 있습니다

 좋은 대화는 잘 머무르게 한다는 걸 김하나와 살면서 깨닫는다. 오늘 운동하면서 몇 킬로 바벨을 들었는지, 집에서 키우는 필레아페페와 몬스테라 화분에 어떤 변화가 생겼는지, SNS에서 본 레서피의 강된장을 언제 어떻게 해 먹으면 좋을지 하는 사소한 대화를 통해 우리는 일상 속에 더 단단하게 닻을 내린다. 좋은 대화는 또 멀리 데려간다. 수백 년 전의 문학과 수십 년 전의 음악으로, 멋진 사람의 내면이나 이국의 장소로, 때로는 미래 사회 변화의 흐름이나 우리가 노년에 살고 싶은 모습 속으로. 우리는 집에 함께 있으면서도 대화라는 돛을 달고 아주 먼 곳까지 다녀올 수 있다. "기왕 우리집 거실에서는 늘 대화가 벌어지고 있으니, 이 테이블에 녹음 마이크를 놓아보면 어떨까?" 황선우와 김하나의 팟캐스트 〈여둘톡〉은 이렇게 시작되었다.

〈여둘톡〉 이전에 김하나는 예스24의 도서 팟캐스트 〈책읽아웃〉 진행자로 4년을 일하면서 많은 작가들을 인터뷰하고 숱한 독자들에게 사랑을 받다가 그만둔 상태였다. 충만한 능력을 활용하지 않고 있다는 게 아깝기도 했지만 무엇보다 청취자로서 내가 좋아하는 김하나의 이야기를 더, 계속, 오래 듣고 싶었기에 우리만의 독립적인 팟캐스트를 직접 해보자고 설득했다. 『여자 둘이 살고 있습니다』 책이 나오고 함께 북토크, 강연, 인터뷰를 다니면서 일해보니 우리가 서로 업무 호흡이 잘 맞더라는 점도 자신감을 주었다. 그러던 2022년 초, 마침 팟캐스트 시작 일정을 더 미루지 않도록 등을 떠미는 사건이 생겼다. 〈스트릿 우먼 파이터〉의 댄서 모니카, 립제이 두 분의 이야기가 〈조립식 가족〉이라는 관찰 예능 프로그램으로 방영되기 시작한 것이다. 이들도 '프라우드먼'이라는 같은 크루 소속 동료로 우리처럼 여자 둘이 오래 같이 살아왔다. 제작진은 혈연이나 혼인으로 이어지지 않은 새로운 가족 몇 팀을 소개하면서 『여자 둘이 살고 있습니다』에서 언급한 핵심 개념인 '조립식 가족'을 제목에 사용하고 싶다고 정식으로 허락을 구해왔다. 심지어 립제이님이 우리 책을 재미있게 읽었다며 방송에서 소개를 해주신 게 아닌가. 물이 들어온다, 노를 저을 때다……! 책제목을 변형해 '여자 둘이 토크하고 있습니다'로 팟캐스트 이름을 짓고, 두 개의 에피소드를 녹음했다. '조립식 가족, 여기가 원조라면서요?' '40대의 인생도 꽤 괜찮아.'

시작하자마자 채널이 쑥쑥 성장하는 기세가 장마 뒤 오이 굵

듯 했다. 일주일에 하나씩 에피소드를 올린 지 두 달이 채 되지 않았을 때 팟빵, 애플 팟캐스트, 스포티파이 세 군데 주요 팟캐스트 플랫폼 담당자들에게 모두 미팅 요청 연락이 왔다. 구독자가 눈에 띄게 늘고 있는 신규 프로그램인 〈여둘톡〉을 주목하고 있으며, 앞으로의 업무 협조를 위해 좋은 파트너십을 다져두자는 인사였다. 애플 팟캐스트에서는 인기 프로그램 전체 1위까지 기록했는데, 순위권에서 우리를 제외한 다른 프로그램을 만든 곳은 모두 MBC, 중앙일보, TBS, 콘텐츠랩비보 같은 메이저 제작사였다. 김하나와 내가 시작한 이 작은 팟캐스트의 섬네일이 쟁쟁한 미디어 회사들 사이에 1등을 한 모습을 떠올리면 지금도 가슴이 뻐근하게 벅차오른다. 20년 동안 회사를 다니면서 조직 안에서 성과를 거두어보고 내 분야에 대한 인정도 많이 받았지만 그것과 달랐다. 우리끼리 맨손으로 조립해서 발사해 저멀리 별들 사이로 궤도에 올려놓은 이 작은 팟캐스트가 준 감정은…… 신기하게도 안정감에 가까웠다. 어디에 애써 속하지 않고 큰 자본의 힘을 빌리지 않아도 우리 둘의 힘과 기술을 모으면 해낼 수 있다는, 그러니까 앞으로도 우리는 괜찮을 거라는 안정감. 김하나와 나는 각자 부족함이 많은 사람들이지만 둘이 힘을 합치면 못 할 게 없다는 유능감. 가족끼리 운영하는 작은 식당으로 미슐랭 스타를 받는다면 이런 기분일까.

집안일에서 청소와 요리 담당을 나눈 것처럼 팟캐스트에서도

우리의 역할 분담은 명확하다. 기획과 녹음까지는 함께하면서 김하나는 기술과 편집을, 나는 대외 소통 업무를 맡는다. 각자의 강점도 달라서 내가 실행에 강하다면 김하나는 전략을 잘 짠다. 한 배를 탄 두 사람 가운데 튼튼한 팔다리로 노를 저어 가는 게 나라면 쌍안경을 눈에 대고 어느 방향으로 가야 할지 내다보고 결정하는 게 김하나인 셈이다. 이런 상호 보완의 시너지는 노력한다고 이뤄지는 부분은 아니라서 우연이라고 해야 할지 축복이라 해야 할지 모르겠다. "두 분은 어떻게 좋은 관계를 유지하면서 오래 같이 일할 수 있죠?" 종종 질문을 받으면 이렇게 답한다. "함께 일하는 사이에서 가장 위험한 태도는 "쟤가 하는 저건 나도 하겠다"일 거예요. 저희는 다르게 생각해요. "쟤가 하는 저건 나는 절대 못 하잖아. 대단한 걸 하고 있네. 나 대신 해주니 고맙다." 하루종일 꼼짝 않고 앉아 오디오 편집 프로그램을 들여다보며 초 단위로 파일 자르고 붙이기를 해야 한다고 생각하면 나는 헤드폰을 쓰는 대목부터 벌써 우울해진다. 거꾸로 수많은 메일 답장과 전화 통화와 메시지와 카톡, 서로의 스케줄을 고려하며 미팅 일정을 테트리스하는 일에 대해 나보다는 김하나가 더 스트레스를 받는다. 적성에 맞지 않거나 능력이 부족하거나 간에 나로서는 도저히 못 할 부분을 상대가 맡아주고 있다는 걸 우리는 명확히 알고, 거기에서 자연스럽게 서로에 대한 존중과 감사가 나온다.

〈여둘톡〉의 모토는 '좋은 걸 좋다고 말하기'다. 우리라고 특별히 수월하고 아름다운 인생을 살아온 결과 해맑음을 유지하고 있는 게 아니다. 오히려 나이 먹을수록 세상의 혼탁함을 꿰뚫어보면서 비관과 냉소로 흐르는 사람들을 많이 보기에 더욱 지키려고 하는 가치에 가깝다. 절대적으로 좋기만 하지도 나쁘기만 하지도 않은 세상 속에서, 좋은 것들이 충분히 더 주목받도록 목소리를 내고 기억하고 기록하는 데 우리의 한정된 에너지를 잘 사용하고 싶다. '좋은 걸 좋다고 말하기'에는 자석처럼 끌어당기는 인력이 있다. 팟캐스트를 시작한 지 2년이 지나고 100편이 넘는 에피소드가 쌓이니 무엇보다 우리와 결이 맞는 청취자들인 톡토로들로 주변이 가득 채워졌다. 작은 집을 지어두었더니 어느새 마당에 온 동네 사람들이 음식도 만들어오고 풍악도 울리면서 함께 잔치를 누리는 것도 같다. 20대, 30대들은 언니들을 보며 나답게 살 용기를 얻는다고 말한다. 40대 딸이 60대 어머니에게 '톡권'(여둘톡 권하기)을 해서 얘깃거리가 풍성해졌다고 하고, 엄마 곁에서 함께 방송을 듣던 어린이들이 편지며 그림을, 재잘대는 목소리 녹음 파일을 보내오기도 한다. 한국인 친구가 귀하다는 해외의 각 지역에서 톡토로 모임이 생긴다. 광고로 소개했던 작은 브랜드의 여성 대표들끼리 단톡방을 만들어 서로 교류를 이어간다. 톡토로 유니버스가 어느새 크고 단단해졌다.

'볶아치지 마세요' '자화자찬, 일희일비' '나대라' '여자는 풍채' '인생에는 음미체가 필요하다' '40대의 인생도 꽤 괜찮아' '장롱 속 면허를 꺼내라'…… 우리가 팟캐스트에서 지속적으로 발신하는 메시지들의 바탕에는 여성들이 세상의 기준에 맞추기 위해 애쓰다 지쳐 나가떨어지기보다는 스스로를 긍정하고 있는 그대로의 자신을 드러내며 삶 속에서 다양한 시도를 펼쳐갔으면 하는 바람이 있다. 바로 우리가 그렇게 살고 싶은 것처럼 말이다. 원고 마감과 강연, 북토크 등의 업무를 사이사이 안배하며 매주 일요일 녹음, 화요일 방송 업로드라는 루틴을 지켜가기가 숨찰 때도 있다. 그럴 때면 〈여둘톡〉은 김하나와 내가 함께 이뤄가고 있는 꿈이라는 걸 떠올리면서 마이크 앞에 다시 앉는다. 우리의 대화가 가닿는 다른 사람들과 함께 삶 속에 뿌리를 잘 내리면서 세상을 더 밝은 눈으로 바라볼 수도 있지 않을까 하는 꿈.

여자 둘이 살고 있습니다
혼자도 결혼도 아닌 조립식 가족의 탄생
ⓒ 김하나 황선우 2024

초판 인쇄 2024년 8월 12일
초판 발행 2024년 8월 26일

지은이 김하나 황선우

책임편집 이연실
편집 박혜민 염현숙
디자인 최윤미
마케팅 김도윤 김예은
브랜딩 함유지 함근아 박민재 김희숙 이송이 박다솔 조다현 정승민 배진성
저작권 박지영 형소진 최은진 오서영
제작 강신은 김동욱 이순호
제작처 더블비(인쇄) 신안문화사(제책)

펴낸곳 (주)이야기장수
펴낸이 이연실
출판등록 2024년 4월 9일 제2024-000061호
주소 10881 경기도 파주시 회동길 455-3 3층
문의전화 031) 8071-8681(마케팅) 031) 8071-8684(편집)
팩스 031) 955-8855
전자우편 pro@munhak.com
인스타그램 @promunhak

ISBN 979-11-94184-02-7 03810

문학동네 출판그룹에서 펴낸 **김하나·황선우 작가의 책**

말하기를 말하기
제대로 목소리를 내기 위하여
김하나 지음

읽고 쓰고 듣고 말하는 사람 김하나의 말하기에 관한 부드러운 간섭
"때로 목소리의 힘은 그의 온 인생으로부터 온다"

멋있으면 다 언니
좋아하는 마음의 힘을 믿는 9명의 이야기
황선우 인터뷰집

김유라, 김보라, 이슬아, 장혜영, 손열음, 전주연, 자야, 재재, 이수정
황선우가 만난 9명의 멋언니 이야기

최선을 다하면 죽는다
황선우 김혼비 지음

그만 일하고 더는 아프지 말고 이젠 나가서 놀자고
내 등을 힘껏 밀어준 어떤 우정에 대하여

빅토리 노트
딸 하나 인생의 보물 1호가 된, 엄마의 5년 육아일기
김하나 이옥선 지음

김하나 작가가 살면서 가장 많이 읽은 책
"이 일기는 놀라울 정도로 힘이 세다"

힘 빼기의 기술 [개정증보판 근간]
김하나 지음

"만다꼬 다들 그래 뛰가야 됩니꺼?"
힘을 뺀 것들이 이렇게나 완벽한데 말입니다.